PAULA MARSHALL
La paloma y el halcón

Editado por HARLEQUIN IBÉRICA, S.A.
Núñez de Balboa, 56
28001 Madrid

© 1992 Paula Marshall. Todos los derechos reservados.
LA PALOMA Y EL HALCÓN, N° 4 - 26.9.13
Título original: The Falcon and the Dove
Publicada originalmente por Mills & Boon®, Ltd., Londres
Este título fue publicado originalmente en español en 2008

Todos los derechos están reservados incluidos los de reproducción,
total o parcial. Esta edición ha sido publicada con permiso de
Harlequin Enterprises II BV.
Todos los personajes de este libro son ficticios. Cualquier parecido
con alguna persona, viva o muerta, es pura coincidencia.
® Harlequin y logotipo Harlequin son marcas registradas por
Harlequin Books S.A.
® y ™ son marcas registradas por Harlequin Enterprises Limited y
sus filiales, utilizadas con licencia. Las marcas que lleven ® están
registradas en la Oficina Española de Patentes y Marcas y en otros
países.

I.S.B.N.: 978-84-687-3171-1
Depósito legal: M-20122-2013

Uno

Bianca di San Giorgio estaba arrodillada limpiando una mancha del suelo de piedra del vestíbulo exterior de la torre, que dominaba la pequeña ciudad de San Giorgio, el centro del señorío de su hermano, cuando llegaron Piero de' Manfredini y su séquito, aquel luminoso día de 1430.

Había salido de las destartaladas dependencias que habitaban ella y su hermano para ver que la mancha, que había visto con anterioridad ese día, seguía allí, inamovible, y que Lucia, la sirvienta, había esparcido agua a su alrededor y estaba a punto de alejarse. Bianca había emitido un gruñido de exasperación y le había dejado clara su opinión a Lucia.

—Demasiado difícil de limpiar para una pobre chica, *madonna* —había farfullado Lucia con resentimiento.

—Dame tu delantal, el cubo, el cepillo y el jabón —había contestado Bianca con brusquedad. Después se había arrodillado en el suelo para eliminar la ofensiva mancha ella misma.

No había ninguna tarea en la torre –no podía denominarse castillo–, por humilde que fuera, que Bianca no hubiera realizado en algún momento de su vida. Las nobles pobres tenían que llegar a esos extremos para mantener las apariencias, en especial si eran tan fieramente orgullosas como Bianca y tenían un hermano tan indolente como Bernardo, que desconocía el significado de la palabra orgullo. Alguien tenía que ocuparse de que San Giorgio y la torre no degeneraran hasta convertirse en uno de esos señoríos de aspecto tan indefenso que un grupo mercenario o un vecino ambicioso decidieran atacarlo sin previo aviso.

Estaba tan absorta en su tarea, que pronto se extendió para incluir el resto del sucio suelo, que no oyó los ruidos que indicaban la llegada de alguien importante. Tampoco oyó los pasos acercarse, pero, incluso si lo hubiera hecho habría pensado que se trataba de alguno de los hombres de armas de su hermano. Cuando finalmente notó su presencia, estaba tan convencida de que eran soldados de San Giorgio y de que, como era habitual, lo pisotearían todo si no les daba un grito, que Bianca siguió restregando sin alzar la cabeza.

—Marchaos de aquí —gritó por encima del hombro sin elegancia alguna—. ¡No pongáis vuestros enormes pies en mi trabajo, si sabéis lo que os conviene!

Casi antes de acabar de hablar, notó que una mano

le agarraba la oreja derecha y tiraba con fuerza hasta ponerla en pie y luego la obligaba a girar para que se encarara a su propietario.

Pálida de ira, exceptuando la oreja, que, diantre, estaba rojo escarlata, Bianca se encontró mirando el pecho de un hombre alto; cuando alzó la vista se encontró ante el rostro más guapo que había visto en su vida. Su cabello corto y dorado caía en suaves ondas sobre el rostro bronceado. Los ojos eran azul brillante, la nariz aquilina, y la ancha y bien formada boca se curvaba con una mueca de desdén. Parecía tener poco más de veinte años.

—No tengo costumbre —dijo el propietario de la mano, y por desgracia para ella su voz también era bonita—, de recibir órdenes de fregonas. Si quiero bailar sobre el maldito suelo mojado, lo haré.

—¡Oh! —empezó Bianca furiosa—. ¿Cómo te atreves?

—¿Cómo me atrevo? Una fregona impertinente, además. No te escudes en tu carencia de belleza, mujer —dijo él con desgana, soltando su oreja y dando un paso atrás para examinarla. Eso le dio a ella la oportunidad de examinarlo a él. Su cuerpo era tan bello como su rostro, y su vestimenta estaba a la par. Bianca pensó que era imposiblemente perfecto y la ira creció en su interior.

Estaba vestido de negro de pies a cabeza y lucía un rubí en la oreja derecha, rubíes en el cierre de su larga capa y en la hebilla del cinturón dorado que rodeaba su estrecha cintura. Sus mallas y botas también eran perfectas. La única arma que llevaba era una daga en el cinto, una auténtica obra de arte, además de un arma mortal. En conjunto daba tanta impresión de riqueza como de miseria los San Giorgio. Hacía que Bianca se sintiera aún menos atractiva, peor vestida y más descuidada de lo que realmente era el caso. Era suficiente para que una jovencita de dieciséis años con respeto de sí misma deseara escupir de rabia.

Su intenso desagrado era muy evidente en la expresión de su rostro. Él se inclinó hacia ella y volvió a agarrarle la oreja.

—Un poco de respeto —empezó— no estaría de más —después, cuando los ojos de ella relampaguearon, rió suavemente y se volvió hacia el hombre mayor que había a su lado—. *Per Dio*, Lodovico, en San Giorgio hasta los sirvientes actúan como miembros de la realeza—lo dijo con una expresión tan desdeñosa que ella casi explotó.

—Soltadme de inmediato, señor.

—Oh, lo haré con gusto, cuando esté listo —masculló él— ¿Por qué habría de retenerte? No eres más que un pez que devolver al mar. Es necesario un pequeño castigo por tu insolencia, ¿pero cuál? ¿Un beso? Temo que un beso sería un castigo para mí.

Bianca descubrió que temblaba violentamente y, para su vergüenza, lágrimas indeseadas amenazaban con surcar sus mejillas.

—Oh, sois vil, vil —fue cuanto consiguió decir.

—Eso me dice todo el mundo. Pero ¿por qué iba a ser original una fregona, niña fregona, más bien?

Bianca notó de repente que tras el desconocido y

el hombre a quien había llamado Lodovico había un cortejo de sirvientes y soldados igualmente bien vestidos, a los que acababan de unirse algunos desaliñados hombres de armas de San Giorgio, riendo y burlándose al ver cómo alguien por fin ponía en su lugar a la malhumorada hermana del señor.

—Decidle que se vaya a Gehenna, señora —cacareó uno de ellos.

Las cejas finas, oscuras y arqueadas del desconocido se arquearon.

—Señora —repitió, riendo y soltándola por fin—. La chanza es original, al menos —le hizo una reverencia burlona.

—Oh —gimió Bianca, casi dando saltos. En sus dieciséis años de vida nunca había estado tan enfadada. Era muy consciente de su desventajosa situación. ¿Cómo podía él saber que era la hermana del señor? ¿Cómo podía decírselo? Era difícil creerlo al verla con un delantal de lienzo marrón, un cepillo en la mano y junto a un cubo de agua sucia. Deseó lanzarle el contenido del cubo por encima. Eso arruinaría su imposiblemente perfecta apariencia, sin duda.

Su torturador vio el cambio de sus ojos y lo reflejó en los suyos con un brillo sardónico.

—Oh, no, no tengo ninguna intención de ser bautizado con agua sucia —dijo.

Se inclinó y, antes de que Bianca pudiera impedirlo, levantó el cubo y se lo dio a Lodovico quien, por su expresión, no aprobaba lo que estaba haciendo el que debía ser su señor.

—Líbrate de eso por mí, Lodovico, antes de que esta arpía haga algo más que bufar —dijo con voz risueña.

—No sois ningún caballero, señor quienseáis, al burlaros así de una pobre joven. Pagaréis por esto, os lo prometo —dijo ella.

Estaba demasiado enfadada y avergonzada para informarlo de que estaba en presencia de la señora de la torre; era muy consciente de cuán poco parecía serlo y apenas podía imaginar la mordaz respuesta que recibiría a esa noticia. Nunca antes había lamentado tanto su corta estatura y su escaso desarrollo físico; era tan delgada y plana como un niño, a pesar de su edad, y tenía tan poca presencia como podía esperarse de una joven que parecía un filete de arenque, tal y como había dicho una vez su hermano Bernardo, para añadir después: «No es extraño que Agneta me diga que aún careces de menstruo».

—Verdad es que no soy caballero, y dudo de esa amenaza de que pagaré por ello —intervino el desconocido—. Ahora, niña, dime dónde encontrar a tu señor, y con premura. Me espera.

¿Lo esperaba? ¿Y por qué no lo sabía ella? Bernardo no era un hermano amable ni considerado, pero solía saber qué se traía entre manos, y no había oído mencionar una visita. En ese momento estuvo a punto de decir quién era, pero lo pensó mejor. Cuanto más tardara, más se avergonzaría él al descubrir que era la señora de la torre. Aunque lo cierto era que no tenía sentido contar con eso; daba la impresión de ser incapaz de avergonzarse por nada ni por nadie.

—Si me dais vuestro nombre, señor... —hizo una

reverencia forzada y casi se atragantó al darle título—, lo informaré de vuestra llegada.

—Puedes decirle que Piero de' Manfredini, señor de Astra, está aquí, a su servicio.

Bianca no pudo callar. El alma se le cayó a los útiles pero feos zapatos al oír con quién había estado tonteando, y quién había estado tonteando con ella.

—El Halcón Dorado...

—Una fregona bien informada. Corre, niña, dile a tu amo que estoy aquí —se llevó la mano al bolsillo que colgaba de su cinturón—. Y aquí tienes una moneda en pago por la oreja maltratada y por el recado —dijo, ofreciéndole una. Su mano era tan bella y mortal como el resto de él... y de su reputación.

Bianca no había creído que pudiera ser tan joven, teniendo en cuenta su renombre como soldado mercenario, capitán y *condottiero*. Un hombre que había obtenido muchas victorias para sus amos florentinos y cuya única derrota no había sido tal, puesto que había conseguido poner a salvo a su batallón, cuyo emblema era el halcón dorado, e incluso incrementar su reputación al casi conseguir vencer a las tres compañías contratadas para enfrentarse a él. Un hombre reputado por su astucia, así como por su valor. Un hombre que había puesto en ridículo a los hombres maduros que se habían enfrentado a él y de quien se decía que su lengua era tan afilada como su espada. Pero la moneda que le ofrecía incrementó su humillación. Ya podía ser el espadachín más listo y despiadado de Italia, ella no necesitaba sus migajas.

Tomó la moneda, la miró con desdén y, estirando el

brazo, la dejó caer en el cubo de agua sucia que sujetaba Lodovico.

—Eso opino de vuestro dinero, señor —dijo, mientras la moneda se hundía bajo la película de espumilla sucia que cubría la superficie del agua—. Podéis quedárosla, si decidís pescarla, claro está.

La mano de él se disparó de nuevo, como un rayo o una serpiente –ella pronto descubriría que esa rapidez de reflejos era una de sus características– agarró su barbilla y echó su rostro sucio y desafiante hacia atrás. Bianca no sabía que tenía la cara sucia, y no le habría importado de haberlo sabido. De hecho, lo habría preferido aunque sólo fuera para burlarse de la imposible perfección de él y demostrarle que nunca la emularía.

—Deja que te vea, muchacha —dijo él—. Una fregona rica ha de ser aquella que rechaza mi dinero. Dejaré que Lodovico le entregue la moneda al cura de la torre, cuando se tire el agua —la giró y le dio una palmada en el trasero—. Ahora corre, niña, corre a decirle al señor Bernardo que estoy aquí, no vaya a ocurrirte algo peor que esto.

¡Era un monstruo! ¡Y pagaría por lo que le había hecho! Pero mientras Bianca iba a buscar a su hermano, la risa del monstruo la persiguió hasta que estuvo en el corredor, lejos de él y su perfección.

La vieja Agneta, sirvienta y ama de compañía de Bianca, entró en su habitación y la encontró mirando horrorizada el rostro sucio que reflejaba su pequeño espejo de mano veneciano, una de sus escasas posesiones de valor.

—No me extraña que pensara que soy una fregona —gimió. El cabello, que se había sujetado sobre la cabeza para que no la molestase mientras trabajaba, se había soltado, y mechones oscuros caían alrededor de su cara delgada y morena. ¡Y su vestido! Santo Dios, su vestido parecía un trapo bajo el horrible delantal. Y ella... Carente de formas, pecho plano, caderas como las de un chico, y uno pequeño además. Recordó la diversión que había visto en el rostro de él y supo a qué se debía. Una perfección imposible como la suya exigía equivalencia en una mujer. Incluso cuando Dios se decidiera a hacerla mujer por fin, y no sabía cuándo ocurriría eso, nunca tendría un aspecto ni remotamente parecido al que podría interesar al señor Piero de' Manfredini.

—Un baño, Agneta —dijo, enfebrecida—. Necesito un baño —al menos estaría limpia la siguiente vez que lo viera.

—¿Un baño, señora? ¿Ahora?

—De inmediato, mujer, sin retraso. Y un vestido. ¿No tengo nada mejor que esto para un día en que mi hermano recibe a nobles invitados en su mesa?

Agneta se arrodilló ante el baúl en el que se guardaban las pocas prendas que poseía Bianca. Tenía un San Sebastián, traspasado por las flechas, pintado en la tapa, y guirnaldas de flores decoraban los costados. Él no se parecía en absoluto al santo oscuro y cadavérico, sino a la bella figura de San Miguel, el arcángel guerrero, que formaba parte del fresco de la capilla de la torre. Se preguntó por qué seguía pensando en la horrenda criatura. No se merecía su consideración; pero pronto lo vería de nuevo y debía tener mejor aspecto que arrodillada en el corredor, fregando.

Agneta estaba sacando prendas, rezongando y rechazándolas una a una. Demasiado pequeña, demasiado humilde, inapropiada para una ocasión tan especial... pronto llegó al final, con las manos vacías, y se sentó sobre los talones.

—No hay nada adecuado para banquetes y nobles invitados, señora. Lo mejor que tenéis es poca cosa, y os quedará pequeño —alzó de nuevo un vestido de brocado azul y plata.

—Después del baño me lo probaré —dijo Bianca, agitada, pensando que era terrible no tener ni una sola cosa que ponerse. La humillación repiqueteó amarga en su cabeza.

—Le he dicho a vuestro hermano, no una sino varias veces, que no tenéis vestimenta adecuada. Me dijo que no podía permitirse comprar nada mejor hasta que tuvierais más aspecto de mujer y menos de muchacho malformado.

—Bien se permite vestir lujosamente a Giulietta, para que se tumbe de espaldas —clamó Bianca con rencor e impropiedad, mientras se quitaba la ropa sucia y Agneta y las demás criadas llevaban agua para llenar la tina de madera que había en el rincón. Pensó con ira en la amante de su hermano, la última de una larga lista. Ni siquiera era especialmente bonita; pero el arruinado señor de San Giorgio no podía costearse nada mejor.

El jabón que utilizó para lavarse ni siquiera estaba perfumado, provenía de las cocinas. El agua estaba templada y Bianca se estremeció. No había esencia ni aceite aromático con los que perfumarla. Los cronistas, Plutarco quizá, decían que Cleopatra se bañaba en leche de burra para incrementar su belleza. Tal vez si Bianca di San Giorgio se bañara en ella también se volvería lo bastante bella y atractiva como para conquistar al sultán de Turquía, igual que Cleopatra había seducido a Antonio, llevándolo a perder su imperio.

A pesar de su enfado, con ella misma y con el perfecto Piero, esa idea le provocó una risa burbujeante; su vena satírica siempre estaba a flor de piel, y era capaz de utilizarla contra sí misma, no sólo contra otros. Se dijo que los deseos eran caballos y los pobres sus jinetes, mientras se enjabonaba con vigor. «Acéptalo, Bianca, estás condenada a ser una niña morena y de ojos oscuros, por mucho que Dios te conceda curvas, si es que llega a hacerlo, y tu mal genio nunca mejorará, como profetizan con frecuencia Bernardo y el padre Luca».

Agneta, nunca parca en palabras, se lamentaba alternativamente de la pobreza de su amo y de la falta de encantos de su señora; había sido la nodriza de Bianca antes de convertirse en su doncella.

—Sois tan delgada, tan plana. Dicen que el señor que nos visita es soltero, rico y que, a pesar de su juventud, necesita esposa. Pero, alabado sea el Señor, deseará algo que llene sus brazos, así como su cama... y sólo tengo que miraros.

—No —Bianca se enderezó y esperó a que Agneta alzara la fina toalla para envolverla antes de salir de la tina—, no me mires, te lo suplico. Y en cuanto al señor

Piero, no me casaría con él aunque fuera bello como un ángel, rico como Creso y se postrara ante mí veinte veces al día para pedírmelo, así que no me lo mientes más.

—Bueno, bueno, tal vez algún día... —Agneta se sorbió la nariz y dejó la frase inconclusa. Luego añadió—. Quizá si no hubierais pasado tanto tiempo con el padre Luca, aprendiendo letras, leyendo latín y griego, os habríais convertido en mujer antes. ¿Para qué ha de leer griego una mujer? ¿Qué sentido tiene que una dama sepa esas cosas? Nunca necesitaréis leer, eso no os ayudará en la cama, ni en la cocina.

Se había lamentado ante el sacerdote de la misma manera y él le había respondido con gentileza.

—La señora debe tener algo en la vida. Su mente es aguda. Necesita estar ocupada.

Después de eso había llevado sus quejas a Bernardo, que la había escuchado con impaciencia.

—El padre la está arruinando, le enseña latín, y otras cosas paganas que una mujer no debería saber.

—Mientras sea capaz de cumplir con las obligaciones propias de la señora de San Giorgio, me da igual —había replicado él—. Y mientras la tenga callada puede enseñarle hebreo y hasta magia negra, si quiere. Así no me incomoda continuamente.

Porque Bianca era como la voz de su conciencia y, a pesar de su juventud, veía con claridad su pereza, su autoindulgencia y carencia de coraje, energía y astucia; todas las virtudes que un noble italiano necesitaba para sobrevivir y mantener su señorío en una época de luchas intestinas. Sólo retenía San Giorgio porque era demasiado pobre para atraer a los lobos que lo rodeaban. Piero de' Manfredini era uno de ellos, como Bianca sabía bien. Rechazó las quejas de Agneta y permitió que le probara el rico brocado, deslustrado por el paso de los años. Pero, por supuesto, era demasiado pequeño; había sido diseñado para una señora de San Giorgio mucho tiempo antes y, por tanto, también estaba completamente desfasado.

Finalmente, Bianca le quitó el vestido de las manos a Agneta y le desgarró la espalda.

—Cósemelo por encima, me pondré un chal de encaje para esconder las puntadas —dijo con decisión—. Y no, por Dios bendito, no discutas conmigo; debo ponerme algo y es lo único que tengo.

Así que Agneta siguió sus instrucciones. Cuando Bianca se miró en el espejo poco después, pensó que no tenía mucho mejor aspecto que la fregona que Piero de' Manfredini había creído que era, pero tendría que conformarse. Mientras Agneta daba unos últimos e inútiles retoques a su atuendo, llamaron a la puerta. Era Raimondo, el ayudante de cámara de Bernardo, y empezó a discutir con Agneta en cuanto ella abrió.

—El señor requiere la presencia de su hermana en la mesa. Su retraso es muy inconveniente. Tiene invitados de alcurnia y la necesita de inmediato.

Bianca fue hasta la puerta y se puso las manos en las caderas.

—Dile al señor que si honrara a su hermana con una vestimenta decente, ella no tardaría tanto en prepararse. Enseguida iré.

Permitió que Agneta le pusiera un pasador enjoyado en el pelo. «Estoy ridícula. Una niña disfrazada de mujer. ¿Tendré alguna vez un cuerpo formado? ¿Por qué no nací varón si no voy a ser más que esto?». Esos pensamientos surcaron su mente mientras salía de la habitación y subía las escaleras, seguida por Agneta, que rezongaba a su espalda.

—Vuestra media tiene un agujero y vuestro calzado es una auténtica desgracia.

—Dulce Jesús, calla ya —espetó ella, abriendo la pesada puerta de roble de los aposentos privados de su hermano, donde se celebraba la cena.

Había hablado tan alto que estaba segura de que él la había oído. Bernardo estaba recostado en su gran sillón, que tenía el emblema de San Giorgio: una cruz de color rojo desvaído y una lanza, la del santo, bordado en el respaldo. Había lanzas y figuras de San Giorgio tallados por toda la torre, un recuerdo de los días en que la familia había sido rica y poderosa, propietaria de las tierras que alcanzaba la vista desde lo alto de la torre, en vez de limitarse a unas escasas parcelas en las afueras de la ciudad. El poder y la riqueza se habían desvanecido, al igual que los San Giorgio. Sólo quedaban Bernardo y ella.

Piero de' Manfredini estaba de pie ante la gran chimenea de piedra en la que había una urna de cobre, deslustrada como todo lo demás en San Giorgio, llena de flores tempranas de estío. Aunque era temprano, era obvio que Bernardo había estado bebiendo y la copa no había abandonado su mano un segundo. La de Piero estaba sobre la mesa, llena. Se había quitado la capa y se veía un halcón dorado, con un anzuelo en el pico, bordado en la pechera de su túnica. Alzó la vista cuando Bianca entró en la sala y su boca se curvó hacia arriba, divertida, cuando reconoció a la fregona del corredor.

Junto a él, Bernardo parecía aún más desaliñado y descuidado de lo habitual. Tenía el jubón manchado y grasiento, la ropa blanca amarillenta, cuando no gris, y el pelo sucio, como siempre.

—Mi hermana... —indicó a Bianca con un gesto, sin hacerle el honor de ponerse en pie—. Tarde, como siempre. Bianca, éste es Piero de' Manfredini, señor de no recuerdo dónde.

Siempre se le habían dado bien los insultos. Era lo único en que demostraba ser un maestro.

—Astra —intervino Piero, sin que su leve sonrisa se desdibujara—. No tiene importancia. Los señoríos van y vienen.

Bianca pensó que eso era una advertencia, al tiempo que una recriminación a Bernardo. Piero le hizo una leve reverencia y siguió hablando.

—La dama y yo ya nos conocemos. Veo que os habéis bañado.

¿Cómo se atrevía a recordarle sus manos y cara sucia y que había estado fregando el suelo cuando llegó? Bianca sintió el vestido aún más apretado y ridículo ante esa mirada fría y esos labios curvados. Pero él se acercó, con la gracia y elegancia de un gato salvaje, alzó la mano que colgaba a su costado, que no había tenido la presencia de ánimo de ofrecerle como habría debido, y la besó.

—Su sirviente, señora —dijo. Pero los ojos azules contaban una historia muy distinta cuando se regodeó con la palabra «sirviente» antes de soltar su mano. Ella la retiró como si hubiera recibido un picotazo y vio que los labios de él controlaban un temblor.

—¿No tenías nada mejor que ponerte? —preguntó Bernardo con voz amable.

—No, o me lo habría puesto —replicó Bianca con furia, consciente de que debía parecer un espantapájaros comparada con el hombre perfecto que tenía ante ella. Nunca antes la había preocupado su apariencia; la ropa no era más que algo con lo que cubrirse, no un adorno. Se preguntó por qué le importaba tanto en ese momento.

—El señor Piero está aquí por negocios.

—¿Sí? —dijo Bianca— ¿Y qué negocios son esos?

—Nada que interese a una niña pequeña —repuso Bernardo con una desagradable sonrisa.

Deseaba que su hermana fuera grande y exuberante, una pieza que él pudiera utilizar en sus fútiles maniobras para revivir el poder de San Giorgio. Tan sólo un día antes le había echado un vistazo y exclamado: «Dios santo, ¿es que no comes? ¿Cómo puedes ser tan poco agraciada y esquelética? Si fueras una belleza como Isabella da Trente, podría reunir una dote y venderte a algún señor que deseara esposa, ¿pero quién iba a quererte a ti? Incluso el viejo y feo Marucci, que está desesperado por casarse, se rió en mi cara cuando te ofrecí a él. Dijo que no le atraían los mozalbetes, ni las mujeres que parecían uno. Me pregunto a quién has salido. Nuestra madre era bella, que Dios la tenga en su gloria, y nuestro padre no era feo». Después había sollozado, completamente ebrio.

—Mi hermana se ha dignado a aparecer —gritó, haciendo un gesto con la mano al sirviente que había en la puerta—. Dile a Jacopo que traiga la comida —se volvió hacia de' Manfredini—. Siéntate, hombre, y bebe de este buen vino. Apenas has tomado una gota. Incluso los halcones necesitan beber, ¿no es cierto?

Piero encogió los hombros y esperó a que Bianca se sentara y Agneta se situara detrás de ella, antes de ocupar un sillón no tan esplendoroso como el de Bernardo. El resto de la compañía hizo lo propio cuando él ocupó su sitio en la mesa. Bianca notó que seguía sin tocar el vino. Si alguien había de emborracharse esa noche, dudaba que fuera el señor Piero. Ella no aprobaba los excesos y eso debería haberla satisfecho pero, misteriosamente, incrementó su desagrado por el hombre.

Para sorpresa de Bianca, la comida era buena. Mucho mejor que la habitual, y el vino también; no podía imaginar de dónde había salido. Cuando empezaron a comer, el visitante sacó un pequeño utensilio de plata del bolsillo que colgaba de su cinturón, y lo utilizó para sujetar la carne mientras la cortaba con el cuchillo suministrado por Bernardo.

Bianca no pudo evitar observarlo. Él percibió su mirada, parecía captar cuanto sucedía a su alrededor.

—Una herramienta útil, ¿no creéis? —dijo, con una sonrisa y un cierto deje de lástima.

A Bianca la enfureció su lástima, pero pudo más la curiosidad con la que solía enfrentarse al mundo.

—Veo que evita que la grasa manche los dedos y la ropa. ¿Cómo se llama?

—Tenedor —contestó él—. Es un utensilio nuevo.

—Las viejas costumbres son mejores —intervino Bernardo con tono condescendiente.

Bianca lo miró con irritación. Piero de' Manfredini hacía que Bernardo pareciera peor que nunca y excitaba su mal genio, siempre presente en ella.

Prosiguieron con la comida. Ella no pudo evitar comer con gusto, por no decir gula, cuanto pusieron en su plato, desde la carne de jabalí, a los mazapanes que sirvieron de postre. No era consciente de que Piero, el que todo lo veía, también veía eso. Era evidente que la hermana del señor no solía disfrutar de buena comida. Pero Bianca estaba demasiado ocupada comiendo para notar su interés por ella. Pensaba que tal vez, si comiera así todos los días, llegaría a desarrollar pecho y trasero. Se lamió los dedos, no debía desperdiciar ni un ápice de la buena comida, sólo Dios sabía cuándo volvería a disfrutar de ella.

Piero, observando su placer, ocultó la lástima que sentía desde que entró en la sala y supo que la descarnada fregona era la dama de la torre. Era consciente de que ella rechazaría ese sentimiento con ira. El desagrado que había sentido por el maleducado señor de San Giorgio en cuanto lo vio, se incrementó al adivinar que su desagraciada hermana no solía comer tan bien como esa noche. Además, era consciente de que su visita había sido una pérdida de tiempo.

—¿Seguís sirviendo a Florencia, señor Piero? —preguntó Bernardo con la boca llena—. Buenos pagadores, pero muy exigentes, he oído decir.

—Cierto —afirmó Piero—. E imponen un comisario que no sólo se ocupa de llevar las cuentas, sino que exige participar en la estrategia de batalla. Hoy en día se exige diplomacia además de artes militares para conducir la guerra.

Bernardo rió. Había pedido al Halcón Dorado que lo visitara por varias razones. Iban desde un malformado deseo de crear un pequeño grupo de soldados para ofrecérselos por un precio, al deseo más ambicioso de encargarle que recuperara las tierras perdidas por los San Giorgio, bajo promesa de pago cuando volvieran a pertenecerle.

Pero él, ¿por qué había accedido? Qué había llevado al señor de Astra, el *condottiero* de Florencia, a San Giorgio? ¿Por qué había dejado a su ejército en manos de sus capitanes? Algo lo había atraído, pero ¿qué? Era una pregunta que sus capitanes también se habían hecho, sin atreverse a formularla. Conocían demasiado bien a su jefe. Más de una vez había puesto en marcha planes que parecían no tener sentido, pero que una vez ejecutados demostraban ser razonables y lógicos.

Piero de' Manfredini siguió a la mesa, charlando. Lodovico, a su lado, mantenía el silencio excepto cuando Piero le solicitaba algún dato o comentario.

—Pero estamos aburriendo a la dama —dijo, deseando por encima de todo silenciar la retahíla de rumores y cotilleos inciertos con la que Bernardo intentaba impresionarlo.

—No —contestó Bianca con sinceridad—. Me gusta enterarme de cosas del gran mundo —siguió con súbito entusiasmo—. Me gustaría formar parte de él. San Giorgio es un lugar carente de interés.

—Sólo para ti, hermana —Bernardo la miró fijamente—. El gran mundo no es para las niñas —seguía bebiendo copiosamente e instaba a su invitado a que hiciera lo mismo. Bianca, siempre observadora, y más cuando retiraron la comida, notó que aunque el vino de Piero desaparecía y su copa era rellenada, no parecía tener efecto en él. O bien tenía mucho aguante o estaba consiguiendo disponer del vino sin bebérselo, o al menos bebiendo sólo un poco.

Bianca, convencida de la astucia villana de Piero, estaba segura de que se trataba de la segunda opción. Pero por más que lo observaba, no conseguía captar cómo lo hacía. Él vio que lo miraba y le dedicó una sonrisa tan dulce que ella parpadeó con asombro, mientras una oleada de calor recorría su cuerpo.

—Un brindis por la señora de San Giorgio —dijo Piero, alzando su copa.

—¿Y quién habría de ser, no estando yo casado? —rezongó Bernardo, embriagado—. Ah, os referís a Bianca —añadió con sorpresa, siguiendo la mirada de Piero—. Sí, supongo que podría llamarse así.

Ese comentario fue demasiado para Bianca. Había evitado beber demasiado, el vino tenía un efecto desastroso en ella si se excedía. Se puso en pie.

—Pido permiso para retirarme, hermano —dijo, con tanta dignidad como pudo.

—Sí. Puedes irte —hizo un gesto con la mano—. Estoy seguro de que nuestro invitado te excusará.

Debe estar acostumbrado a una compañía más vivaz que la tuya, y tenemos cosas importantes que hablar, inadecuadas para los oídos de las niñas —soltó una risotada, celebrando su ingenio, y Bianca se sonrojó avergonzada.

Bernardo pensó que, desde luego, no podía ofrecerle a Bianca a Piero de' Manfredini. Alguien de su prestancia no se sentiría tentado por esa minucia.

Piero se puso en pie. Sus modales eran tan perfectos como el resto de su persona. Corteses sin ser serviles, destacaban a Bernardo di San Giorgio como el zafio que era, o en el que la bebida y la decepción lo habían convertido.

Bianca, con Agneta a su espalda, fue hacia la puerta. Una vez allí giró y miró hacia la mesa.

La luz de las velas creaba un halo dorado alrededor de la cabeza de Piero. Como si hubiera sentido su mirada físicamente, él volvió la cabeza y le ofreció la misma sonrisa deslumbrante de antes. Ella pronto descubriría que era poco frecuente en él.

Tuvo más efecto que la palmada en el trasero que le había propinado en el corredor. Fue como si alguien la golpeara en el estómago, y se sintió mareada, como si se le hubiera caído la ropa y un cosquilleo invadiera su cuerpo. Se estremeció, movió la cabeza e intentó recuperar el control. Debía estar volviéndose loca para que la sonrisa de un hombre que no le agradaba tuviera un efecto tan extraño en ella.

Estaba tan conmocionada que ignoró las quejas y recriminaciones de Agneta sobre el estado de su cuerpo, su ropa, su conversación, su todo, y se fue a la cama. Una vez allí, sorda a regañinas, advertencias y amonestaciones, supo que por primera vez en su vida anhelaba ser increíblemente bella y tener ropas perfectas, un cuerpo estupendo, y los talentos de Venus, diosa del amor, y Pallas Atenea, de la sabiduría, combinados en su persona, para volver loco de deseo al perfectísimo Piero.

Dos

—¿Por qué hemos venido a San Giorgio? —le preguntó Lodovico a su comandante que, sentado ante una mesa, dibujaba un mapa. Piero, como siempre, estaba inmaculadamente vestido, a pesar de lo temprano de la hora.

0Sondeo —contestó Piero, sin levantar la cabeza de su tarea.

—¡Sondeo! —exclamó Lodovico—. Para eso podrías haber enviado a Van Eyck o a Bisticci. ¿Por qué venir tú? Todo el mundo sabe que Bernardo di San Giorgio, señor de Nada, no tiene nada que ofrecer.

—Dime, Lodovico, ¿ahora eres tú mi capitán? —la voz de Piero sonó ecuánime—. ¿Tienes más consejos que ofrecer basados en tu sabiduría?

—Lo que digo es puro sentido común —replicó el

hombre con sequedad. Se acercó a la aspillera para echar un vistazo al paisaje soleado de abajo—. No es propio de ti perder el tiempo.

—No —corroboró Piero—. ¿Por qué asumes que es eso lo que hago, entonces? —habiendo finalizado su trabajo en el mapa, dejó la pluma—. ¿Tienes más perlas de sabiduría que ofrecer? Si es así, me gustaría oírlas.

—Sólo que espero que partamos hoy temprano. ¿Digo a los hombres que se vayan preparando?

—Tu expectativa difícilmente se cumplirá. ¿Acaso parezco vestido para emprender un largo trayecto a caballo?

Lodovico contempló la espléndida apariencia de su capitán y emitió un suspiro.

—En absoluto. ¿Cuándo pretendes salir entonces?

—Como aún no lo he decidido, no puedo contestarte. Dime Lodovico, ¿qué te inquieta? ¿Mi interés por el señor, o por la hermana del señor?

Lo dijo con tanta sequedad que Lodovico suspiró de nuevo. Era imposible engañar a Piero, como sabía muy bien.

—Me cuesta creer que te interese ninguno de ellos. Pero algo te trajo aquí y ahora algo te retiene.

Piero bostezó con elegancia. Su respuesta fue tan cortante como el tono de su voz indiferente.

—Esta conversación no tiene sentido alguno. Soy tan consciente como tú de que debemos reagruparnos con la *condotta* y continuar con el sitio de Trani, siguiendo las órdenes de nuestros amos florentinos.

También sé que Bruschini, el comisario florentino, pretende que bailemos al son que él toca y estará esperando impaciente. Te diré que en parte mi razón para quedarnos es hacerle esperar. Debe aprender que yo, y nadie más, puede dirigir mi *condotta*. Y menos aún un tenedor de libros cuyo único propósito en la vida es ahorrar dinero, independientemente del éxito de la campaña. Lo mantendré informado de lo que considere necesario que sepa, y de nada más. Un ejército no puede tener dos al mando; es la primera y última norma en la estrategia de batalla. ¿Te basta con eso? Para el resto tendrás que controlar tu impaciencia.

—Es una estrategia peligrosa, tanto con Bruschini como con Florencia... —empezó Lodovico.

—Si hubiera pretendido evitar el peligro me habría quedado en el monasterio, de rodillas el resto de mi vida, excepto, claro está, para entonar himnos sobre paz en la tierra y buena voluntad para todos los hombres. La guerra y la diplomacia implican peligro. De hecho, son peligro. No creas que nuestra relación te da tantos derechos, Lodovico. No tengo intención de explicar a diario cada plan que se me ocurre. Te contaré lo que necesitas saber. En cuanto a los hombres, seguramente les haga regresar hoy, bajo el mando de Filippo Montone. Ya es hora de darle un poco de independencia. Empezará llevando a su pequeña tropa de vuelta al batallón principal. ¿Cuento con tu aprobación, amo y señor?

Lodovico se inclinó ante lo inevitable y se dio la vuelta para marcharse. La bella voz de Piero lo detuvo en la puerta.

—Y, Lodovico —dijo—, estás equivocado respecto a una cosa con respecto a nuestra visita, muy equivocado. Dejaré que descubras cuál por ti mismo. Eso debería entretenerte el resto de tu estancia aquí.

Bianca se despertó por la mañana preguntándose por qué se sentía tan molesta, y entonces recordó. Era él, Piero de' Manfredini, quien había puesto un nubarrón en su vida. No le molestaba ser la pobre, desgraciada y mal vestida Bianca di San Giorgio mientras no hubiera nadie que la viese. Pero que un hombre tan superior como Piero de' Manfredini llegara a destrozar su conformidad con su falta de atractivo era más de lo que una jovencita de apenas dieciséis años podía soportar.

Lo peor de todo era que eso hacía que los suspiros y quejas de Bernardo y Agneta sobre sus carencias parecieran razonables. Y ni siquiera era mujer, a una edad ya tan avanzada; Dios había olvidado dotarla de menstruo y de curvas femeninas, habiendo entregado, por el contrario, toda la belleza que ella necesitaba al perfecto Piero. La amargura que sentía habría bastado para agriar la leche.

Tras romper su ayuno con pan moreno, nada de lujos cuando el invitado no estaba presente, lo vio en el patio exterior hablando con Lodovico, tan esplendoroso que deseó escupir. Y aunque parecía concentrado en la conversación, el maldito debía tener ojos en la nuca, porque captó su presencia.

—Que Dios os dé un buen día, *madonna* Bianca — dijo, antes de tener la cortesía de volver la cabeza.

Fue una lástima que se dignara a hacerlo, porque había tenido que ponerse su desvaído vestido de tafetán marrón, limpio pero ajado, y tan corto que se le veían los tobillos. Tenía más aspecto de sirvienta que nunca, y además era desgarbada como una niña de doce años. El perfectísimo Piero fue cortés, pero ella habría jurado que vio cómo sus labios temblaban de risa al verla.

Su enojo adquirió tal dimensión que, sin poder contenerse, habló con una fiereza y una descortesía inapropiadas en la señora de San Giorgio.

—Veo que seguís con nosotros, señor Piero. Aún no os habéis marchado.

La respuesta de él fue tan educada como el comentario de ella había sido grosero, pero con doble filo, una característica que ella llegaría a reconocer con el paso del tiempo.

—¿Y vos, *madonna*, seguís con nosotros?

—Naturalmente que sigo aquí —espetó ella—. Ésta es mi casa.

Él enarcó una ceja y sonrió, no una sonrisa brillante como la de la noche anterior, sino un mero esbozo. Ella se preguntó cómo podía ser tan asquerosamente guapo y encima complementar la belleza de su cuerpo con vestimenta perfecta.

Esa mañana llevaba ropa cortesana cubierta con un largo sobretodo azul zafiro de mangas anchas, que concluían en ajustados puños de piel de armiño. Lo llevaba atado con un cinturón de plata decorado con zafiros, al igual que su daga y su bolsillo. La abertura del sobretodo revelaba un jubón acolchado de un azul más oscuro, decorado, cómo no, con botones de plata y zafiro. También se veían un par de piernas bien formadas, embutidas en medias, una pierna azul, la otra azul con listas plateadas. De la oreja que la noche anterior había adornado un rubí, colgaba otro zafiro más, montado en plata. Los rizos dorados no estaban sueltos, sino recogidos hacia atrás y confinados en una redecilla plateada decorada con, sí, había que aceptarlo, más zafiros. Tanta riqueza haría que cualquier joven pobre rechinara los dientes de rabia. Bianca lo hizo, y con más fuerza al oír de nuevo su dulce voz.

—Sí, desde luego, *madonna*, soy consciente de que vivís aquí. Pero había pensado que estarías realizando vuestras tareas de fregona. Las escaleras de la torre necesitan con urgencia vuestras atenciones.

—Sois impertinente, señor Piero —los ojos de Bianca destellaron, taladrándolo. ¿Cómo se atrevía a recordarle lo ocurrido el día anterior?

—Sí, pero certero, *madonna*. Al menos concededme eso. Decir la verdad es siempre mi objetivo.

¡Eso sí era una gran mentira! Todo el mundo conocía su reputación de embaucador. Bianca agitó una mano y al ver que ya estaba sucia, debido a sus esfuerzos por limpiar sus propios aposentos, intentó ocultarla de la vista del monstruo que tenía ante sí.

—No os concedería nada, señor Piero, excepto permiso para abandonar San Giorgio cuanto antes —pensó que eso lo callaría, pero no fue así.

—Ah, pero no necesito vuestro permiso para hacerlo, señora, —dijo con una leve sonrisa, mientras el zafiro que colgaba de su oreja destellaba al sol—. Me iré cuando lo considere oportuno, como es mi costumbre.

—Pero no será oportuno para San Giorgio —replicó ella—. Vuestra hambrienta comitiva acabará con nuestras provisiones.

—Pero vos —intervino él—, disfrutaréis de la buena comida que vuestro hermano nos ofrece. Además, por lo que he visto no resultaría difícil vaciar vuestra despensa. Las escaleras sucias y la escasez de comida suelen ir en compañía.

—La buena ropa y los malos modales también, por lo visto —contraatacó Bianca con dureza, intrigada al tiempo que apabullada por su propia maledicencia.

—No en mi experiencia —dijo Piero de' Manfredini, como si dictara sentencia divina—. El mal atuendo y los modales aún peores hacen mejor pareja, si he de juzgar por vos.

Siguió un horrible silencio ante esa verdad.

—Oh, sois imposible, señor Piero, imposible —exclamó Bianca airada, dando un pisotón al suelo con su mal calzado pie.

—Pero, mi dama —replicó él, con una sonrisa dulce como el veneno—, no hago sino seguir vuestro ejemplo, tal y como corresponde a un buen invitado.

¿Qué se podía contestar a eso? Bianca sintió el horrible deseo de sollozar, de dar saltos, de gritarle, golpearlo y desgarrar las bellas ropas que lo cubrían.

Cuanto más decía, más empeoraba la situación. Él tenía respuesta para todo, y cada respuesta era más ácida que la anterior. Contuvo unas traicioneras lágrimas, no lloraría ante él. Antes de eso lo mataría. Lo maldijo y envió mentalmente a todos los infiernos creados por Dante. Que se perdiera en ellos; no levantaría ni un dedo para salvarlo de las llamas eternas. Y Satán podía pincharlo con su tridente más afilado, Bianca lo animaría. Sólo pensarlo hizo que se sintiera mejor, mucho mejor.

No tenía ni idea de la transformación que sufrió su rostro mientras esos horribles pensamientos cruzaban su mente como un rayo, ni de que el hombre que tenía ante ella tuvo un atisbo del aspecto que tendría si estuviera bien alimentada y cuidada.

—Creo que será mejor que os deje, señor Piero de' Manfredini —dijo con voz altanera, irguiendo la cabeza como si fuera una princesa—, antes de romper las normas de la hospitalidad.

—Oh, sí —aceptó él—. Estoy muy de acuerdo con vos. Las buenas maneras son la clave de la vida civilizada. Me alegra mucho saber que pretendéis adquirir alguna de ellas.

¡Que el buen Dios le otorgara paciencia! Si midiera diez centímetros más, fuera más bella que él, tuviera una naturaleza dulce, un hermano generoso, una vasta fortuna y una lengua gentil, le enseñaría... ¿qué? Nada, no le enseñaría nada; ni aunque cayera de rodillas ante ella en ese mismo instante, suplicando perdón por haberla insultado así.

La improbabilidad de ese pensamiento casi consiguió que se echara a reír. En cambio, le hizo una reverencia perfecta; por desgracia, su pie se enganchó en el bajo del horrible vestido y estuvo a punto de caer de bruces ante él, lo que arruinó lo que habría sido una salida de escena muy digna.

—Has sido cruel con la niña —dijo Lodovico—. Esta mañana tienes la lengua muy afilada.

—Ah, pero ella no me habría agradecido que fuese amable —replicó Piero con astucia, contemplando cómo la pequeña pero valiente figura subía la escalera—. Tiene su orgullo y ha decidido que yo le desagrado; he salvaguardado su orgullo al justificar ese sentimiento. La bondad la destruiría, no está acostumbrada a ella.

Lodovico pensó que su señor, como era habitual, demostraba una certera comprensión de la gente y de su comportamiento. No por primera vez, se preguntó cuánto dolor le causaría no poder ilusionarse vanamente con nada.

—Pero la pequeña estaba al borde de las lágrimas —apuntó.

—Sí, pero se reconfortará todo el día con el recuerdo de que no conseguí doblegarla y de que me respondió lo mejor que pudo. Vale diez veces más que su gordo hermano —pensativo, le dio la espalda y empezó a subir las escaleras.

Lodovico suspiró por décima vez esa mañana. Se preguntó qué gusano recorría el impredecible cerebro de su señor. Si era por lo que podían ganar en San

Giorgio, el líder del batallón del Halcón Dorado podría marcharse en la hora siguiente. Pero Piero ya se había negado a hacerlo, y había que admitir que rara vez su juicio era erróneo, y nunca fatídico.

Si la hermana del señor de San Giorgio fuera bella, podría haber entendido el retraso. Piero no era mujeriego, pero le atraía la belleza y la mayoría de las mujeres se sentían atraídas por él. Era imposible que el Halcón se estuviera inclinando ante ese pobre gorrión de plumaje grisáceo, que ni siquiera un valiente espíritu podía llenar de color.

Se encogió de hombros. La artería era una segunda naturaleza para su señor Piero, y sólo un tonto perdería el tiempo intentando anticipar lo que él explicaría más adelante, convirtiendo en obvio lo que otros habían considerado extraño en un principio.

Bianca comprobó que Bernardo tenía un aspecto muy distinto al de Piero. Tenía los párpados hinchados, bostezaba y estaba de mal humor. Aun así, se había puesto la ropa sucia del día anterior y recibió a Bianca con rudeza.

—No es extraño que de' Manfredini se alegrara de verte marchar ayer. No hay nada en ti que pueda atraerlo.

—Tú tampoco eres tan guapo como para poder permitirte criticar mi falta de belleza, hermano —respondió Bianca razonablemente—. Además, no tengo ningún deseo de satisfacer al señor Piero. Ya está más que satisfecho de sí mismo.

Bernardo admitió la verdad de ese comentario con un gruñido y, a pesar de lo temprano de la hora, se sirvió un vaso de vino.

—Había pensado en ofrecerte a él como esposa, hasta que vi su expresión cuando entraste. Dicen que tiene mujeres en todas partes, y todas bellas.

Por supuesto que debían ser bellas. Bianca pensó que esa bestia lujuriosa no se conformaría con menos, pero no lo dijo.

—Pues yo no soy presa para él, eso seguro. No podría vanagloriarse de mi belleza y mi casi inexistente dote no le serviría para pagar a su *condotta* si fracasara en su próxima campaña.

—Le dije que lo obtenido en el saqueo de Trani, unido a lo que puedan prestarme los banqueros, podría costear una campaña para recuperar las tierras de San Giorgio que me han robado Marucci y otros. Sería un buen objetivo para un joven capitán emprendedor, con mucho dinero de rescate a obtener de Marucci, al menos, aunque los demás no sean tan ricos. Pero rechazó el plan, ¡maldito sea!

—¿Los banqueros? —casi chilló Bianca—. Te refieres a las sanguijuelas florentinas. Los prestamistas. Se quedarían con San Giorgio si retrasaras un solo pago. Me dejas atónita, hermano, y me sorprende que pensaras que de' Manfredini mostraría interés por una empresa tan mísera e incierta, sabiendo cuánto consigue ya de Florencia, y también de Milán y Venecia.

—Rezonga, rezonga, rezonga —gruñó Bernardo al oír esas indeseables verdades de labios de su hermana menor—. El hombre debería estar dispuesto a asumir cierto riesgo de vez en cuando. En otro caso no sería *condottiero*.

—Un cierto riesgo… —empezó Bianca agitada, pero su hermano golpeó la mesa con el puño y rugió.

—Basta. No recibiré sermones de una niña de pecho plano que no sabe nada de nada, y menos aún de guerra. Últimamente la batalla se ha convertido en un negocio dirigido por prestamistas y comisarios, y los jovencitos como Piero dan más importancia a eso que a ganar honor en el campo de batalla.

—Piero de' Manfredini busca dinero, no honor —ladró Bianca que creía, con razón, saber más de todo que Bernardo, cosa nada difícil, por cierto—. Todo el mundo sabe que el Halcón asedia Trani porque el señor de Trani, Uberti, falló en los pagos de sus préstamos y que los banqueros han contratado al Halcón para que le quite sus tierras y desanimar al tiempo a otros posibles malos pagadores. A veces pienso que Florencia no descansará hasta ser propietaria de toda la Toscana. Y el Halcón se enriquece con el dinero que le pagan. Por cierto, ¿dónde está esta soleada mañana?

—Según el sirviente se levantó con el sol —casi escupió Bernardo—, y desayunó en la cocina con sus hombres. Gracias a Dios no tengo que alimentar a todo su ejército. Está acampado a cierta distancia de aquí, en el feudo de Dolci. Él costea el gasto, con la expectativa de lo que le pagarán los florentinos cuando tome Trani. La energía de de' Manfredini es indecente, y su apetito está a la par; no entiendo cómo consigue mantenerse tan delgado. Ya es bastante malo alimentarlo a él y a su cortejo. Hasta tu apetito es monstruoso últimamente, a juzgar por cómo comiste anoche —dijo, como si estuviera resentido por cada bocado que comía.

—Mi pecho plano no mejorará nunca si sigues gruñendo por lo que como —replicó Bianca con vigor—. ¿Y cuándo se marchará nuestro hambriento visitante, si puede saberse?

—Mañana, por lo visto. Y yo me preguntó por qué no hoy, si no piensa ayudarme. Pero dado que yo lo invité, no puedo echarlo. No entiendo por qué se queda. Esta noche cenaremos juntos de nuevo y, ¿quién sabe?, tal vez aún recibamos algún beneficio.

—No si tienes la suerte habitual y la suya es tan buena como dicen los rumores. Aunque, personalmente —añadió reflexiva—, creo que un hombre forja su propia suerte. Imagino que es tan imposiblemente perfecto en eso como en todo lo demás que hace.

Su hermano observó cómo agarraba un trozo de pan y empezaba a mordisquearlo con ansia.

—No hace falta que cenes con nosotros hoy —dijo con expresión taciturna—. Una persona menos para la que buscar buena comida; y estoy seguro de que él no te echará en falta.

Ese discurso, que mezclaba desdén y mezquindad fraternal casi fue demasiado para Bianca. Se puso en pie, furiosa. Él perfectísimo Piero no servía de nada si ni siquiera podía obtener una buena comida de su indeseada presencia.

—Que te aprovechen su compañía y su silenciosa sombra —dijo—. Yo desde luego no deseo contemplar a ese parangón de la perfección más tiempo del estrictamente necesario. Me recuerda todo lo que no soy y nunca seré, a no ser que el buen Dios cambie de opinión y me vuelva rubia, me dé un gran busto y...

—Mejor carácter —atajó su hermano—. Y si toda esta furia y consejos indeseados son el resultado de que el padre Luca te enseñe latín, más habría valido que siguieras ignorante. Esta noche cenarás en la cocina y te acostarás temprano. Nada de velas para que puedas llevarte a la cama los libros del buen padre. Le diré a Agneta que te ponga a coser algo útil. Eso debería controlar a tu orgulloso estómago. Deberías agradecerme que aún te alimente. Pronto empezaré a pensar en conventos para ti.

Un convento. La idea era tan horrible que Bianca consiguió volver a su habitación caminando como una dama e hizo voto de ser buena y no protestar en el futuro. Quizá hasta el viejo Marucci sería preferible a un convento, pero tenía que enfrentarse a la verdad; ni siquiera ese viejo reseco la deseaba. «Desearía haber nacido varón. Entonces podría unirme a la *condotta* del señor Piero y forjarme un futuro. Y nadie se quejaría de que tuviera el pecho plano, ¡se consideraría lo lógico!», pensó.

—Bueno, al menos es una compensación inesperada —dijo Bianca bajando las escaleras, mientras Agneta se quejaba y gemía—. Otra cena luciendo ese vestido apretado sería un horror. Además, si tuviera que soportar otra comida con el supremo señor de Astra, moriría de un ataque de bilis provocado por un corpiño demasiado apretado y la visión de tal protegido de los dioses.

—Es una lástima que tu hermano tenga razón en una cosa —suspiró Agneta—. No tienes la belleza necesaria para domesticar al Halcón, ni tampoco el dinero. Un aspecto como el tuyo sólo puede redimirse con dinero o poder, preferiblemente con ambas cosas.

—¡Santo Dios! —exclamó Bianca con toda la fuerza de su voz—. ¿Es que todo el mundo ha tomado por única misión recordarme mi carencia de belleza? —se había vuelto hacia Agneta al hablar y, en consecuencia, chocó con el inefable Piero que, hábil como siempre, mantuvo el equilibrio y evitó que ambos rodaran escaleras abajo.

Para empeorar las cosas, si eso era posible, no cabía duda de que había oído sus palabras, y estaba segura de que el temblor de sus labios y el brillo de sus ojos podía atribuirse a eso.

—Vuestro servidor, señora. Confío en que no hayáis sufrido ningún daño —dijo él, con tanta gravedad como pudo. Lodovico, que estaba a su espalda, también controlaba la sonrisa, pensó Bianca. La fiel sombra de su amo, como siempre.

—No —soltó Bianca; al menos él ya sabía que no se hacía ilusiones con respecto a su aspecto—. Gracias, señor Piero. Sois tan hábil como uno de los volatineros de nuestra feria anual.

—No lo creo —contestó él—, si lo fuera, ambos habríamos concluido con una voltereta.

—Vos, tal vez —dijo Bianca—. Yo no, sin duda. Sería inapropiado de una dama.

—Nunca habría pensado que eso pudiera deteneros, señora —le devolvió él con seriedad.

—¿No? —Bianca recurrió a la reserva de maldad que había desconocido poseer—. En fin, supongo que carecéis de experiencia en cuanto a cómo se comportan las damas auténticas.

—¿Os gustaría instruirme? —preguntó él, ladeando la cabeza—. Podría serme útil, si alguna vez me encontrara con una.

—Oh, mi señora, medid vuestras palabras...

Bianca oyó a Agneta cacarear eso u otra tontería similar, y también vio el rostro impasible de Lodovico tras la mueca divertida de su amo. No se le ocurría nada con lo que silenciar esa lengua impertinente y borrar la sonrisa de sus ojos.

—Un caballero auténtico siempre... —empezó ella.

—Ah, eso lo explica todo. No podéis referiros a mí —interrumpió él rápidamente—. Yo no presumo de gentileza, *madonna*. Ya veis lo bien que encajamos, vos no sois dama ni yo caballero. El buen Dios debe haber urdido nuestro encuentro.

—El buen Dios se equivocó si lo hizo —replicó Bianca, dando rienda suelta a su lengua—. No encajamos en modo alguno, ni en rostro, fortuna, ni en nada... —se quedó sin palabras. Pero no Piero. Él siempre tenía algo que decir.

—Cuando hayáis alcanzado mi edad —dijo él con gravedad, como si tuviera noventa años—, podrías llegar a pensar de otra manera.

—Pero entonces vos también seréis mayor —contestó Bianca con lógica perfecta y triunfal—. Así que también pensaréis de otra manera. El padre Luca no daría valor a ese argumento vuestro.

—Pero no estoy hablando con el padre Luca —dijo Piero, razonable—, sino con vos. Considerad...

—No, me niego a considerar nada —Bianca alzó la voz para apagar los quejidos de Agneta, que redoblaban su vigor—. ¿Cómo podemos estar manteniendo una conversación tan ridícula y en la escalera además? Vuestro pobre lugarteniente debe estar cansado de estar de pie a vuestra espalda, y Agneta se agita a la mía, así que...

—Oh, cierto —dijo Piero, con una exquisita expresión consternada—. Había olvidado a Lodovico. Dime, Lodovico —añadió, inclinando la cabeza hacia su lugarteniente—, ¿estás cansado de la conversación de la *madonna* Bianca? Yo la encuentro fascinante. Tú por supuesto, puedes discrepar. Contesta, te lo ruego, y libra a la dama de su preocupación por ti.

—No lo dudéis, señor, yo también encuentro muy interesantes los comentarios de la *madonna* Bianca.

La respuesta de Lodovico fue sencilla y firme, como si la alocada pregunta de su amo fuera de lo más sensata. Bianca, casi ahogándose de rabia, pensó que estaba más que acostumbrado a los juegos de su presumido amo.

—Ya lo veis —dijo Piero triunfal—. Olvidad vuestra preocupación por aburrir a Lodovico. ¿Qué decíais? —inclinó la cabeza hacia ella con una expresión de interés tan exagerada que Bianca, a su pesar, se echó a reír a carcajadas. No recordaba la última vez que había sentido un júbilo similar. Lo ridículo de la situación, su negativa a tomarla en serio y a reaccionar como hacían todos en la torre cuando tenía una pataleta, la superaban.

Tuvo que sentarse en un escalón para no caerse. Para su sorpresa, Piero se sentó a su lado y Lodovico y la desaprobadora y rígida Agneta quedaron en pie.

—Bueno —dijo él, como si conversar sentado en las escaleras fuera lo más natural del mundo—, eso está mejor. Pensé que vivíais en un estado de continua desaprobación de todos y todo. Siempre he creído que la risa es un gran reconstituyente.

Bianca dejó de reír lo suficiente para contestarle con descaro.

—¿Eso creéis? Tal vez deberíais ofreceros como bufón de la torre —oyó que Agneta volvía a gemir al escuchar esas palabras.

—Ah —dijo él, como si fuera el comentario más razonable del mundo—. Debo recordar ese consejo si empiezo a perder demasiadas batallas. Me he preguntado con frecuencia qué podría hacer si fracasara como soldado. ¿Me recomendáis que practique?

—No parecéis necesitar hacerlo —contestó Bianca—. Parece un don natural en vos —sonrió con dulzura al atractivo rostro que escuchaba sus comentarios con interés inusitado.

Visto de cerca, era abrumador. Veía que se había afeitado cuidadosamente, a diferencia del descuidado Bernardo, cómo se arqueaban sus finas cejas negras y las arruguillas provocadas por la risa que rodeaban sus ojos y su boca. La sobrecogió una extraña sensación.

Un rizo había escapado de la redecilla que sujetaba su cabello y deseó acercarse para volver a ponerlo en su lugar. Su boca parecía muy suave y deseó acariciarla con un dedo. Y sus ojos, sus ojos eran tan azules como el lago que había en las proximidades de San Giorgio, y deseó ahogarse en ellos. Involuntariamente, se acercó más a él.

—¿Sí, Bianca? ¿Qué deseáis decir? Conociéndoos, estoy seguro de que queréis decir algo —su voz y su rostro jugueteaban con ella, como si estuvieran solos en la escalera. Ella deseó no ser tan poquita cosa, para que él la tomara en serio.

—¿Por qué estamos sentados aquí? —fue cuanto se le ocurrió decir. Estaba desconcertada.

—Un comentario muy sensato —dijo él con aprobación—. Estaba a punto de preguntar eso mismo. Es muy incómodo, pero en honor a la verdad debo recordaros que fuisteis vos quien se sentó antes. En mi empeño por actuar como un caballero, consideré que debía seguir la pauta de la dama y me senté. Opino que las escaleras son muy incómodas para un hombre de piernas largas…, ya lo veis, no debería haber dicho eso. Hacemos buena pareja al fin y al cabo, ambos decimos lo que se nos ocurre, sin pensarlo antes.

Bianca, empezando a levantarse, pensó que eso sí

era una gran mentira. Era obvio que cuanto decía había sido cuidadosamente meditado. Él se puso en pie y le ofreció una mano para ayudarla.

—Oh, señora Bianca, ¿nunca os comportaréis como es debido? —se quejó Agneta—. ¿Qué diría vuestro hermano respecto a conversar con un hombre sentada en las escaleras?

—Lo mismo que respecto a cuanto hago —afirmó Bianca—. Algo desaprobador.

—Si sois amonestada —ofreció Piero con cortesía—, explicaré que fue culpa mía y que me disteis un consejo muy útil. La torre no cuenta con bufón y debo recordarlo si alguna vez necesito empleo.

—¡Oh, sois ridículo! —exclamó Bianca, irritada de nuevo al sentirse libre de su inquietante cercanía—. Os deseo buena mañana, señor Piero, y buen día. Dudo que volvamos a vernos, dado que me han prohibido cenar en vuestra compañía y os marcháis mañana, eso al menos mejorará mi mal humor.

Fue inútil, por supuesto. Él realizó una elegante reverencia.

—Es una lástima, señora. Encuentro vuestra conversación estimulante. Si ésta ha de ser nuestra despedida, os deseo felicidad en el futuro, y un marido que disfrute de vuestra ágil mente.

Esa vez ella consiguió alejarse sin tropezar con la falda y sin tener un ataque de ira, sino con un alto grado de dignidad, a su parecer.

—Vamos, Agneta, mi hermano desea que ocupemos nuestras manos cosiendo.

Por desgracia, Agneta arruinó el efecto siguiéndola sin dejar de rezongar sobre el comportamiento adecuado de las jóvenes damas y de lo lejos que estaba Bianca de alcanzarlo.

Piero la observó marchar y Lodovico reconoció la expresión de su rostro con el corazón encogido. ¿Qué travesura se le habría ocurrido a su amo? ¿Por qué se entretenía con la hermana del señor Bernardo? Recordó las palabras de Piero antes de salir de la habitación, acusándolo de equivocarse sobre los planes de su capitán. Se preguntó si realmente incluían a Bianca di San Giorgio y si así era, por qué. Decidió dejar de intentar leer la mente de Piero. Al fin y al cabo, si fuera tan listo como él, estaría dirigiendo el ejército del Halcón, en vez de ser uno de sus lugartenientes.

Bianca no estaba segura de hasta qué punto le agradaría ver a Piero partir. A media mañana, la pequeña tropa, o *bandiera*, que lo había acompañado, dejó la torre para reunirse con el grueso del ejército. Sólo Piero y Lodovico se quedaron a pasar otra noche en la torre.

Bianca contempló la marcha de la tropa y se le encogió el corazón al pensar que pronto él también partiría, llevándose su perfección y su afilada lengua. Eso debería hacerla feliz, y la horrorizó descubrir que no era así.

No sabía qué le ocurría. Sintió una extraña inquietud todo el resto del día. Era como si estuviera esperando que pasara algo, sin saber qué esperaba. Llegó al punto de ir a buscarlo una vez, debía estar volviéndose loca, para descubrir que Bernardo, él y varios hombres más habían organizado una partida de cetrería. Lodovico, por supuesto, había ido también.

—¿No podéis estar quieta un momento? —protestó Agneta— Me alegraré cuando ese hombre y su lugarteniente se vayan por fin. Vuestro comportamiento es inapropiado incluso en los mejores momentos. Desde qué él llegó se ha vuelto imposible. Dudo que lleguéis a aprender lo suficiente para ser ofrecida en matrimonio. Actitud humilde, voz suave, capacidad de escuchar en silencio, un hombro que sirva de apoyo a vuestro señor... no poseéis ninguna de esas cualidades.

—Ni deseo ninguna de ellas, desde luego —replicó Bianca secamente—. Si eso es la vida de casada, tal vez incluso prefiera el convento. Ya sería bastante malo tener que acostarme con él, sea quien sea. Hacer todo eso y encima darle hijos... ¡puaj!

—Pensaréis de forma muy distinta cuando seáis mujer y un guapo joven doble la rodilla ante vos para pediros matrimonio —dijo Agneta con sentimentalismo—. Y cuándo ocurrirá eso, es imposible saberlo —añadió con voz más práctica.

—Entonces no hables de ello —ordenó Bianca, cosiendo a toda velocidad. Le daba igual que las puntadas fueran enormes y que Agneta decidiera que había que deshacerlas; al menos el trabajo estaría hecho y podría ir a ver al padre Luca y hacer algo realmente interesante. Había probado la técnica de la iluminación, para la que el viejo padre tenía un gran talento, y había pintado una letra A, con una paloma volando a través de ella. El padre la había alabado una y otra vez, diciendo que era una lástima que no fuera varón, puesto que todos sus talentos estaban encaminados en ese sentido y eran inapropiados para una mujer.

Ella no podía imaginar qué diría Bernardo si supiera lo que el padre le estaba enseñando en realidad: filosofía y teología, técnicas caligráficas y pintar y aplicar dorados. Pero el religioso decía que nunca había tenido un pupilo tan apto y que era un placer enseñar a alguien así. El buen Dios se la había enviado para confortarlo en sus últimos años.

Esa tarde el padre la observaba mientras, con la lengua asomando entre los labios, ella coloreaba un halcón, dorado, que había conseguido entrelazar con la gran letra F que él había dejado sin decorar en el salterio que estaba iluminando. Su vista ya no era la de antes, y al descubrir accidentalmente el talento de Bianca la había puesto a trabajar. No sentía ningún remordimiento por engañar a Bernardo, que esos días no era sino un infiel zafio y ordinario.

Bianca notó que el padre la miraba, alzó la cabeza y le ofreció la sonrisa feliz que apenas dedicaba a nadie, señalando su trabajo.

—¿Servirá, padre? He estado observando a los pájaros cuidadosamente para ver cómo funcionan sus alas, y los colores de su plumaje. Recordé lo que me dijisteis, que uno debía mirar hacia fuera, no hacia dentro, para copiar las criaturas de Dios del natural, no de las páginas de otros libros.

Sus ojos brillaban al hablar y su aspecto había cambiado por completo. La inquietud e impaciencia habituales habían desaparecido, reemplazadas por lo que el padre habría denominado templanza divina.

—Ay, cuánto desearía poder hacer esto, y nada más, el resto de mi vida —declaró ella, señalando su dibujo—. Además, padre, tengo otro deseo y espero que no sea pecaminoso. Incluso si lo es, es improbable que pueda cumplirse. Algunas veces desearía salir al gran mundo que rodea a San Giorgio y ver cómo viven las gentes. ¿Es malo que me encuentre insatisfecha, que desee no limitarme a vivir en esta torre y abandonarla para ser encerrada en otra? Me pregunto por qué estoy tan inquieta. Agneta me dice que hago mal, que debería ser callada y buena. Pienso que eso me resultaría más fácil si mi vida fuera distinta. Orad por mí, padre, rezad para que me convierta en mejor persona.

Era tan sincera que el padre Luca no supo qué decirle. Debería hacer como Agneta, decirle que callara y aceptara. Pero sabía que era un espíritu libre que anhelaba volar y surcar los cielos. Él temía que estaba condenada al convento y, aunque era un pensamiento impropio, pensaba que eso acabaría con ella.

La idea le resultaba intolerable. Se levantó y, más para confortarse él mismo que a ella, le habló como si tuviera más años y fuera una gran dama, no una jovencita desventurada.

—Mi señora, sólo una cosa es cierta en esta vida. No sabemos lo que traerá el mañana, sólo sabemos que, aunque puede traer lo mismo que el ayer, a veces nos ofrece oportunidades cuya existencia desconocíamos. Rezaré por vos, tal y como pedís, para que Dios encuentre la forma de liberaros para que podáis utilizar vuestros talentos y sentiros completa. Pedid y se os otorgará.

Bianca se arrodilló ante él, agarró su mano y besó el anillo que la adornaba.

—Intentaré ser buena con todas mis fuerzas —dijo con fervor—. Ojalá las cosas pudieran ser distintas. Sólo puedo esperar que Dios nuestro señor supiera lo que hacía cuando me hizo como soy, y que vos tengáis razón —titubeó—. También sé que por más veces que prometa ser buena, siempre acabo siendo mala de nuevo.

El padre Luca inclinó la cabeza hacia ella.

—Hija mía, te equivocas al pensar que eres una pecadora —le dijo con cariño—. Si te reconforta, en mi opinión otros son más culpables que tú. Y ahora termina tu trabajo. Dios desea que completemos todas nuestras tareas, no que las dejemos a medias.

—Desde luego —respondió ella. Se dijo que intentaría ser buena y suspiró, consciente de las tentaciones que surgirían a su paso. Era fácil ser buena en los aposentos del padre, donde no había nada ni nadie que la provocara.

La provocación llegó después, tras su cena. Estaba practicando caligrafía, escribiendo la oración del señor, cuando el viejo Raimondo entró a decirle que su hermano requería su presencia en la mesa.

—No estoy vestida para presentarme ante compañía —repuso ella dubitativa, mirando su ropa manchada de tinta y los zapatos gastados.

—No importa. El señor dijo que fuera de inmediato. Vamos, señora. Sabe que no le gusta que lo haga esperar —titubeó antes de añadir—. Ha bebido copiosamente.

—Eso no es ninguna novedad —dijo Bianca con desdén—. La novedad sería que no hubiera bebido.

Se levantó y lo siguió. Fue anunciada formalmente al llegar a los aposentos de Bernardo, algo tan desacostumbrado que no pudo evitar preguntarse a qué se debía.

—La señora Bianca di San Giorgio al servicio de su hermano y de su principesco invitado, el conde Piero de' Manfredini, señor de Astra —fue la presentación, desmesurada, en opinión de Bianca. Piero no era ningún príncipe, por más que actuara como uno.

Pero en honor a la situación, hizo una profunda reverencia desde la puerta. Vio que Raimondo tenía razón: Berardo estaba borracho, conocía bien los síntomas. Se preguntó por qué requería su presencia y nunca habría adivinado la respuesta, tal vez por fortuna, porque de haberlo hecho habría corrido de vuelta a su habitación, solicitando la protección de Dios y de todos los santos.

Tres

La habitación de Bernardo apestaba a bebida. Ambos hombres estaba recostados en los grandes sillones, con copas en la mano y los dados y su caja ante ellos. Los efectos del vino eran más aparentes en Bernardo. Bianca no supo qué pensar respecto a Piero, pero sus ojos brillaban de una manera que no le gustó cuando se clavaron en ella. Raimondo desapareció entre las sombras, tras el sillón de Bernardo. Lodovico estaba sentado junto a Piero, completamente sobrio, con una extraña expresión en el rostro. Parecía ser la única persona sobria allí dentro.

—Te has tomado tu tiempo para venir —gruñó su hermano, por encima del borde la copa.

—Me dijiste que no me necesitarías esta noche —protestó Bianca—. No estoy ni vestida ni preparada para la ocasión.

—Nunca lo estás —dijo Bernardo con grosería, sirviéndose más vino, como si el que no tuviera vestimenta adecuada fuera culpa de ella, en vez de suya—. Hemos estado jugando a los dados, el señor Piero y yo. Mi suerte ha sido mala, como es habitual.

—¿Me has hecho venir para decirme eso? —exclamó Bianca con acidez—. ¿No podría haber esperado hasta mañana?

—No, señora. Tu presencia aquí puede servir para arreglar las cosas —su voz adquirió un tono casi de súplica, muy distinto al gruñido insultante que solía utilizar con ella.

Bianca lo miró y después al hombre sentado frente a él, cuyos ojos azules no habían dejado de mirarla desde su llegada.

—¿Entonces, me llamas para que lance los dados? —dijo con retintín—. ¿Estás demasiado borracho para hacerlo tú?

—Por Dios que tienes lengua de serpiente —su hermano se echó hacia delante—. Me alegraré de verla alejarse de mí.

—¿Alejarse? —Bianca lo miró fijamente, demasiado conmocionada para responder con ira—. ¿Qué quieres decir? —vio que Lodovico cerraba los ojos con gesto de dolor, y después los abría para clavarlos en su señor, que seguía mudo e inmóvil. En ese momento Piero extendió la mano hacia los dados que había sobre la mesa. Los agarró y los dejó caer de nuevo, sobre la mesa; rodaron ruidosamente, puntualizando el ronquido del hombre que dormía en un rincón.

—¿Qué significa eso de alejarse, Bernardo?

—Lo he perdido todo —murmuró él, con la cabeza caída sobre el pecho, sin atreverse a mirarla—. Todo —repitió—. San Giorgio, la torre, el feudo, todo. Al principio gané, los dados rodaban para mí; creí que haría nuestra fortuna, y después...

—La suerte cambió... y perdiste —concluyó Bianca—. ¿No pensaste que él podía permitirse perder y tú no? ¿Qué podías apostar tú, excepto tu herencia? ¿Y cómo me alejaré de ti entonces? Supongo que los dos nos iremos como pordioseros, ¿o acaso he dejado de ser tu hermana? —no podía creer lo que acababa de oír. Piero los había destruido. Ya no habría San Giorgios al mando del disminuido feudo. ¿Dónde irían? Se sentía sofocada y él seguía sin hablar. Obviamente pretendía que su hermano lo dijera todo.

—No —repuso su hermano, alzando la cabeza—. Yo no me iré, y no seremos pordioseros; de hecho tú, hermana mía, estarás lejos de serlo. El señor Piero es generoso. No reclamará sus ganancias si, a cambio...
—incapaz de concluir, miró a Piero. Él movió la cabeza y siguió mudo, negándose a ayudarlo. Empezó de nuevo—. Cancelará mi deuda si te casas con él, de inmediato, en la hora siguiente.

Lo había dicho. Bernardo estaba dispuesto a vendérsela a Piero a cambio de que olvidara su deuda de honor; para recuperar el patrimonio que había perdido ante el monstruo que se sentaba frente a él. Bianca pensó que era difícil hablar de honor en ese desgraciado asunto. Se preguntó por qué quería casarse con ella. Y si lo deseaba, por qué así. Podría haber pedido su mano directamente, como haría un caballero. Pero era obvio que él no lo era. Siguió allí de pie, perdida; sólo Piero la miraba, aún mudo.

—Y, por supuesto —siguió Bernardo febrilmente—. He dicho que sí. He aceptado. Piensa en lo buena solución que es, hermana mía. Yo mantengo lo que había perdido de forma honorable, y tú ganas un marido que no habrías soñado con tener. Vino, Raimondo, más vino para celebrar esta hora feliz. La señora de San Giorgio por fin casada —juntó las manos y dio una palmada, aún evitando los ojos de Bianca—. Debemos llamar al padre para que celebre las nupcias.

El mundo y la habitación giraron alrededor de Bianca. ¡Matrimonio! Y con él, el perfectísimo Piero. Entregada como un paquete, sin siquiera pedir su opinión, por un hermano que así evitaría pagar sus deudas, libre y estúpidamente contraídas con un hombre al que nunca debería haberse enfrentado. Un hombre que, por razones ocultas, probablemente había hecho trampas para conseguir sus fines.

—¿Quién propuso este vil acuerdo? —preguntó ella, asombrada de que su voz sonara como siempre.

—Él, claro está —dijo su hermano rápidamente, perdiendo la vergüenza—. El señor Piero. Realmente os desea como esposa, tal vez os habría requerido incluso sin el juego. Renunciará a una dote para cerrar el trato. ¡Tan magnánimo! ¿Hubo alguna vez un hombre tan afortunado como yo o una joven con tanta suerte como tú? Condesa de Astra, no podías haber esperado tan gran honor.

—Pero te ofreció esto después de ganarlo todo, no antes —dijo Bianca cortante—. No de forma honorable, como habría hecho un caballero de nobleza, por más que habléis de honor, mi señor Bernardo di San Giorgio —le lanzó el título como si fuera un insulto—. ¿Y por qué me quiere como esposa? Contesta a eso —Piero seguía sin hablar.

—¿Por qué suelen querer los hombres a las mujeres como esposas? —rugió su hermano—. Por lo visto le gustas. Admito que, viéndoos uno junto a otro parece increíble, pero así es. Tanto te desea que quiere casarse contigo en una hora... tanto anhela tenerte en su cama.

—No puedo creer —dijo Bianca con serenidad—, que lo haya seducido con mis encantos —temblaba y tenía el cuerpo frío. Piero, entre todos los hombres, en su cama—. ¿Por qué iba a acceder a esto? ¿A casarme con un hombre que sólo me ha tratado con burla, que te ha permitido, posiblemente ordenado, que hablaras por él, sin ofrecerme a mí una palabra de amor? Esa, hermano, no es la actitud de un hombre, tan loco de lujuria por mi cuerpo que desea apagarla en una hora. ¿Por qué iba a aceptar esta precipitada ceremonia surgida de una noche de alcohol y juego? Dímelo tú.

Bernardo se medio incorporó y estrelló el puño en la mesa, haciendo que todo bailoteara sobre ella.

—Mi señora hermana —gritó—. Deja que te explique lo que está en juego aquí. Hoy he decidido casarme con la dama Giulietta y ella no me aceptará si sigues viviendo bajo mi techo... no quiere que haya otra señora de San Giorgio, y tú menos que nadie. No puedo culparla, tras haber sufrido la acidez de tu lengua tantos años. Así que escúchame. No pasará un año desde que te conviertas en mujer hasta que te recluya en un convento, no esperaré a que hagan una oferta por ti; será inmediato, mañana mismo...

—Pero lo prometiste, Bernardo, prometiste... —tartamudeó Bianca, pálida...

—No, no te escucharé —la cortó él con expresión desagradable—. Es la última vez que escucho tus quejas. Es una oferta espléndida. Si la rechazas sólo serás esposa de Cristo. Te lo prometo.

Se sentó y tomó otro sorbo de su copa. Piero seguía en silencio, aunque Lodovico tiraba de su brazo, instándolo a hablar. Él se deshizo de su mano y Bernardo volvió a rugir.

—No seas estúpida, Bianca. Solucionarás todos nuestros problemas de una vez. El señor Piero obtiene la esposa que dice necesitar. Yo podré casarme con Giulietta, a quien su difunto esposo dejó suficiente dinero para enriquecer la torre de San Giorgio, y tú... tú tendrás un marido con el que ni te habrías atrevido a soñar: rico, poderoso y con tan buena presencia que podría haber conseguido una esposa de la realeza. Deberías arrodillarte y dar gracias al buen Dios por un golpe de fortuna tan inesperado, en vez de actuar como una infeliz a la espera de su ejecución.

—No puedo creer que esté ocurriendo esto —dijo Bianca cuando terminó—. Qué estés diciendo lo que dices y que él lo desee, repito, un hombre que sigue sin decir palabra. Esto debe ser una chanza. Y la premura, no entiendo la premura.

Piero, con rostro inexpresivo, habló por primera vez.

—No hay chanza, señora. La oferta se hizo de buena fe. Vuestro hermano se dolía de haberlo perdido todo y me pareció una buena manera de que ambos quedáramos satisfechos. Como él dice, todos nos beneficiamos. Él preserva sus tierras y yo gano una esposa. No deseo esperar a que transcurran los vacuos preliminares habituales antes de los esponsales, y parto mañana. Por estas dos razones, la premura es inevitable.

Bianca pensó que hablaba como si estuviera comprando verduras en el mercado de San Giorgio.

—¿Y yo debo partir con él? —preguntó, dirigiéndose a su hermano.

—Por supuesto —replicó Bernardo exasperado—. Serás su esposa. Es tu obligación. No puedes pretender que siga proporcionándote alojamiento y sustento una vez casada. Él te mantendrá. Arrodíllate y agradece a Dios que alguien te desee y que ese alguien sea tan poderoso como él. Me creía condenado a mantenerte para siempre si no te enviaba al convento.

—Y en cambio, me vendes a él para pagar tus deudas de juego —dijo Bianca con voz desolada—. Y sigo sin ver por qué desea casarse conmigo. Podría conseguir a cualquiera como esposa. A cualquiera.

—Verdad —intervino Piero, hablando de nuevo—. Pero deseé complacer a vuestro hermano. Por lo que ambos decís, el favor que le hago es mayor de lo que pensaba.

Nada había cambiado, a pesar de todo. Seguía utilizando su afilada lengua contra ella. Bianca en cambio había perdido el incentivo para taladrarlo con la suya, como había hecho en encuentros anteriores, ante el impacto de su monstruosa propuesta.

—Por Dios, hermana —dijo Bernardo con voz suave—, si no accedes antes de que llegue el padre Luca, te propinaré personalmente la tunda que hace tiempo mereces por tu impertinencia, y entregaré a las monjas mañana.

Bianca se estremeció. Había utilizado ambas amenazas antes, pero esa vez era obvio que hablaba en serio. No tenía más alternativa que rendirse, que convertirse en propiedad de Piero de' Manfredini, para que hiciera con ella su voluntad.

—Sí —consiguió decir—. Sí, me casaré con vos, señor Piero, pero no sé por qué deseáis algo así. No me habéis dicho palabras de amor ni os habéis esforzado en conquistarme o siquiera complacerme. Me niego a pensar que me consideréis una especie de trofeo, más bien al contrario. Apenas habéis hablado desde que entré, permitiendo que Bernardo lo explicara todo como si el asunto os aburriera...

—Pensé que él sería más convincente que yo —afirmó Piero con gravedad.

—Ah —dijo Bianca—. ¿Insinuáis que si me lo hubierais preguntado vos habría pensado que ya habíais aceptado el puesto de bufón de la torre?

Vio que Lodovico tensaba el rostro y dejaba la caja de dados que había tenido en la mano. Vio que Piero sonreía, ¿por qué sonreía?, y después oyó a su hermano gruñir.

—Veo que te empeñas en ser inoportuna hasta el final. ¿Significa eso que has cambiado de opinión? Por todos los cielos, contesta con un sí o un no, sin más comentarios.

—Sí —dijo ella con un hilo de voz—. Sí —repitió.

Piero se levantó por fin del sillón y fue hacia ella, una figura pequeña pero valiente, que erguía la cabeza en desafío. Tomó su mano. Estaba sucia de nuevo, manchada de tinta, pero besó su palma y, al tenerlo cerca, Bianca supo que no estaba borracho.

El efecto del contacto fue inmediato y potente. Sentir sus labios en la palma de la mano le taladró el corazón. Era una sensación tan extraña y dulce que temió desmayarse. ¿Lo sabría él? ¿Sería eso lo que había pretendido? Se preguntó qué alquimia había entrado en funcionamiento para que él le afectara así. Sus temblores se incrementaron.

—La dama Bianca me acepta —dijo él, sin soltar su mano y volviéndose hacia Bernardo—. Como hermano suyo ¿accedéis al matrimonio?

Habló con formalidad, como si la ridícula pantomima de esos últimos minutos no hubiera tenido lugar, como si estuvieran siguiendo el ritual cortés que prevalecía en los preliminares matrimoniales de gente importante como él.

—Accedo —dijo Bernardo—. Bravo. Es vuestra, mi

señor Piero. Os aconsejo que la mantengáis callada. Es como el reloj de la torre y repica cada cuarto. Pero es buena trabajadora y el padre opina que es lista.

Bianca pensó que parecía que la estuviera entregando al perfecto Piero para que fregara sus escaleras, o llevara sus libros, en vez de compartir su cama. Se dijo que ni siquiera él podía imaginar que Piero ardiera en deseos de... Su mente alejó la imagen de lo que pronto ocurriría. Iba a compartir su cama, sería su esposa. Él la tomaría en sus brazos y... Lo cierto era que tenía miedo... No sabía qué iba a hacer cuando él empezara a desnudarla... y luego...

Por fortuna, el padre Luca llegó en ese momento, o habría corrido escaleras abajo gritando que prefería ir al convento y que San Giorgio, Bernardo y el señorío podían irse al infierno. Pero era demasiado tarde. Ya no podía dar marcha atrás. Tragó saliva. Bernardo le estaba explicando al padre por qué había sido llamado y qué tenía que hacer. Los bondadosos ojos del padre y su preocupación se centraron en ella y en el alto hombre rubio que tenía a su lado, tan magnífico y apuesto que hacía que todo en San Giorgio pareciera de segunda clase.

—Veo que deseáis esto, señor Bernardo, y el hombre también —dijo, mirando a Piero con dureza—. Pero, ¿lo desea la señora Bianca?

—Por supuesto que lo desea —dijo Bernardo—. Sería tonta si no. Y mis deseos son los suyos. Soy su hermano mayor y su señor, y se lo ordeno. Eso debería ser suficiente para vos y para cualquier otro hombre de la iglesia. Preparaos para celebrar la ceremonia.

—Aun así, me gustaría oír a la dama —insistió el padre Luca, severo—. Hija mía... —clavó los ojos en ella—, ¿consientes a esto? ¿Consientes libremente? Porque aún eres una niña, no una mujer. Sólo si consientes, sabiendo lo que implica el matrimonio, te casaré con este hombre, y no aquí, sino en mi capilla y de forma adecuada.

—Podéis hacerlo en los establos o en las mazmorras, por lo que a mí respecta, siempre y cuando celebréis la ceremonia y rápido —dijo Bernardo con rudeza—. Contéstale. Dile que sí y tal vez consigamos acostarnos antes del amanecer.

Sólo tenía que decir no y sería libre. Libre para no casarse y recibir una tunda, pero eso no era nada. Había sido golpeada antes por decir lo que pensaba; era doloroso pero merecía la pena para defender su integridad. Pero también sería libre para convertirse en monja, y eso lo era todo. No podía ser monja. Alzó la vista y miró el rostro perfecto y bello de Piero, impasible e inmóvil.

—Señor, acepto casarme con vos por mi propia voluntad. Consiento libremente, como puede atestiguar el padre aquí presente.

Algo se transformó en el rostro frío que la observaba, un reconocimiento de su presencia de ánimo y de su coraje, de la voluntad indómita con la que se enfrentaba a la vida, negándose a ser rebajada o degradada incluso en circunstancias como ésa.

—¿Es vuestro deseo, señora? —dijo, mirando a Bernardo—. Si no aceptáis libremente, el trato queda anulado y la velada borrada. No habrá esposa, ni juego, ni deuda.

Le estaba ofreciendo su libertad, pero ya era tarde. Libertad implicaba convento y, aún peor, para Bianca suponía deshonor. Estaba ofreciéndole una mentira. Porque Bernardo había perdido San Giorgio, y Piero no podía decir que no había ocurrido.

—Acepto libremente ser la esposa del señor Piero —dijo ella—. No hay coacción, padre —realizó una profunda reverencia, manteniendo el equilibrio perfectamente, y aceptó la mano que él le ofreció cuando se incorporaba—. Venid, mi señor y futuro esposo. No debemos hacer esperar al padre.

Piero inclinó la cabeza rubia hacia la morena de ella.

—Piero, ¿es esto apropiado, correcto? —le susurró Lodovico, acercándose a él. Bianca notó que no le otorgaba título de señor o capitán, lo llamaba Piero, como haría con un hermano menor, o un niño.

—Es mi voluntad —contestó Piero, también en voz baja—. Y la de la niña, ella también lo desea.

—No —dijo Lodovico—, eso no. Es una criatura y no sabe a lo que accede.

—Tú no la conoces —dijo Piero—. Te aseguro que es su voluntad. Lo desea. Lo ha deseado desde que nos conocimos y aún no lo sabe.

Bianca, sorprendida, supo que era verdad. Tal vez no desde que se conocieron, pero durante los últimos minutos, sí y sí. Debía estar loca. Ser su esposa... Pensó que sus imperfecciones cancelarían las imposible perfección de él. Sintió el alocado impulso de echarse a reír por el contraste que ofrecían. Morena y rubio, baja y alto, apasionada y frío. ¿Qué pensaría él que estaba haciendo? Ella sabía bien lo que hacía: evitar el convento, aunque sólo Dios sabía qué precio pagaría por ello.

—Debéis hacer llamar a vuestra ayuda de cámara, señora —dijo Piero con gentileza—. Deseará prepararos para la ceremonia. Vuestro hermano os concederá tiempo para que recuperéis el aliento. Y al padre no lo molestará un ligero retraso…, creo que lo preferirá —estaban siguiendo a Bernardo y al padre en dirección a la capilla—. Lodovico os acompañará a vuestro aposento y yo haré que os envíen a Agneta.

«No lo estoy soñando. Voy a casarme con él, con este vestido viejo, porque no tengo otro. Apenas lo conozco pero eso es lo habitual en la vida de una noble. Y no está borracho. Sabe lo que está haciendo y por qué, aunque ni yo ni Lodovico entendamos la razón. Tan sólo Bernardo, que apenas sabe dónde esta, opina que no hay nada raro en lo que está sucediendo. Me ha llamado niña». Hizo acopio de su coraje y pronunció su nombre antes de que la dejara.

—Señor Piero. ¿De veras queréis esto?

Él se dio la vuelta y contestó con voz suave.

—De veras, señora. O no lo estaría haciendo. Tengo costumbre de hacer sólo aquello que me place.

Ella oyó el gruñido de Lodovico a su espalda.

—No podéis desear a alguien tan pequeña y poco agraciada como yo —insistió ella.

—¿Ya empezáis a decirme lo que quiero, señora? ¿Incluso antes de casarnos?

Pero oyó una sonrisa en el tono de su voz. No merecía la pena decir más. El señor Piero obtendría lo que deseaba. Sabía lo bastante de él para estar segura de eso. Suspiró y siguió a Lodovico. Muy pronto apareció Agneta, exultante y rebosando comentarios sobre su buena fortuna.

—Y vos sin un vestido que poneros —se lamentó—. Casándoos con tanta precipitación—. Esperad, encontraré algo que os sirva como velo —rebuscó en el arcón y sacó una pieza de encaje amarillento, que colocó sobre el cabello de Bianca. Ella se lo quitó de un tirón.

—No, estaría ridícula. Me casaré tal y como estoy. Debo lavarme las manos y la cara.

—Deberíais haberos bañado y perfumado, y todo lo necesario para estar bella para vuestro marido —su letanía de quejas sobre las carencias del rostro, cuerpo y atuendo de Bianca se había redoblado al enterarse de la boda, en vez de quedar silenciada—. ¿Es que no tenéis sentido del decoro, señora, para casaros con ese vestido?

—Él lo ha elegido —dijo Bianca—. Él ha dictado esto sin previo aviso, no yo.

Finalmente, algo más limpia pero no más engalanada que cuando acudió a la llamada de su hermano, abandonó su habitación siendo Bianca, señora de San Giorgio, por última vez. Agneta la siguió, sin dejar de hablar, para celebrar una boda que, si alguien le hubiera sugerido como posibilidad esa mañana, habría rechazado como una locura impensable.

Como si estuviera soñando, Bianca se situó ante el altar de la pequeña capilla. En el poco rato que había pasado con Agneta, el tiempo parecía haber perdido todo significado; el padre Luca había conseguido prepararse él y también la capilla para celebrar una boda que sería algo más que la apresurada ceremonia que había propuesto Bernardo. Piero ya estaba tan bien vestido que no había tenido que hacer mucho para mejorar su apariencia, que compensaba con creces las carencias de la de ella. Se acercó y tomó su mano con rostro serio.

—Aún no es demasiado tarde para que cambiéis de opinión —le dijo ella de nuevo, pensando que todo debía ser una broma, o un sueño del que pronto despertaría.

—Tampoco para vos, señora —replicó él ofreciéndole, por primera vez esa noche, su blanca sonrisa.

Agneta, al oír el intercambio, gimió, cacareó y rodeó a Bianca con sus brazos.

—No discutáis con él. Vais a casaros, aunque ésta no sea forma de celebrar una boda —declaró, mirando a Piero con fijeza. Él hizo que apartara los brazos y contestó con voz gélida.

—Necesita vuestro apoyo, mujer, no vuestras continuas lágrimas y lamentaciones. Callad.

Agneta lo miró a él y luego a Bernardo.

—La pobre criatura, casarse con tanto secretismo, sacrificada por todos...

—He ordenado silencio, mujer —protestó Piero. Y hubo algo tan cortante en su voz que Agneta, a quien nada conseguía callar, quedó silenciada y se situó tras

Bianca, respirando con agitación y taladrándolo con una mirada asesina.

Se casaron. En un momento dado, el padre Luca hizo una pausa y la miró, para darle tiempo a cambiar de opinión, pero Bianca sostuvo su mirada, impasible, así que él suspiró y continuó con la ceremonia. Poco después dejó de ser la señora de San Giorgio, hermana del señor Bernardo, y se convirtió en la señora de Astra, esposa del señor Piero, aún sin saber qué bien podía hacerle eso a él, o a ella.

Bernardo se acercó a tropezones y besó sus mejillas, apestando a alcohol. Lodovico se arrodilló ante ella y besó su mano.

—Estoy a vuestras órdenes, señora, igual que a las de él —dijo, pero el mensaje de sus ojos cuando miró a Piero fue muy distinto. Piero fue el último en besarla. Cuando había concluido la ceremonia se había quedado inmóvil, transfigurado, como si él también tuviera la sensación de estar viviendo un sueño.

Se inclinó, tomó su rostro con ambas manos y la besó... no en los labios o las mejillas, como ella había esperado, sino en la frente. Un beso templado y apenas fraternal, no un beso de esposo o amante.

—Os doy la bienvenida, esposa —dijo. Dio un paso atrás y la puso en manos de Agneta—. Podéis conducirla a mi habitación —le dijo—, pero cuidado con lo que le decís. Ya no es vuestra dama, sino la mía, y no permitiré que sea incomodada.

—Vino, vino para el desposado —rugió Bernardo, a pesar de las protestas del padre Luca.

Bianca se estremeció. Había estado tan centrada en la ceremonia que casi había olvidado lo que sucedería después. Dejó que Agneta, en silencio, tomara su mano y la guiara. Ya en la puerta se dio la vuelta y vio que todos la miraban con expresiones muy distintas. Bernardo triunfal, Lodovico vagamente preocupado, el padre Luca con lástima y Piero impasible.

«Soy la esposa del perfectísimo Piero, quien pronto vendrá a la cama para...», pensó Bianca entrando en su habitación. Era una de las pocas buenas de la torre. Las paredes estaban cubiertas con tapices desvaídos que representaban a la diosa Diana cazando en el bosque. Acteón, el hombre a quien había matado llevada por una mezcla de deseo, celos y frustración, se parecía mucho a Piero: rubio y bello, excepto por la expresión de miedo de su rostro, que dudaba ver nunca en el de Piero.

La cama era enorme, y los extremos de madera estaban cubiertos de tallas de frutas y flores. Las sábanas eran de calidad y el cubrecama magnífico, con cruces y lanzas bordadas en rojo y plata. Había una reclinatorio y un breviario junto a la aspillera. En el suelo, ante un sillón con un cojín también bordado con cruces y lanzas, había una piel de oso. Sobre un arcón había un aguamanil de plata y un cuenco a juego. Junto a una toalla de seda había una cuchilla con mango de marfil y una brocha. La enorme espada de Piero, un arma letal, profusamente ornamentada, estaba apoyada en la pared junto a un casco. Las bolsas de viaje de cuero, elegantes pero útiles, estaban tiradas en el suelo. Las prendas que él había lucido el día anterior colgaban de perchas, en la pared de piedra.

Bianca vio todo con minucioso detalle, como si nunca hubiera visto nada antes. Sus sentidos parecían haberse agudizado, casi sentía la sangre correr por su cuerpo y cada latido de su corazón.

—Sentaos un momento, señora, volveré pronto —dijo Agneta, tras encender las velas. Salió de la habitación. Piero había logrado lo que nadie había logrado antes: reducir las quejas y protestas de la mujer a meros gruñidos apenas perceptibles. Bianca agradeció el bendito silencio, preguntándose cuánto duraría.

Se sentó en la cama y se levantó de un salto, al pensar que él podría llegar y verla allí. Después pensó que, dada su perfección, le concedería tiempo para prepararse y se sentó de nuevo. Una sonrisa triste curvó sus labios. «Soy tonta, cuando venga deberé estar en la cama y entonces él... él...», detuvo ahí su pensamiento. «Mejor será no anticipar nada. Dios me dará fuerzas; el padre Luca dice que siempre lo hace».

Pensar en el padre Luca le recordó lo que le había dicho esa tarde: que no sabían lo que traería el día. Suspiró. Sin duda ese día le había traído algo que nunca habría podido imaginar, y para lo que no estaba preparada.

Se llevó las manos a las mejillas encarnadas.

«Aún no soy mujer. Ni siquiera tengo cuerpo de mujer. ¡Tal vez le gusten los muchachos», se dijo. Pero había oído en las cocinas que nunca le faltaban mujeres, y muy bellas, así que no podía ser eso lo que lo había atraído. El corazón le latía tan rápido que empezaba a sentirse enferma. Intentó no pensar en él haciéndole el amor, haciéndole lo que Enzo, el paje, había intentado obligarle a hacer la primavera anterior; había sido marcado y despedido por ello. No concebía por qué iba a desear que Piero la utilizara de ese modo. Se sonrojó y se estremeció de nuevo.

Por suerte para su cordura, Agneta regresó en ese momento, Bianca nunca se había alegrado tanto de verla. Llevaba un aguamanil con agua perfumada, que vertió en el cuenco de plata. También llevaba ropas en los brazos, prendas que Bianca no había visto antes, y que depositó con reverencia sobre la cama. Después desvistió a Bianca, que se sintió más que nunca como un filete de arenque al quedar completamente desnuda.

Las lamentaciones de Agneta, cuyo temor a Piero empezaba a desvanecerse, comenzaron de nuevo. Se centraban en la carencia de pecho y caderas de Bianca. Alzó los brazos al cielo.

—Ruego a Dios que sea gentil contigo... eres tan pequeña y él tan grande. Tendrás placer más adelante, pero esta noche...

Movió la cabeza con desesperanza, mientras bañaba el tembloroso cuerpo de Bianca con el agua perfumada. Dejó caer agua sobre los inexistentes senos de Bianca.

—¿Sabéis lo que ocurrirá ahora, señora, cuando él venga? Si no es así, os lo explicaré.

—Claro que lo sé —espetó Bianca, exasperada—.

Me lo has dicho más de una docena de veces, y desde que Enzo, el paje, intentó portarse mal conmigo el año pasado, no puedo simular desconocer el aspecto de un hombre excitado. Sin embargo, se me escapa por qué habría yo de desear hacer algo así, o él hacérmelo a mí. Es un misterio que pronto quedará resuelto, aunque preferiría que no fuera así.

—Ésa no es manera de hablar —intervino Agneta, secándola con vigor—. Es un hombre muy apuesto y tú una joven muy afortunada. Todas las sirvientes de la torre te envidian esta noche, y tú sólo sabes quejarte. No importa, pronto te enseñará a no hacerlo. Dicen que tiene mujeres desde aquí hasta Milán.

—¡Dicen! —exclamó Bianca—. Dicen cualquier cosa y por mí pueden quedarse con él. ¿Qué me has traído? —preguntó, señalando la prenda blanca que habría sobre la cama.

—El camisón de vuestra madre, señora, que llevó en su noche de bodas y guardó para vos. ¿Quién habría pensado que lo necesitaríais tan pronto? Dios os protege, de eso no hay duda.

Agneta levantó la delicada prenda y se la puso a Bianca. Era del algodón más fino, estaba decorado con paneles de encaje transparente y el cuello era como una tela de araña.

—No lo llevaréis puesto mucho tiempo —dijo Agneta, acariciando la prenda y a Bianca—, pero para él será un placer quitároslo —empezó a cepillar el lustroso pelo negro de Bianca, su mejor rasgo, según Agneta, hasta que cayó en ondas por su espalda—. Ahora estáis lista para esto —alzó un pequeño gorro de encaje, con alas diminutas en cada lado y lo colocó sobre la cabeza de Bianca, moviéndolo hasta conseguir el efecto que buscaba. Dio un paso atrás—. Creo que casi parecéis bonita —dijo con orgullo.

—Apaga las velas —gruñó Bianca—. A él le dará igual mi aspecto, le basta que sea de sexo femenino.

—Oh, ahora sois una señora y no debéis hablar así —la recriminó Agneta—. No esperará que seáis tan directa, al contrario, una doncella debería ser tímida. Sin embargo, no sería malo demostrar algo de gratitud por vuestro placer al final. A un hombre le gusta pensar que...

—Por todos los santos, ahórrate tus consejos —interrumpió Bianca—. Los necesito tan poco como necesitaba un esposo.

—Sólo intento ayudaros, señora. Un buen matrimonio continúa según empieza. Tenéis demasiado empeño en expresar vuestras opiniones... —calló al ver que la expresión de Bianca se volvía peligrosa—. Oh, muy bien —fue hacia la cama y la abrió—. Adentro, señora. Él cuenta con que estéis esperándolo. Dios santo, qué triste día es éste. Si hubierais tenido una boda como es menester, él habría venido con vuestro hermano, engalanado, con su cortejo y sus músicos, y habrían acostado al señor Piero a vuestro lado y bebido a vuestra salud, y todo el mundo os habría animado antes de dejaros a solas.

—Doy gracias al buen Dios por haberme evitado eso —dijo Bianca, subiendo con desgana a la cama y recostándose en las almohadas, con rostro serio.

—¿No podríais adoptar una expresión de bienvenida, *madonna*? —sugirió Agneta, mirándola dubitativa— Se diría que estáis a punto de recibir al sacamuelas.

—No puedo decir que desee nada de esto, Agneta —suspiró Bianca—. Pero era o boda o ruina, y dormir en su cama es mejor que dormir en la calle. Puedes retirarte y, sí, deja las velas encendidas. No quiero enfrentarme a la oscuridad, a pesar de que tampoco deseo verlo.

—Oh, pensaréis de forma distinta por la mañana —dijo Agneta, con expresión ladina—. Os deseo buena noche, señora, pero no que durmáis, al menos eso espero.

—Puedes desearme lo que quieras, siempre que me dejes en paz —replicó Bianca, aunque cuando Agneta se marchó, refunfuñando, deseó que volviera. Sus pensamientos eran peores que la compañía o los cotilleos de Agneta.

«Qué hago aquí, y que haré cuando él llegue? ¿Y si grito o me vuelvo loca, como dicen que hizo la señora de Gavi, cuando su esposo la tomó en la noche de bodas? No, no haré eso, pero tampoco tengo esperanza de disfrutar del acto, o de él…». Se removió en la cama, inquieta.

«¿Debería simular que me gusta o preferirá que sea sincera? Odié esa vez que Enzo me puso las manos encima y di gracias a Dios cuando Agneta acudió rápidamente a mis gritos. Pero hoy no puedo gritar y él, él no es Enzo, que nunca me gustó. Piero es espléndido y perfecto y yo pequeña y poco agraciada. ¿Por qué no viene? Me gustaría acabar con esto. No, no debería...». Su mente giraba y giraba como la ardilla que había visto enjaulada en el mercado de San Giorgio; un animalito lastimoso que había comprado para liberarlo, recibiendo la reprimenda de su hermano por malgastar el dinero. Se sentía como la ardilla y deseó que alguien la comprase y la liberara.

Las llamas de las velas bailaban con la corriente. Pensó que podría soportarlo todo si él era amable. Recordó el bello rostro que la había provocado en las escaleras y su extraño deseo de tocarlo. Después rememoró ese rostro bello, pero impasible, ante el altar y se debatió entre desear que llegara pronto y que no llegara nunca.

Estaba quedándose medio dormida cuando oyó sus pasos en el corredor y se abrió la puerta. Se incorporó de nuevo y se agarró las manos bajo las sábanas. Deseó que Dios le diera fuerzas y luego se dijo que era una petición estúpida, dirigida a una deidad que no le había demostrado excesiva piedad en su corta vida. Observó la entrada de su esposo. Sólo su indómita voluntad le impidió saltar de la cama y echar a correr.

Más tarde comprendería que, de alguna manera, entendía a Piero y lo que lo movía, mejor que ninguna otra persona. Igual que había sabido cuando su hermano la llamó, que aunque Bernardo estaba borracho, Piero no, supo de un vistazo que en ese momento Piero sí estaba borracho, a pesar de que su paso era firme y sus modales aparentemente sobrios y correctos. Llegó a la cama y se inclinó para mirarla. Lo oyó tragar aire y se preguntó qué veía.

La perspicacia que ya estaba haciendo de él un hombre conocido y temido, a pesar de su juventud, era muy poderosa, a pesar de lo que había bebido tras la ceremonia. No vio a la niña pequeña, triste y sin desarrollar que Bianca seguía siendo, sino lo que sería; la promesa de la mujer bella con un rostro lleno de pasión y carácter en la que se convertiría cuando creciera. El carácter y la fuerza ya estaban presentes, y seguirían allí cuando su cuerpo madurase. Con un suspiro, se sentó en la cama junto a la niña que aún era a pesar de sus dieciséis años, y agarró una de sus manos. Percibió cómo temblaba.

—Bianca —empezó.

—Señor. Espero vuestro placer —dijo ella con valentía, preguntándose cómo lo afectaba la bebida. ¿Se volvería hosco como Bernardo, o estúpido, como otros hombres que había visto?

—Sí —dijo él con voz profunda y amable—. Veo que estáis lista, mi señora esposa. Pero decidme si es cierto lo que he oído. ¿Aún no sangráis?

Bianca se acaloró de pies a cabeza. ¡Hablar de algo así con él!

—No, mi señor. Aún no soy mujer.

—Sí —Piero miró el pecho plano y recordó las estrechas caderas—. Aún no sois mujer, mi señora. Y no puedo consumar el matrimonio hasta que lo seáis. Un hombre de honor no se acuesta con niños, y a pesar de tener dieciséis años, seguís siendo una niña.

Bianca se quedó inmóvil y dentro de su cabeza sonó un grito de decepción, por más que le dieran miedo él ... y... eso. Pero muy distinto era que le diera de lado. ¿Por qué se había casado con ella, entonces? Se retorció las manos.

—¿No os agrado, señor?

Piero deseó no haber actuado, no haber decidido casarse con la hermana pequeña del señor de San Giorgio llevado por un impulso súbito e irrefrenable. O bien haber sido lo bastante descortés para emborracharse hasta perder el sentido en su noche de bodas, o lo bastante bruto para hacerla su esposa, sin atender a razones.

—No, no es eso, niña mía —dijo, viendo cómo se retorcía las manos— más adelante, cuando maduréis y seáis una verdadera mujer, os haré mi esposa. Os lo prometo.

—Entonces, ¿por qué os casasteis conmigo, señor? —preguntó ella con labios temblorosos—. ¿Y con tanta precipitación?

—Porque necesito una esposa, y vos necesitáis esposo... y protección, y con el tiempo seremos hombre y mujer en todos los sentidos. ¿Me entendéis?

Bianca titubeó, desconcertada por el imprevisto giro de los acontecimientos y consciente de que él también estaba perturbado y entendía su perturbación.

—No puedo decir que os entienda, señor, pero sois mi esposo incluso si no os acostáis conmigo, y vuestra voluntad es la mía.

Él había bebido para atreverse a decirle lo que debía decir y para perdonarse por que lo que había hecho al apartarla de todo lo que conocía, de esa manera. Extendió el brazo, acarició su mano y se la llevó a los labios. Ella se estremeció con el contacto. Él suspiró, y su aplomo le falló por primera vez: pensó que el temblor se debía al miedo, no comprendió que el contacto provocaba en Bianca sensaciones que sólo llegaría a entender cuando se hiciera mujer.

—Esta noche no compartiré vuestra cama —dijo—, pero tengo una tarea que cumplir y tendréis que ayudarme.

Se levantó, fue hacia su bolsa y sacó una tira de tela blanca. Volvió a sentarse en la cama, más cerca de ella esa vez. Tanto que ella vio que tenía los ojos inyectados en sangre y que el cansancio había provocado la aparición de sombras oscuras bajo ellos. Él desenvainó la daga que colgaba de su cintura y extendió el brazo izquierdo hacia Bianca.

—Desabrochadme el puño, esposa. Es vuestra primera tarea.

Bianca, intrigada, hizo lo que le pedía, admirando la fina tela y el botón de oro que cerraba el puño.

—Ahora subir la manga hasta el hombro, después bajad de la cama.

Ella obedeció, con cierto temor.

—Ahora, sentaos junto a mí y sujetad esta tela bajo mi brazo. Sí, así —una vez estuvo colocada como él deseaba, alzó la daga y, con un movimiento rápido, se cortó en el brazo. Bianca soltó un gritito.

—Shh —dijo—. No he sufrido —se inclinó y restregó la sangre que corría brazo abajo por la sábana en la que ella había estado tumbada. Después marcó el camisón que llevaba puesto por delante y por detrás —Ahora, vendadme el brazo —dijo con calma.

—Mi señor, ¿por qué...? —preguntó Bianca.

—¿Por qué? No permitiré que os avergüencen ante San Giorgio, esposa mía. ¿Entendéis? Vuestra criada vendrá por la mañana y creerá que hemos cumplido, y vos habréis demostrado ser la virtuosa doncella que sin duda sois... No, no demasiado apretado. Un vendaje demasiado prieto empeora, en vez de sanar, una herida... aunque este arañazo no merece ese nombre.

Lo llamaban artero, y con razón. Había salvado su buen nombre y nadie cuestionaría su noche de bodas. Lo ayudó con el vendaje y le bajó la manga. Él alabó su destreza y la calma con la que había aceptado su acción.

—Sois de rápido entendimiento, mi señora —dijo. Ella se sonrojó al oír las amables palabras—. Ahora podéis volver a la cama.

—¿Pero dónde dormiréis vos, señor?

—Una vez cumplida mi obligación para con vos, ¿dónde si no en la alfombra de piel, a vuestros pies?

—Será duro, señor.

—No tanto como el suelo la noche antes de una batalla. Dormid, niña mía. Mañana será un día muy largo, y la torre debe pensar que vos y yo aprovechamos bien la noche.

Bianca habría jurado que la risa teñía su voz. Volvió

a la cama, se tapó hasta la barbilla y lo miró, aún sentado allí, con una extraña expresión en el rostro. De repente le pareció muy joven y comprendió que, al igual que ella, hacía uso de su voluntad para controlarse e intentar controlar a los que lo rodeaban, y que eso le exigía mucha fuerza mental y concentración. Viendo cómo lo observaba, Piero sonrió y se puso en pie. Se inclinó y besó su mejilla sin pasión.

—Sois una jovencita valiente —dijo, si más.

Bianca pensó que no podría dormir, que no volvería a dormir nunca, porque aunque no lo había querido como amante, tampoco había querido que la rechazara. Y en los últimos instantes, antes de que apagara las velas y se tumbara sobre la piel de oso, le había permitido vislumbrar un hombre distinto, alguien vulnerable y no tanto mayor que ella, capaz de ser generoso y amable.

Niña, la había llamado. La había desposado pero no para acostarse con ella, al menos aún. ¿Qué gusano pululaba en su cerebro? ¿Qué lo había llevado a sacarla de San Giorgio y hacerla su esposa? Para ser... ¿qué? Para hacer... ¿qué?

Las lágrimas se secaron en su rostro y se durmió para soñar con él. Con Piero, que extendía los brazos hacia ella, pero antes de que la abrazara el sueño se desvaneció en la oscuridad. El imposiblemente perfecto Piero y su esposa niña yacían juntos pero separados, marido y mujer sólo de nombre, por el momento, y el futuro se extendía ante ellos.

Cuatro

Piero de' Manfredini se despertó al alba, rígido, con mala cabeza y peor conciencia. Al principio no supo dónde estaba, algo inhabitual en él, ni por qué había dormido en el suelo con la ropa del día anterior, cuando siempre prestaba gran atención a la limpieza personal.

Recordó de repente y sintió un extraño remordimiento, sentimiento desconocido para él, pues lo consideraba propio de tontos y hombres incompletos. Fue a la antesala, vació su vejiga y regresó al dormitorio para contemplar a la esposa que había ganado.

—¿Por qué esto? ¿Por esto viniste y permaneciste aquí? —le había preguntado Lodovico la noche anterior, cuando Bianca se retiró.

—¿Acaso pretendes darme órdenes? —le había replicado con su voz más cortante.

—Por Dios bendito —había dicho su lugarteniente—. Creía que estábamos aquí por razones militares, no para que te divirtieras casándote con una niña inmadura, que ni siquiera es mujer. ¿Acaso buscas una nueva sensación, la de violar a una niña? Tú, que podrías tener a quien quisieras, incluso a la hija de un duque. Sé que te ofrecieron a una princesa de Gonzaga y la rechazaste diciendo que era demasiado joven. ¡Demasiado joven! Era mucho más madura que la hermana de este bruto. Piensa en cuánto te habría favorecido un matrimonio como ése.

Él había extendido el brazo y había agarrado a Lodovico por el cuello del jubón, tirando de él hasta estar cara a cara; Bernardo estaba demasiado borracho para captar lo que ocurría ante sus ojos.

—Veo que aún no me conoces —había dicho—. ¿Cuándo entenderás que no quiero que nadie «me favorezca»? Ni hombre ni mujer podrá decir que lo que tengo lo conseguí gracias a él o ella. No aceptaría a la hija del emperador de Austria ni a la hermana del rey de Francia si me las ofrecieran. Empecé sin tierras ni nombre, y si en unos años acabo cubierto de honores y reinando en mi propio principado, nadie podrá decir que lo ganó para mí. Además, olvidas algo. Considera que ella es a quien deseaba, es mi esposa elegida y deseada.

Ludovico, sin intentar liberarse, lo había mirado con fijeza.

—Eso no lo creo, y si pensara que la has comprado simplemente para divertirte con ella esta noche... ¿por qué?

Si cualquier otro hubiera dicho eso, Piero lo habría matado. Pero se trataba de Lodovico, a quien tanto debía, así que se limitó a apartarlo de un empujón.

—Ahórrame tus problemas de conciencia —había dicho, con voz amenazadora y expresión fría—. Sé lo niña que es y no tengo intención de tocarla hasta que esté preparada. ¿Te servirá con eso? No sé por qué estoy obligado a dar explicaciones a tontos... Agotáis mi paciencia.

En ese momento se preguntó por qué la había desposado. No podía explicar por qué la fiera criatura que había conocido fregando el suelo de la torre había causado tanta impresión en él, por qué le había provocado una extraña mezcla de sentimientos, entre los que dominaba la lástima por el trato descuidado y denigrante que recibía. Y la lástima no era un sentimiento que quisiera, le agradara o respetara.

Fuera cual fuera la razón, había seguido el impulso que le había hecho ofrecerle a su hermano tan extraño trato. Necesitaba una esposa por más razones que la de estar casado, y una esposa que fuera noble; Bianca, a pesar de su pobreza, provenía de una de las familias más nobles de Italia. Pero no necesitaba una niña, y por ende de genio vivo.

Lo cierto era que la noche anterior no había sido cascarrabias y aunque le faltara belleza, tenía buen cerebro. Creciendo como había crecido, no había aprendido ninguna de las mañas que adornaban a las mujeres sometidas a una educación diseñada para agradar a los hombres. Había aprendido a sobrevivir y el padre la había educado igual que a un varón, así que su mente era tan afilada como un cuchillo y podía enfrentarse intelectualmente a él y a cualquier otro hombre. Tal vez eso era lo que le había atraído de ella.

Encogió los hombros. De poco serviría analizar y cavilar. Sabía que su habilidad en esas dos destrezas lo había convertido en un hombre temido y respetado a una edad en la que la mayoría de los jóvenes eran principiantes que recibían tutoría, no grandes capitanes. Ella era su esposa y aunque no hubiera sido cascarrabias la noche anterior, estaba seguro de que el nuevo día restauraría su mal genio. El pensamiento le hizo gracia.

Se inclinó hacia ella. Parecía aún más pequeña e infantil en la gran cama. Se había quitado el gorrito de encaje que le había puesto el viejo dragón que la atormentaba. El cabello negro enmarcaba su rostro, que mostraba restos de lágrimas. Piero apretó los puños y dejó de mirarla. Había llorado, en silencio, antes de dormirse; sin duda lo consideraba un bruto. Primero por miedo a que se acostara con ella, y después por la decepción de que no lo hubiera hecho. Se quitó las ropas hasta quedar completamente desnudo.

Sin pensar, fue hacia su bolsa y sacó una camisa larga de dormir. Se la estaba metiendo por la cabeza cuando oyó que ella se movía. A Bianca también le costó recordar dónde estaba; alzó la cabeza y al ver un hombre desnudo en la habitación, recuperó la memoria.

A su pesar, no podía apartar la vista de él. En un instante la imagen de su cuerpo se grabó en su mente. Era tan bello como las estatuas que adornaban el templo en ruinas que había a las afueras de San Giorgio. Había creído que la asustaría ver un hombre desnudo de pies a cabeza, la evidencia de su masculinidad, eso que lo convertía en un hombre igual que su carencia hacía de ella una mujer. Pero no fue así, y de nuevo una extraña sensación invadió su cuerpo. Igual que la noche anterior, tras la ceremonia, tuvo la sensación de ver el mundo con claridad diáfana.

—Esposa —dijo él. Fue hacia la cama y se inclinó para besar el rostro ensimismado que lo miraba. La lástima que había sentido al verla, se hizo más fuerte que nunca. La carita manchada de lágrimas recibió la caricia y después ella alzó la mano para tocar el lugar donde la había besado.

—¿Señor?

—Debo estar en la cama contigo, criatura, cuando, siguiendo la costumbre tras la noche de bodas, lleguen los sirvientes. No tengas miedo. No te haré daño.

—Oh, ya no tengo miedo de vos —afirmó Bianca con vigor, enderezándose. Tal y como él había augurado, su coraje había vuelto con el día—. Y si nuestro fin es engañar a todos, debemos hacerlo de forma apropiada —adquirió una expresión traviesa—. ¿Debería reír en vuestros brazos cuando lleguen, señor?

—Eso no será necesario —contestó él, casi con rigidez, más conmovido por esa muestra de galantería que por una de miedo—. Sería preferible una actitud de esposa sumisa, si os sentís capaz de eso, por supuesto.

Con un movimiento ágil, como el de un felino, se metió en la cama con ella. Bianca pensó que era un leopardo o un tigre, no el halcón que decoraba su enseña. A pesar de sus valerosas palabras, a Bianca le dio un vuelco el corazón: tener a un hombre, tan parcamente vestido, en la cama con ella, daba miedo.

Él se estaba comportando bien, tal y como había prometido, pero estaba muy muy cerca. Vio la sombra de barba que había crecido durante la noche. No se había atado las cintas de la camisa de dormir y podía ver el vello dorado en su pecho y su fuerte mano sobre el cubrecama. Cuando la miró, estuvo a punto de perderse en sus ojos azules. Gimió e intentó controlarse. No estaría bien que creyera que su mera presencia la inquietaba.

—Deseo hacer lo correcto —dijo ella casi remilgada, intentando olvidar que el fuerte y bello cuerpo que acababa de ver estaba allí, a su lado—. No tengo experiencia sobre lo que es la mañana después de la boda y ni idea de si las esposas que han sido placenteramente seducidas actúan con timidez o soltura. Me ayudaría tener algún dato.

—Oh, yo tampoco tengo la experiencia de ser esposa placenteramente seducida —los ojos azules chispearon con malicia. La miró más serio—. Una mezcla de timidez y gratitud, tal vez. ¿Crees que serás capaz de aparentar gratitud?

—¿Así? —Bianca no pudo evitar esbozar una mueca ridícula.

—Eso parece más una indigestión de manzanas verdes que gratitud —comentó Piero, como si enunciara un teorema de Euclides—. Aparte de eso, diría que es perfecta.

—El padre Luca diría que ése es un «aparte de eso» muy peculiar —dijo Bianca frunciendo los labios aún más—. Siempre me ha inculcado que utilice el lenguaje con exactitud.

—No puedo decir —intervino Piero, juicioso—, que, de momento, vuestro lenguaje se haya distinguido por su rectitud y erudición. Más bien al contrario.

—Ah, pero nos conocemos poco —apuntó Bianca—. Y siempre en circunstancias que no propiciaban el lenguaje retórico formal. Supongamos un encuentro en la celda del padre.

—Una suposición que me resulta difícil contemplar en este momento, con dolor de cabeza y una esposa niña que insiste en hablar sin sentido —suspiró Piero—. ¿Podríamos suponer algo más sencillo?

—Mi suposición no es más extraña que nuestra situación —dijo Bianca—. Me habéis ganado a los dados. No os habéis acostado conmigo, aunque la evidencia visual sugiera lo contrario. Mi suposición es sencilla comparada con... todo eso.

—Basta, niña —Piero se dejó caer en las almohadas y se sujetó la cabeza con gesto melodramático—. Es demasiado tarde para recriminar al padre Luca por enseñaros lógica. Lo ha hecho demasiado bien. Decidme, ¿cómo es posible que vuestro hermano no recibiera esa educación que vos habéis aprovechado tan bien? Suele ocurrir al contrario. ¿no tenéis ninguna virtud femenina?

—¿Como cuál? —preguntó Bianca con tono ácido—. Os ruego que seáis específico, señor.

—Remilgo, silencio, voluntad de servir a vuestro

señor sin necesitar instrucción y, sobre todo, una buena dosis de ignorancia mortal.

—Ninguna de esas cosas me habría servido de mucho en San Giorgio —dijo Bianca con tanta sinceridad que Piero se quedó callado—. Por otra parte, supongo que se espera que la señora de Astra se comporte como la clase de persona que habéis descrito.

—¿Y qué clase de persona es ésa? —preguntó Piero lentamente. Entrecerró las pestañas e, involuntariamente, le lanzó una mirada tan cargada de sensualidad que a ella se le desbocó el corazón.

—Sabéis perfectamente lo que quiero decir, mi señor. La que habéis descrito: remilgada, callada y con actitud de dama.

—¿Cómo podría ser así, si tenemos en cuenta que seréis vos? —dijo Piero con maldad, pero derrochando encanto. Bianca le golpeó. No pudo evitarlo; no fue un golpe real, sino juguetón y él se dio cuenta. Capturó su mano tan rápidamente que ella apenas lo vio, y después la atrajo hacia él, también juguetón, y la colocó sobre el pliegue de su brazo.

Pero cuando la tuvo allí y sintió su suavidad y calidez, lo invadió una intensa e imperdonable oleada de deseo, que intentó reprimir de inmediato.

Pero Bianca había visto el cambio en sus ojos y en su expresión y supo, sin que nadie se lo dijera, lo que le estaba ocurriendo. Aunque nunca se había enfrentado a un hombre adulto excitado, porque el lamentable asalto del paje Enzo apenas podía tenerse en cuenta, empezaba a intuir lo que era. Se puso pálida y tembló en su brazo.

—¿Señor? —preguntó, con voz interrogante y asustada.

—No tienes nada que temer —dijo él mirando su rostro—. Anoche te di mi palabra.

Casi sin querer, ella hizo algo muy extraño: enterró la cabeza en su pecho como si buscara protección, después volvió a alzarla y habló.

—Soy vuestra esposa de pecho plano, señor Piero, para que hagáis conmigo vuestra voluntad.

Ambos temblaban, tan cerca el uno del otro, pecho contra pecho, corazón contra corazón; el tono juguetón de la conversación había desaparecido para ser reemplazado por algo que se parecía sorprendentemente a la pasión mutua.

—Ay, me siento muy tentado —Piero se controló con dificultad—. Pero os he dado mi palabra y he hecho voto de que no os haré mía hasta que estéis lista, y me reafirmo en mi promesa —le dio un beso en la cabeza, pero esa vez no fue frío y desapasionado, sino suavizado por el amor que le habría ofrecido a una auténtica mujer. Instintivamente, ella se volvió para besarlo.

Estaban tan ensimismado el uno con el otro que no oyeron los golpes repetidos en la puerta y, de repente, una impaciente Agneta irrumpió en la habitación.

—¡Aaay! —gritó, al ver a Bianca en brazos de Piero y el intercambio de besos—. Veo que la parejita no está aún satisfecha. El Halcón ha dado placer a su pequeña paloma blanca, ¡todo San Giorgio se regocija con ellos!

Piero la miró por encima de la cabeza de Bianca.

—Y yo veo que San Giorgio se enterará de todos los

detalles de mi noche de bodas sin tardanza. Una sirvienta discreta habría esperado a recibir permiso para entrar.

—Estabais demasiado ocupados para oírme llamar. ¿Habríais preferido que esperase hasta el mediodía? —cacareó Agneta—. Habéis sido gentil con mi pequeña. No hace falta que ocultéis vuestro rostro a la vieja Agneta, paloma mía —dijo riendo, porque Bianca se sentía tan tímida como si Piero y ella realmente hubieran pasado la noche juntos, y había escondido su rostro en el pecho de él.

Agneta lanzó otro chillido.

—La dama aprendió modestia por fin. Ya no nos regañará y gritará a todos. El señor Piero os ha enseñado vuestro lugar. ¡Es una lástima que vayamos a irnos tan pronto, señora, y los demás no puedan beneficiarse de vuestro aprendizaje!

—¡Oh! —exclamó Bianca con el rostro rojo como la grana, airada por fin— Estás más imposible que nunca. Ni siquiera puedo acostarme con mi propio marido sin que tú anuncies lo que hacemos a todo el mundo. Vete y no regreses hasta que te haga llamar.

—Con gusto, señora, con gusto —Agneta siguió cacareando hasta la puerta—. No pretendía interrumpir vuestro placer. Había creído que os habría bastado con toda la noche. La oyeron gritar las noticias mientras bajaba la escalera—. ¡Aún no están satisfechos, alabado sea Dios!

—No os riáis —Bianca volvió el rostro encarnado hacia Piero—. Ni se os ocurra. Habría sido mejor que hicierais lo que teníais que hacer. El mundo entero pensará que estamos locos el uno por el otro, y lo único que he recibido es un pequeño beso y varios sermones sobre mi comportamiento. Ya he recibido bastantes en mi vida para tener que soportar más durante mi matrimonio.

Bajó de la cama indignada y miró a Piero, que, recostado en las almohadas, reía a carcajadas. Nunca le había parecido tan guapo y, sin embargo, esa belleza no era para ella. Se sentó en la piel de oso sobre la que él había pasado la noche.

—Y ni siquiera habéis ocupado mi cama hasta esta última hora —gimió—. Habéis pasado la noche en esta piel pulgosa, sobre el duro suelo —empezó a llorar con desconsuelo, sin saber si lloraba por ella misma o por su esposo.

—No lloréis, paloma mía —Piero saltó de la cama y se arrodilló junto a ella—. Sí, sois mi paloma. En eso la vieja no se equivocaba. Os prometo que no tardaré en consumar el matrimonio, cuando estéis bien alimentada y cuidada. Eso os convertirá pronto en mujer.

—No quiero ser una mujer —sollozó Bianca con más fuerza aún—. Desearía ser un varón. No soy digna de ser señora de Astra, ni señora de nadie, y ésa es la verdad. Y vos sois tan imposiblemente perfecto que me ponéis enferma. Si no lo fuerais me habríais tomado anoche, me habrías usado sin pensarlo, tal y como intentó Enzo, el paje. Y si no fuerais tan perfecto yo no parecería tan poco agraciada en comparación y Agneta no pensaría que para mí debe ser un honor ser seducida por vos, cosa que no ocurrió, ni deseo que ocurra —terminó con otro ataque de llanto, durante el cuál lanzó los brazos alrededor del perfectísimo Piero, buscando consuelo. Algo más que no pretendía hacer, pero hizo.

Piero miró ciegamente la pared, por encima de su cabeza. No podía hacer mucho para confortar a alguien que no quería ser confortado, aparte de hablarle con tono prosaico y gentil.

—Será mejor que volváis a la cama. Tengo que vestirme para el día, y haré llamar a Agneta para que venga a ayudaros cuando yo acabe y os hayáis recuperado un poco. No debe veros llorar. Pensaría que sois infeliz y eso no estaría nada bien.

—¿Siempre sabéis decir lo correcto? —dijo con acidez, alzando el rostro húmedo hacia él—. Debe ser muy satisfactorio para vos, aunque irrite mortalmente a quienes os rodean.

Piero rió al escuchar eso, una risa irónica.

—Tenéis más razón de la que creéis, esposa. Y ahora os he añadido a ese grupo de gente a la que ofendo —pero lo dijo con gentileza. La alzó en brazos y la llevó a la cama. La tumbó y tapó.

—Intentad descansar un poco, paloma mía. Os espera un día largo y duro.

—Y a vos —dijo Bianca, sorbiéndose la nariz—. Y habéis pasado la noche en el suelo, por mi culpa.

—¡Pero pensad en cómo nos reiremos juntos, como deben hacer esposo y mujer, al recordar lo bien que hemos engañado a todos! —dijo él volviéndose hacia ella como una pantera—. Todos piensan que hemos sido felices, cuando en realidad no lo fuimos. Pero vos y yo, como los dioses, somos capaces de reírnos de las tragedias.

Bianca, somnolienta, pensó que por eso no podía odiarlo. Ella también se sentía así, y era extraño que pensaran de forma tan similar a pesar de tener un aspecto tan diferente. Tal vez el padre Luca podría explicárselo... entonces recordó que ya no tendría oportunidad de hacerle ese tipo de preguntas.

Por primera, vez la golpeó con fuerza el saber que pronto se alejaría de San Giorgio y de todo aquello que conocía. Se llevó las manos a las mejillas ardientes e intentó apartar el miedo y dar la bienvenida a lo que estaba por llegar, al fin y al cabo de eso se trataba la vida. Además, tampoco había sido tan feliz en San Giorgio como para pedirle Dios que le permitiera quedarse allí. Al contrario. A decir verdad, tenía que admitir que no sabía lo que era la felicidad, pues había tenido muy poca.

Se dijo que tal vez si su madre hubiera vivido, las cosas habrían sido distintas. Ella la habría ayudado la noche anterior, en vez de la rezongona Agneta. Pero era una idea absurda, porque su madre nunca habría permitido que Bernardo la utilizara como moneda de cambio para rescatarlo de su estupidez. Pensando en eso se quedó dormida, encantada de no tener que levantarse y poder disfrutar de una cama grande y cómoda, con sábanas buenas...

La despertó Agneta, cacareando y charlando, y presentándole un vestido que Bianca no había visto nunca. Verde y dorado, con las mangas terminadas en punta. Agneta le dijo que había pertenecido a su madre y que lo había guardado para una ocasión como ésa.

—Deberíais haberlo lucido anoche, pero él dijo

que no os molestarais en cambiaros. Típico de un hombre. Y ahora os lo pondréis para partir.

Bianca lo alzó dubitativa. Estaba gastado y desvaído, a Agneta debía estar fallándole la vista. El vestido no parecía adecuado para hacer nada con él, y menos para utilizarlo en la larga cabalgata que la esperaba. Además, no le quedaría bien, pues estaba cortado para un cuerpo de mujer, no una figura de palo como la suya.

Cuando bajó de la cama, Agneta corrió a abrirla de nuevo y, con un grito triunfal, sacó la sábana manchada de sangre.

—Vuestro señor hizo un buen trabajo anoche —gritó. Antes de que Bianca pudiera detenerla salió corriendo a mostrarles a los sirvientes y soldados de San Giorgio la prueba indudable de que su señora había sido virgen y su señor un hombre de verdad—. Y también tiene manchado el camisón —chilló—. ¡Alabado sea Dios!

Bianca tuvo un ataque de risa al pensar en todos los malentendidos que había provocado su recién estrenado esposo. Imaginó cómo temblaría su larga boca al oír a Agneta en su paseo por la torre. Sin duda demostraba un gran talento para la fabulación, a pesar de su juventud. Por primera vez se preguntó cuántos años tendría exactamente y si sería osado preguntárselo. Se dijo que sería mejor interrogar a Lodovico, si es que hablaba. Sólo había oído de sus labios un par de siseos y un par de frases dirigidos a Piero.

Una vez puesto, el vestido resultó tan poco favorecedor como había temido. Parecía perdida dentro de él; sus ojos parecían más grandes que nunca, y el resto de su cuerpo más pequeño. Pensó que él no podría desear a un gorrión como ella. La había llamado paloma, pero ella no lo parecía en absoluto. Una llamada en la puerta interrumpió sus sombríos pensamientos.

—Entrad —dijo, y Bernardo lo hizo. Tenía un aspecto aún peor del habitual tras una noche de bebida y la sorprendió que estuviera levantado.

—¿Estás bien, hermana?

—No gracias a ti, hermano —replicó Bianca con ira—. Casada con un hombre a quien acabo de conocer y sin poder opinar al respecto, es increíble que no haya perdido la cordura de forma permanente.

—Es lo que corresponde a la mujer —sentenció Bernardo. Titubeó—. Es mejor así. Que estés casada, quiero decir. Te deseaba y nadie lo había hecho antes. No puedo mantenerte y si algo me ocurriera... —su voz se apagó.

—Y ahora soy una Manfredini, y señora de Astra —dio Bianca—. Supongo que hay peores destinos.

—No exactamente una Manfredini —dijo Bernardo con desolación—. He pensado que debería decírtelo.

—¿No exactamente una Manfredini? ¿Qué queréis decir con eso, hermano?

—Hay muchos Manfredinis —explicó Bernardo, evitando su mirada—. Y supongo que él es uno de ellos, en cierto modo. Es el bastardo. Su padre es raro, no reconoce a sus bastardos. Pero Piero se llama Manfredini a sí mismo, a pesar de todo. Había pensado que era legítimo, pero él me dijo que no mientras jugábamos. No creía que creyeras que había intentado engañarme.

—No, tú preferiste vengarme a mí —replicó Bianca con amargura—. Y ésa es la razón, supongo, de que me quisiera. Un bastardo no reconocido podría tener dificultades para casarse con una noble, pero yo le he otorgado cierto rango. Sólo la indeseada señora de San Giorgio le sería entregada por su inepto hermano. Te doy las gracias, Bernardo.

—Será un gran hombre —justificó Bernardo con desesperación—. Ya tiene una gran reputación, con sólo veintitrés años. Llegarás a ser duquesa.

—¡Y bonita duquesa seré! —dijo Bianca con furia—. Se pelearan para pintar mi retrato para que el mundo vea con qué monstruo se casó Piero para hacerse noble. Deberías habérmelo dicho, hermano.

—Oh, sabía cuánto protestarías si lo hacía. Pero es para bien, te lo aseguro.

Todo le pareció evidente a la desolada Bianca. Desconociendo que Piero había rechazado a mujeres nobles de rango y fortuna más elevados que los de ella, creyó haber encontrado la clave de ese extraño matrimonio. Lo que no entendía era cómo había sabido que ganaría la partida de dados a su hermano.

Entonces recordó el movimiento que había hecho Piero con los dados cuando Bernardo le explicaba cuál sería su destino. Había cambiado los dados por otros trucados para jugar y ganar, y después había vuelto a cambiarlos. ¡Ésa era la explicación! Cuando le conviniera, le haría saber que conocía gracias a qué trampa la había convertido en su esposa.

Era un monstruo perverso y traidor. Se preguntó qué campesina lo había echado al mundo tras complacer a su señor y cómo había llegado a ser lo que era. Gracias al doble juego, sin duda. Pero ya daba igual. Dios, a través del padre Luca, había bendecido el matrimonio y partirían pasada una hora. Al menos, ya estaba prevenida.

Bernardo vio su rostro, hizo una mueca y le dio un abrazo. El primer abrazo en muchos años.

—No hermano —Bianca se libró de él—. Me vendiste a él a sabiendas, y soy yo quien ha de cumplir el trato, no tú —se apartó. No se permitiría llorar. La noche anterior y esa mañana había creído que Piero era amable; bien podía permitirse serlo. Alzó la cabeza con orgullo—. Tienes mi venia para marcharte, Bernardo. Debo prepararme para acompañar a mi señor. Dile a Agneta que lo haga también.

—Ése es otro asunto —dijo Bernardo—. No irá contigo. Él no lo desea. Sólo viajaréis él, su lugarteniente y tú. Dice que tendrás mujeres de compañía de sobra, ahora que eres su esposa, y que ella es demasiado vieja.

Bianca se puso aún más pálida.

—¿No llevarme a Agneta? —tartamudeó—. Sé que es un estorbo y una parlanchina, pero me ha cuidado desde que mi madre murió al darme a luz. Él no puede haber ordenado eso.

—Puede y lo ha hecho —dijo Bernardo—. Y ahora

es tu señor y no puedo contradecir sus órdenes. Ella preparará tu equipaje y se despedirá de ti, igual que el resto de nosotros —miró a su hermana con inquietud—. No debes llorar. Te lo prohíbo. Y además creo que es lo mejor. Agneta siempre te ha criticado con crueldad.

—Es obvio que a ti ha de parecerte lo mejor, tras haberlo organizado con él, ¿no? —dijo Bianca, haciendo uso de su perfecta lógica y su tono de voz más irritante. Parecía que se marcharía de San Giorgio tal y como había vivido allí: como una fiera, mal vestida y, por ende, sin una mujer que la acompañara—. ¿Qué hizo Agneta cuando le dijiste eso?

—Mucho —admitió Bernardo—. Lo maldijo a él y luego a mí, aunque no entiendo por qué. Fue decisión de él, no mía.

—¡Oh! —Bianca dio un pisotón en el suelo—. No puedes ser tan estúpido como simulas. Es culpa tuya que esté casada con él, y toda la torre lo sabe, imagino que todo San Giorgio a estas alturas.

—Así es —aceptó Bernardo, dolido—, y todos opinan que eres increíblemente afortunada y se preguntan por qué un caballero apuesto como él ha querido casarse con una rezongona fea como tú. Arrodíllate, hermana, y da gracias a Dios. No te das cuenta de tu fortuna.

Bianca no tuvo tiempo de replicar, porque llegó Piero, vestido para partir.

—¿Se lo has dicho? —preguntó, mirando de uno a otro.

—Sí —respondió Bianca, antes de que lo hiciera Bernardo—, y no comprendo porqué no me lo dijisteis vos. A no ser, claro está, que estéis avergonzado.

—¿Avergonzado? —Piero soltó una carcajada. Estaba tan engalanado como siempre y para Bianca eso incluso empeoraba la situación—. ¿Por qué había de estar avergonzado? No puedo llevar a una vieja quejosa a un campamento de soldados, haría que se mataran entre ellos. No, mi planes son muy distintos y los conoceréis en el momento adecuado. Debéis romper vuestro ayuno y despediros, porque no quiero retrasar la partida.

—¿Despedirme? —Bianca lo miró con ira—. Lo mismo me da quedarme que partir. O me da órdenes Bernardo o me las dais vos. Al menos vos parecéis saber lo que hacéis, cosa que Bernardo no, así que supongo que se podría decir que he ganado con este matrimonio. Pero me habría gustado que Agneta viniera conmigo, por más que proteste.

La agradable armonía que habían compartido en la cama se había desvanecido del todo.

—No, lo siento, pero no —dijo Piero con frialdad—. Ahora corred a comer y cuando acabéis vuestro hermano os escoltará al patio para despedirnos formalmente. Ahora sois la señora de Astra y debéis comportaros como una dama noble. Es la primera lección para vuestra nueva vida que empieza ahora —le hizo una reverencia—. Os aguardo, esposa.

Cinco

—Ahora, señora —le dijo Piero a Bianca cuando estaban a punto de abandonar la torre—, debéis despediros formalmente de los lugareños. Sonreiréis, ¿verdad? Deben creer que sois feliz.

—Entonces creerán mal, pero fui señora de San Giorgio y no los decepcionaré.

Las calles, al igual que el patio, estaban llenas de la gente que conocía, que deseaba despedirse. Raimondo se acercó e inclinó la cabeza.

—Que Dios os acompañe, señora. Que os conceda un buen viaje a vuestro nuevo hogar, una larga vida, una matrimonio feliz y muchos hijos varones.

Bianca pensó que el último deseo parecía ser el resumen de su valía para el mundo, pero la emocionaron la preocupación que vio en su rostro y los murmullos de la gente que se hacía eco de su deseo. Agneta dio la puntilla arrojándose a los brazos de Bianca.

—Ese monstruo no me permite viajar con vos —aulló—. Que Dios os proteja, señora mía, y os dé muchos hijos varones, aunque él no los merezca.

Entretanto, Lodovico estaba montado a caballo con el rostro rígido como una estatua. Fue Piero quien la ayudó a subir a la silla, sentándola de lado, un estilo que ella siempre había odiado. Prefería montar como los hombres, y con ropa masculina.

Bernardo sonreía, feliz por librarse de ella y verla casada con alguien rico y poderoso.

—Veo que por fin eres una auténtica dama, que monta correctamente y obedece a su señor —dijo—. Que la bendición de Dios te acompañe, hermana.

Ella pensó que parecía que la mañana era de Dios, en vez de suya. Un pensamiento blasfemo que intentó acallar. Pero, por lo visto, el matrimonio no la había cambiado, o, si acaso, la había vuelto aún más rebelde. Echó un último vistazo a su alrededor.

—Vamos —le urgió Piero con amabilidad.

Y así dejó atrás su infancia, recorriendo las calles hasta que salieron por la Puerta Mayor de la ciudad a campo abierto. Entonces San Giorgio quedó a su espalda, mientras cabalgaba con su nuevo dueño y con Lodovico.

Cruzaron las tierras que ella conocía y una vez, cuando hacían un giro, captó una última imagen de su antiguo hogar, tan diminuto y perfecto en la distancia que se hacía difícil creer que allí vivía gente y sus calles estaban llenas de bullicio. Finalmente desapareció de la vista y su mundo se convirtió en el de Piero y las decisiones de él en las suyas.

Hacia mediodía bajaron el ritmo, las monturas estaban cansadas y el caballo de carga que guiaba Lodovico llevaba mucho peso. Tomaron un sendero a través del bosque, tras dejar el camino construido por los toscanos que vivieron allí en otra época.

Bianca miraba con curiosidad a su alrededor, preguntándose cuál sería su destino. Poco después pararon en un claro en la zona de arbustos que siguió al bosque. Allí había una cabaña y, tras ella, una laguna de agua clara, sombreada por un grupo de árboles; un lugar idílico y bonito.

Piero desmontó, hizo una seña a Lodovico, que hizo lo mismo, y luego la ayudó a bajar. Ella tenía las piernas cansadas y se sentó en un pequeño bancal.

Lodovico se acercó a Piero, que estaba desatando uno de los bultos del caballo de carga.

—Quiero decirte algo —dijo, con voz alta y airada, sorprendiendo a Bianca. No hablaba como un subordinado lo haría con su capitán. Posiblemente Piero pensara lo mismo, porque se volvió hacia él.

—¿Ah, sí? Sí, ya veo que sí.

—Sí —dijo Lodovico con voz aún más seca—. Tenemos que aclarar algunas cosas, tú y yo. Me mentiste. Prometiste que no la tocarías. Pero Agneta nos enseñó a todos la brutal evidencia de lo que hiciste. ¡Eres un borracho cobarde que viola a niñas! —sin previo aviso, le dio un guantazo a Piero en el rostro.

Piero perdió el equilibrio y cayó. Bianca se consumió de ira al verlo en el suelo. Se lanzó sobre Lodovico y lo golpeó con sus pequeños puños.

—¡Oh, villano! Lo deshonras. No me tocó.

—Pero la sábana, la sangre. Había tanta...

—De él, no mía —chilló Bianca—. Se cortó en el brazo y manchó la sábana para no avergonzarme ante San Giorgio, y después durmió en el suelo. Le has hecho daño, y ayer fue bondadoso conmigo. Mucho.

De repente, lo comprendió todo. Corrió a donde Piero contemplaba la escena. Por supuesto que había sido bueno con ella, tanto la noche anterior como esa mañana.

—Oh, señor, dejad que os ayude —se agachó junto a él y volvió el rostro airado hacia Lodovico—. No lo entiendes. Es la única persona del mundo que ha sido buena conmigo. En toda mi vida.

—Bueno, no le deis a eso mucha importancia —dijo Piero desde el suelo—. Rara vez soy bondadoso, como Lodovico os dirá, y dudo que vuelva a serlo con vos.

—No me importa. Anoche sí lo fuisteis —contestó ella. Empezó a llorar con fuerza, aunque no sabía si por ella misma o por Piero.

Lodovico la ayudó a levantarse y después ofreció una mano a Piero, que la aceptó y se irguió.

—¿La niña dice la verdad? —preguntó en voz baja.

—No —dijo Piero—. Miente para salvarme. Me merecía el golpe.

—Oh, no sé cuál de los dos es peor —jadeó

Bianca—. Si tú por golpearlo sin avisar o él por mentir. Podéis hacer llamar a una sanadora en el próximo pueblo y ella certificará mi virginidad. ¿Acaso el mundo que rodea a San Giorgio está loco? —miró a Piero—. ¿Cómo permitís que os golpee y no castigarlo? Sois su dueño y señor.

—No —dijo Piero. Titubeó—. Sois mi esposa y debéis saber la verdad. Él es mi tío, el hermano de mi madre. Me adiestró en el uso de las armas y se ocupó de mí cuando el mundo me rechazó. Sin él no estaría dirigiendo una *condotta* ni sería capitán. Tiene derecho a golpearme, nadie más, sin poner en riesgo su vida, claro está. Le debo cuanto soy.

—¿Y qué sois? —dijo Bianca con amargura—. ¿Algo de lo que debáis enorgulleceros?

—No —repuso Piero—. Pero más de lo que era. Os agradezco que me hayáis defendido, pero no os preocupéis demasiado por mí. Lodovico tiene razón. No me lo merezco.

—Eso yo no lo sé —afirmó Bianca con testarudez—, pero no permito que maltraten a un hombre sin llevar la razón. Puede que él sea cuanto decís, pero debería pedir vuestro perdón por el golpe, y vos el de Dios por mentir sobre nosotros.

Ambos hombres sonrieron.

—Siento el golpe —dijo Lodovico—. Sea cual sea la verdad, la niña no te teme. No querría que rompieras el voto que hiciste ante mí... nunca lo has hecho antes.

—¡Romper mi voto! —exclamó Piero—. He roto

tantos que deberías golpearme por esos —hizo una pausa—. ¿Has traído la ropa que te pedí?

—Sí, aunque eso tampoco me gusta.

—Ni a mí —dijo Piero—. Pero no voy a llevar a una mujer mía a un campamento mercenario en el que, en contra de la costumbre, no permito que mi *condotta* reciba a mujeres de ningún tipo. Y sabes bien que no puedo permitirme los hombres ni el tiempo que requeriría llevarla a mi villa en las afueras de Florencia o a mi señorío de Astra. Aunque sea mi esposa, no puedo hacer lo que no permito que hagan mis hombres. Saca la ropa que te encargué y dásela —miró a Bianca—. Podéis utilizar la cabaña para cambiaros. El leñador murió hace años y nadie vive aquí.

—¿Cambiarme? ¿Qué queréis decir, señor? —cuando Lodovico le entregó las prendas y adornos que utilizaría un paje se puso roja como la grana—. ¿Voy a vestirme de muchacho, señor? ¿Por qué?

—Es más seguro —contestó Piero—. Por suerte, aún tenéis el cuerpo y figura de uno, aunque poco musculoso. Mi último paje se cansó de seguir a mi estandarte y decidió volver a su papel de hijo de mercante. Se llamaba Dino. Seréis Dino, me resultará fácil recordar el nombre y debéis aprender a contestar a él.

La miró atentamente.

—Estoy seguro de que de momento nadie pensará que sois una joven. Viviréis en mi tienda y os protegeré cuanto pueda —sonrió—. Con vuestro espíritu, creo que puede que incluso disfrutéis.

—¡Maravilloso! —exclamó Bianca con acidez—.

Os casáis conmigo, lo que me convierte en mujer, y después me pedís que sea varón. ¿Qué será lo siguiente? ¿Es realmente necesario, señor?

—Lo es, dado que tenía que sacaros de San Giorgio. No podía permitir que siguierais allí. No os pediré nada más. Incluso Lodovico está de acuerdo conmigo, aunque no le agrada. No será mucho tiempo, os lo prometo. Después volveréis a ser mi esposa y mujer.

No servía de nada discutir con él. Había algo en su forma de hablar y actuar que incitaba a obedecer. Lo había visto con Agneta, los demás sirvientes e incluso Lodovico. Incluso cuando le había golpeado, había mantenido el control sobre su tío. Aceptó la ropa y fue a la cabaña. Allí se quitó el feo vestido que Agneta le había puesto esa mañana, aunque parecía ya un momento muy lejano, y empezó a vestirse de paje.

Había unos calzones masculinos, una camisa de lino y un jubón azul y plata, parecido al que Piero había lucido para casarse con ella; un par de medias azules, que se ataban con lazos a la camisa y a algo que debía ser la prenda encargada de ocultar sus inexistentes partes masculinas. Sobre todo eso debía lucir un tabardo acolchado, sin costados, de nuevo azul y plata, rematado con piel gris en bajo y cuello; un cinturón de cuero con hebilla de metal, con un bolsillo que colgaba de él, y una pequeña daga de mango muy ornado. El atuendo lo completaban un par de botas del mejor cuero, aunque un poco grandes para ella.

No faltaba detalle; incluso había un sombrero cónico, decorado con una pieza metálica que llevaba engastado un zafiro diminuto. También le habían dado un peto metálico en miniatura y una gorguera, también de metal, para el cuello. Nada le quedaba perfecto, pero sí aceptable. Al fin y al cabo, se esperaba de los pajes que fueran útiles, no figurines de moda. También había una media pica o bastón de madera, terminado con una bola en un extremo y una punta metálica en el otro que colgaría de la silla de su montura.

Finalmente, se puso una capa larga que se sujetaba al cuello con un broche. Salió, sintiéndose ridícula con esa extraña vestimenta que, por ende, era la de más calidad que había usado en su vida. Descubrió que Piero y Lodovico habían sustituido su ropa cortesana por la de los soldados que eran. Piero seguía estando increíblemente apuesto con un gastado jubón de cuero sin mangas, cinturón de acero forjado, camisa de tejido recio y botas para andar.

También habían sustituido la silla de su caballo por una de hombre. Piero y Lodovico la miraron cuando salió, intentando parecer un muchacho e imitando, instintivamente la forma de andar de los pajes de San Giorgio. Piero empezó a reír.

—¿Tan extraña parezco? —preguntó ella, irritada—. No soy yo quien ha elegido este atuendo.

—Nada extraña. Eres un muchachito espléndido —dijo Piero con seriedad—. Guapo, incluso. Pero el cabello... hay que cortarlo.

—¡Oh, no! —gimió Bianca—. Es lo único bueno que tengo, o eso dice Agneta. Sería cruel perderlo.

—Agneta se equivoca, como parecía ser la norma

en ella —afirmó Piero con severidad—. Y no puedo tener un paje con cabello hasta la cintura —añadió, razonable—. Imaginad los comentarios que provocaría eso. ¡Debo pensar en mi reputación!

Sacó unas pequeñas tijeras de su bolsa. Bianca se preguntó si siempre cargaba con todo lo que podía necesitar. Él pareció adivinarle el pensamiento.

—Uno debe estar preparado para cualquier contingencia, esposa. Venid aquí y os convertiremos en un Dino encantador. Bonito, pero no en exceso.

¡Bonito! Resentida, Bianca pensó que volvía a burlarse de ella, pero permitió que le pusiera una toalla de seda sobre los hombros y cortara las abundantes guedejas. Observó cómo caían al suelo, a punto de llorar, mientras él, girando a su alrededor, cortó y cortó hasta que los rizos enmarcaron su rostro. Después dio unos pasos atrás para admirar su obra.

—Así valdrá —aprobó, satisfecho—. Recordad, os llamáis Dino, y no pensaréis en vos como Bianca. Cuando os dé una orden, y también si lo hace otro, la cumpliréis con presteza. Eso es lo correcto, ¿verdad Lodovico?

—Cierto —dijo Lodovico, que había vuelto a su silencio habitual—. Se espera de un paje que obedezca y no discuta. Nada de malhumor, señora, ni protestas. Los pajes rebeldes lo pasan muy mal.

—Debería haber supuesto que ser un muchacho tenía sus inconvenientes —gruñó Bianca—, aunque siempre deseé ser uno. Pensé que se les permitía total libertad, pero veo que estaba equivocada.

—Muy equivocada —dijo Piero con una sonrisa

de secretismo en los labios—. Son las muchachas las afortunadas, como pronto descubriréis. Los muchachos, y más los pajes, trabajan duro. Tendréis que cuidar de mi caballo, limpiar sus aperos y mi armadura, preparar y cuidar mi ropa, mantener mis botas a punto y servirme comida y bebida cómo y cuándo yo lo desee, y limpiar lo que use. Además, tendréis que aprender a utilizar bastón, espada y daga, a tensar y disparar ballesta y arco. Después os adiestrarán para formar parte de una lanza de tres hombres, es decir, sujetaréis los caballos de los dos hombres que empuñarán una lanza de gran longitud, aunque estaréis retrasada, lejos de la batalla; cuando el enemigo rompa filas cabalgaréis hacia delante llevando su montura a los soldados y participaréis en la persecución. Por tanto, deberéis saber controlar un caballo de batalla. Vuestros días serán largos y ocupados. Por otra parte, nadie os pedirá que freguéis suelos, lo que debería serviros de consuelo.

Bianca escuchó el solemne recital de tareas con horror.

—Si debo hacer todo eso al mismo tiempo, ¿cuándo comeré y dormiré, señor? Si esa ha de ser mi vida, disminuiré en vez de crecer, con tanto esfuerzo.

—Oh, no —afirmó Piero—. Al contrario. El ejercicio os hará crecer y me ocuparé personalmente de que estéis bien alimentada por primera vez en vuestra vida. Empezaremos ahora mismo, os lo prometo. Lodovico ha empezado a desempaquetar la comida. Vuestra primera tarea es ayudarlo, y la segunda comer tanto como podáis, y beber un poco del buen vino que ha traído en ese pellejo.

Y eso hizo, comer y beber como nunca antes, atacando la comida como un lobo, porque la cabalgata le había abierto el apetito. Sentados bajo los árboles, Lodovico repartió carne y pan, queso y fruta. El vino era bueno e, imitando a los dos hombres, lo bebió del pellejo.

—No demasiado —dijo Piero con aprobación, cuando el líquido rojo bajaba por su garganta. Su rostro había perdido la impasibilidad habitual al verla atacar la comida con tanta energía; sonreía abiertamente.

—¿Os divierto, señor? —preguntó Bianca con la boca llena.

—Siempre me agrada ver un buen apetito.

—Sé que no es muy femenino, pero ahora que soy paje, puedo comer como ellos. Llevo hambrienta toda la vida. Los pajes no necesitan ser delicados en vuestra *condotta*, ¿verdad, señor?

—No tengáis miedo de eso —contestó Piero—. Los pajes son muchas cosas, pero nunca delicados.

—Eso me alivia —dijo Bianca con franqueza—. Aún no he conseguido ser delicada y Agneta siempre criticaba mis malos modales. Tendría un ataque si me viera vestida así y comiendo con tanta ansia.

—Ahora entenderéis por qué no podía acompañaros. Espero que la mascarada no dure mucho tiempo, pero es imprescindible que me reúna con la *condotta* sin demora. Tendréis cuidado de actuar siempre como un paje, ¿verdad? Si algo os preocupa, porque la vida será dura y distinta, debéis buscar mi ayuda o la de Lodovico, aunque espero que no sea necesario.

—Os entiendo, señor —contestó Bianca, lamiéndose los dedos cuidadosamente; no tenía sentido desperdiciar la buena comida, aunque en el futuro fuera a ser abundante—. Pero dudo que resulte ser un paje muy útil. Aunque tenga aspecto de muchacho, no dispongo de la fuerza de uno.

—No, pero diremos a todos que sois muy joven, y tierno por demás. Que no deben forzaros demasiado hasta que hayáis crecido un poco; para entonces, Dios mediante, no estaréis allí y seréis mi esposa de nuevo.

Cuando acabaron de comer y se tumbaron al sol, para dar a los caballos tiempo de recuperarse, Bianca pensó que Piero tenían una cosa buena: no le hablaba ni la trataba con condescendencia. Se preguntó si siempre sería así o si cuando volviera a vestirse de mujer le hablaría como si fuera tonta, como solían hacer los hombres con las mujeres, excepto cuando intentaban llevárselas a la cama, por lo que había visto de Bianca con Giuletta y sus predecesoras. Deseó que no fuera así. El padre Luca había dicho, a menudo, que tenía buen entendimiento, más del que necesitaba una mujer. Tal vez eso la ayudara mientras actuase como paje de Piero, aunque la experiencia durara poco.

—Será mejor que te inicies en tus obligaciones ya, Dino —dijo Piero con media sonrisa—. Tu obligación es recoger después de las comidas, y también traerme más bebida, si la necesito. Ése es el caso ahora, y puedes servírmela en la taza metálica que encontrarás en mis alforjas.

Bianca, diciéndose que debía pensar en sí misma

como Dino, fue a buscar la taza, le pidió el pellejo a Lodovico y sirvió una buena medida a su señor. Hizo todo esto utilizando el trote que empleaban todos los buenos pajes, y que sería su distintivo mientras llevase ropa masculina. Entregó la taza a su señor.

—Una rodilla al suelo cuando me sirvas —dijo él con seriedad, y observó cómo le obedecía antes de aceptar la taza. Cuando lo hizo, sus manos se rozaron y Dino volvió a sentir una súbita oleada de placer. Pensó que Piero también la había sentido, porque sus ojos se ensancharon un poco y le dedicó una sonrisa ladeada e interrogante.

—Aprendes rápido, Dino —fue cuanto dijo.

—Es un placer, señor —contestó ella, como había oído que le decían los pajes a Bernardo. Sentado allí, con esa expresión levemente burlona, parecía más increíble que nunca. Se preguntó cómo alguien podía controlarse como Piero de' Manfredini. Incluso cuando Lodovico le había golpeado y estaba en el suelo, había mantenido el control de sí mismo. Se preguntó si era algo que le habían enseñado o si era parte integral de él, como en ella lo era el temperamento fogoso. ¿Lo descubriría alguna vez, o sería siempre un misterio?

—Y ahora debes ir a la laguna y lavar la taza y los cuchillos —dijo él—, para después empaquetarlo todo. Lodovico te enseñará qué hacer.

Ambos hombres observaron cómo trotaba hacia el agua.

—Te juzgué mal una vez, y no se repetirá —dijo

Lodovico—. No seas demasiado duro con la pequeña. Es de espíritu valiente, pero está lejos de su hogar y sus amigos.

—No la ayudará que sea demasiado amable —dijo Piero, controlando un asomo de emoción—. Debe sobrevivir entre los pajes. Mi protección estará restringida.

—¿Y es necesario esto?

—Sabes que lo es.

—Sé que podrías haberla dejado en San Giorgio y volver por ella después.

—Dejarla, ¿para qué? —arguyó Piero con sequedad—. ¿Para que los tontos que tenía alrededor destrozaran su espíritu valiente? Está mejor lejos de ellos. Y tú lo sabes.

—Y tú eres Dios, por supuesto —dijo Lodovico—, y por eso dispones de hombres y niñas mujeres como te place.

—A veces te propasas debido a nuestro parentesco —Piero alzó las cejas con altanería—. Ahora que es mi esposa debo protegerla, como no hizo ni habría hecho su hermano, o no me la habría entregado, casi vendido, sin inmutarse.

—¿Y quién sacó mejor partido, sobrino, él o tú? —Lodovico esbozó una sonrisa agria.

—Yo, sin duda —replicó Piero templado—. Tengo una esposa que me honrará con su inteligencia, y que además será una belleza.

Le tocó a Lodovico el turno de alzar las cejas.

—¿También adivinas el futuro? —preguntó con

sorna. Calló cuando Dino regresó y se arrodillo junto a la bolsa de la que él había sacado la comida y empezó a guardar las sobras y los utensilios. Con la morena cabeza inclinada sobre su tarea, sus ágiles dedos ataron los cordones y le entregó la bolsa a Lodovico.

—No, Dino, ahora deberás ocuparte tú de ella. Te enseñaré a atarla a los aperos de tu caballo.

Mientras la ayudaba, la miró con cierta amabilidad.

—¿No te molestará cabalgar a horcajadas?

—Oh, no —contestó Dino con rostro alerta—. Siempre lo he preferido a utilizar silla de montar femenina. Pero Bernardo decía que la señora de San Giorgio debía intentar ser una dama, y durante el último año me obligó a montar como una, aunque no me gusta en absoluto.

Era tan rápida y estaba tan dispuesta a aprender, tanto trotando tras Lodovico, como recogiendo los restos de la comida que Piero, a su pesar, tragó aire. «Sé que tengo razón. Veo la verdad. Es de espíritu vivo y un día será una esposa que me llenará de honor y quizá, ¿quién sabe?, una esposa a la que amaré, si es que soy capaz de amar a alguien».

Pero a finales de la tarde incluso el vivaz espíritu de Dino había empezado a flaquear. No estaba acostumbrada al ejercicio físico prolongado, como los dos hombres, pero tenía el empeño de no quejarse. Había deseado muchas veces ser varón; sería humillante comportarse con debilidad el primer día que lo era. El orgullo y su fiera voluntad hicieron que se mantuviera erguida sobre la silla.

Cuando empezaba a creer que ni siquiera el orgullo bastaría, el camino inició el descenso hacia tiendas, pabellones, estandartes y penachos. Aunque aún estaban lejos, oyó los ruidos típicos de un campamento de hombres; aunque nunca los había oído antes, eran inconfundible. Ruidos con los que aprendería a convivir y después ignorar. Se irguió más, para no avergonzarse a sí misma ni a su señor.

—Bravo, Dino. Por fin estamos aquí, y no te has quejado una sola vez. Un buen inicio para tu nueva carrera. No hace falta que te diga que es mi *condotta* la que acampa ahí abajo, ante Trani, y que todos estarán esperando mi regreso.

Pasaron ante los centinelas, que les saludaron con respeto, inclinándose ante Piero mientras él les dedicaba un leve gesto con la mano. Las banderas que ondeaban por doquier mostraban la imagen del halcón.

Cabalgaron entre hileras de tiendas, algunas grandes, otras pequeñas; chozas de paja en las que vivían los soldados de menor grado; forjas donde los herreros golpeaban sus yunques, haciendo, reparando y mejorando armas, y herrando caballos. Incluso había una zona espaciosa en un lateral, cerca de los establos, cubierta de paja. Dino se preguntó que sería, pero pronto descubrió que era donde pajes y caballos recibían adiestramiento. Por todas partes había hogueras, con trípodes de los que colgaban peroles para cocinar la comida, y hombres por doquier.

Hombres de todos los tamaños y formas, con atuendos y equipamiento diverso, pero siempre luciendo el halcón. Observaban a su capitán y lugarteniente a su paso. Que regresara con un nuevo paje, no era de interés para ellos.

Dino vio muchos pajes, con ropa similar a la suya. Algunos eran grandes, otros tan pequeños como ella. Piero le había dicho, antes de que dejaran el claro, que muchos pajes eran nobles que aprendían el arte de las armas, hijos segundones sin tierras, y otros eran campesinos que buscaban medrar en la vida.

—Yo fui paje durante un tiempo —había comentado.

Finalmente llegaron a una especie de plaza en la que se encontraban las tiendas de mayor tamaño. Una, la de Piero, era particularmente grande y espléndida. En el centro de la plaza había mesas y bancos de tosca factura. Clavado en una de ellas, con una daga, había un gran pergamino cuadrado. Un hombre lo estudiaba, sentado en un banco, rodeado por hombres en pie. Todos alzaron la vista al oírlos llegar y, al ver de quién se trataba, quienes estaban sentados se levantaron de un salto, enderezaron hombros y espaldas y saludaron, al igual que los que estaban en pie.

—Llegáis por fin, señor —dijo el hombre que había estado mirando el pergamino.

—Sí —Piero desmontó y le gritó a Dino—. Toma las riendas de mi caballo, rapaz —después le habló al hombre—. Mi viaje fue infructuoso, como temía.

El hombre con quien hablaba vestía como Piero y era casi tan alto como él. Lucía un halcón en el tabardo, sobre la coraza, y era un pelirrojo guapo en el sentido vulgar. Dino pensó que quizá todos los hombres parecían vulgares, tras haber visto a Piero. El hombre, que le echó un vistazo indiferente, le recordó a cientos de hombres de armas.

—Veo que has traído un paje.

—Sí... Dino —dijo Piero, mirándola—. Saluda al capitán Han Van Eyck, Dino. Es mi segundo al mando, y seguramente también te dará órdenes. Por lo demás, San Giorgio fue una pérdida de tiempo. Está en manos de un necio borracho sin fortuna ni tierras, ¡me propuso un trato según el cual los Medicci lo subvencionarían para que reclutara tropas para mí! Eso te bastará para captar su desconocimiento del mundo de la política y la guerra. La *condotta* está en buena forma, espero, ¿lista para reagruparse?

Van Eyck, que parecía pensar que era una pérdida de tiempo que Piero hubiera adquirido un paje, contestó.

—Sí, pero habrá más problemas y retrasos, me temo. Ayer tuve aquí al comisario florentino, Bruschini. Ha llegado con una compañía que, según dice, dirige Alberic Carpacci; pero sospecho que la ha formado él y Carpacci es un hombre de paja. Así intenta mordernos dos veces. Se queja de que Trani es demasiado difícil de atacar y que el sitio está fracasando —hizo un gesto hacia la ciudad que había ante ellos, oculta tras los muros—. Dice que hace tiempo que deberían estar sin comida pero siguen sin rendirse. Habla de un ataque frontal.

—Qué gran ayuda por su parte —dijo Piero con

voz acerada—, decirnos lo que ya sabemos. Pero, ¡un ataque frontal! No con mi *condotta*. Puede sacrificar la suya si eso le place.

Van Eyck empezó a reír.

—Ya. Le dije que dirías eso. Contestó que Florencia te pagó y que había venido a supervisar cómo gastabas su dinero, y que quería sus cuotas.

—¿Eso dijo? ¿Y qué cuotas son esas? Que lea mi contrato antes de pedir lo imposible. Yo, y nadie más, controla las compañías que sitian a Trani, ya estén contratadas por Florencia, o Bruschini o por el mismo Dios. Además, advertí a su *signoria* cuando me contrataron que tomar Trani sería largo y difícil, y que debían pensárselo dos veces antes de intentarlo. Dijeron que aceptarían que me tomara el tiempo que fuera necesario para reducirla, y me pagarían en consecuencia. Tardamos una semana en negociar los términos del contrato, y si al señor Bruschini no le gustan, debe culpar a sus amos de Florencia, no a mí.

Se acercó a la mesa y miró el pergamino.

—Veo que tienes el mapa que te pedí que prepararas antes de mi marcha, pero antes de examinarlo debo ir a mi pabellón. Lodovico, lleva a Dino y a los caballos a los establos y luego preséntate ante mí. Han, ven dentro de cinco minutos con el mapa; antes de reagruparnos mañana, pensaré sobre el asunto de Trani. Hay más formas de abrir una nuez que rompiendo en pedazos tanto nuez como cascanueces.

«Es tan hosco con todo el mundo como lo es conmigo, y eso es un alivio», pensó Dino. Dejó que Lodovico la guiara a los establos y, a pesar de su cansancio, dio agua y comida a su caballo y al de Piero, mientras Lodovico la ayudaba y le explicaba qué hacer y cómo.

De vuelta en el pabellón, su última tarea fue preparar la cama de Piero para la noche y buscar un jergón en el que dormir ella misma, en un rincón. Eso supuso trotar a buscar al intendente encargado de suministros, y siguió una visita al cocinero para que preparase comida para Piero, Lodovico y ella.

Han y Piero charlaban en la mesa, sentados en butacones aún más magníficos que el de Bernardo. Todos los que entraban, y Piero hizo llamar a varios capitanes y tenientes, le obedecían sin cuestionar, aunque él con frecuencia pedía su opinión sobre lo que proponía, y a veces la aceptaba; pero no cabía duda de que allí era el mando supremo.

Más tarde, ella ayudó a servir la comida al pequeño consejo de guerra. Captó que Piero estaba reorganizando su compañía alrededor de Trani; estaba seguro de que debía estar entrando comida en la ciudad, aunque nadie sabía cómo, ni por dónde.

—El problema es —le dijo a Lodovico, mientras Dino lo ayudaba a quitarse la coraza y la ropa—, que ninguna compañía es lo bastante grande para vigilar toda la tierra que rodea a Trani, y cuanto más nos extendamos, mas peligrosa será nuestra posición si intentan una salida de la muralla. No es que eso me parezca probable, pero ¿quién habría creído que resistirían tanto? Bruschini tiene razón en eso, y aunque advertí a la *signoria* de las dificultades a las que nos enfrentaríamos, creo que esperaban milagros de mí, y en este momento escasean. Dino —dijo, sin cambiar el tono de su voz—, pareces mortalmente agotado. Te doy permiso para acostarte de inmediato. Yo seré mi propio paje esta noche.

Dino había llevado a cabo sus tareas sin desmayo, pero se le caía la cabeza hacia delante por más que se esforzara por mantenerla erguida.

—No pongas esa expresión compungida, paje mío —dijo él—. Tienes mucho quehacer por la mañana. Tus auténticas funciones empezarán entonces, y te sentirás mejor si te acuestas temprano. Has tenido un día muy largo.

—Y entonces —le preguntó Naldo, el paje de Van Eyck a Dino, que limpiaba el arnés de Piero—, ¿qué te dijo entonces el señor capitán?

—Que necesitaba un paje y que yo serviría —Dino respiró sobre el brillante metal y le sacó brillo con el paño que Lodovico le había dado su primera mañana con la *condotta*. Desde entonces habían levantado campamento y se habían trasladado ante las puertas de Trani, para que sus habitantes vieran que el Halcón Dorado en persona los consideraba su presa.

Naldo era el amigo de Dino entre los pajes. Era más pequeño que los demás, más torpe e incompetente, y diana de las burlas de Tavio, el paje del teniente. Tavio era grande, desagradable y malhumorado. No le caía bien Dino, porque había tenido la esperanza de convertirse en el paje de de' Manfredini él mismo, y se sentía despreciado.

Molestaba mucho a Naldo, pero no a Dino, o al menos no tanto, porque era un bravucón listo que no quería irritar al señor más de lo conveniente. El señor había dicho que Dino estaba tierno aún y no debían forzarlo demasiado, al principio. Observando a Dino, Tavio había decidido que, por una vez, el señor se equivocaba. Dino era un bastardo pequeño y astuto, con demasiado coraje para ser un paje novato, y necesitaba que le bajaran los humos, en vez de mimarlo; incluso protegía y ayudaba a Naldo, como si él fuera el recién llegado. Además, Dino tenía mal genio y lengua afilada. Dado que tenía que tener cuidado con Dino, hasta que le dieran vía libre, decidió vengarse de él acosando aún más a Naldo. Tal vez entonces el bonito bastardo haría algo que le permitiría castigarlo con todo derecho.

Dino, desconociendo esas amargas pasiones, estaba sentado con Naldo al amanecer, cumpliendo con sus primeras tareas del día. Poco después, junto con los demás, acudiría al entrenamiento del sargento de pajes, un hombre mayor cuya tarea era adiestrarlos en las artes militares en las que había sido un maestro tiempo atrás.

Dino había esperado que le disgustara esa parte de su trabajo, pero descubrió que en parte era muy excitante, en parte difícil y en parte repulsivo. Le gustaba aprender a utilizar la espada de paje, una copia en miniatura de la de Piero. No utilizaban una espada de verdad para practicar, sino una de madera, a la que se había añadido peso con plomo, para que aprendieran a entender su peso real. Pero la primera vez que la hizo girar sobre su cabeza esquivando y jadeando, hasta que consiguió golpear a Naldo con ella, la idea de que en una batalla real lo habría matado la puso enferma; eso le hizo controlar su fuerza el resto de las veces y el sargento le gritó blasfemias que ella ni siquiera entendía. Pero, dada la vida en el campamento, pronto las aprendió y a veces utilizaba alguna, para regocijo de Piero.

Esa mañana Piero había ido a observarlos y ella le lanzó una mirada agónica al oír el grito del sargento.

——No quiero niñas cobardes en mi tropa. Cuando veas la posibilidad, muchacho, golpea, ¡y golpea fuerte! Nada de contenerte.

Después amonestó a Naldo.

—Y tú, Naldo, si permites que un novato te dé lecciones después de tanto tiempo... —siguieron terribles juramentos que Dino escuchaba, fascinado, mientras Naldo intentaba aguantarse las lágrimas.

—Deje que yo le enseñe al nuevo, sargento —gritó Tavio—. Yo le enseñaré lo que hay que hacer, esté seguro de eso.

—¡Calla, descarado! No está listo para ti aún.

Piero se dio la vuelta, controlando la risa. Le había preocupado cómo sobreviviría Dino entre los pajes, pero había visto cómo ella cuadraba los hombros cuando Tavio la retó.

—Ten cuidado, mi paje —le dijo después. No debes intentar luchar con Tavio. Casi tiene ya la fuerza de un hombre, y pronto será soldado, por eso no lo hice paje mío, lo perdería pronto.

—No quiero luchar con él, en ningún sentido —le contestó Dino con franqueza—. Es demasiado fuerte para mí, igual que la mayoría de los que tienen mi edad real. Pero con los más pequeños, como Naldo, estoy en igualdad de condiciones. No creo que piensen que soy mayor, o del sexo femenino.

A Piero le asombraba cuánto le preocupaba la idea de que le pasara algo a Dino, no sólo porque era su esposa, sino porque algo en su interior se estremecía al pensar en verla herida.

—No estarás aquí mucho tiempo, espero —dijo. Y no debes involucrarte demasiado con ellos. Buscaré tareas para ti dentro del pabellón.

—Pero no demasiadas, señor —replicó Dino con descaro y una sonrisa que hizo que a Piero le diera un vuelco el corazón. Se dijo que no podía estar enamorándose de la niña, sólo sentía lástima. El amor no existía: era algo que duraba unos instantes cuando se tenía relación sexual con una mujer, y no era parte de su vida real. Antes o después consumarían su matrimonio y ella le daría hijos. Hasta entonces, estaban allí y ella no debía sufrir daño alguno.

Dino no imaginaba lo que empezaba a sentir Piero. Sabía que sus sentimientos por él estaban cambiando desde que pasaban tanto tiempo juntos, pero las dificultades y placeres de vivir entre los pajes también la absorbían. Estaba recordando esa última conversación que había mantenido con él, y la extraña forma en que la había mirado al final, mientras limpiaba el arnés y charlaba con Naldo.

Se sentía feliz porque esa mañana, más tarde, volverían a trabajar con caballos. El día anterior se habían adiestrado en el uso de la media pica y le había desagradado aún más que la espada. Al igual que con la espada, era hábil utilizando el bastón corto, gracias a su coordinación y buen ojo, que también eran útiles a caballo, pero odiaba golpear con fuerza y tanto Tavio como el sargento lo habían notado. Recibió más blasfemias y reprimendas del sargento, seguidas por comentarios de Tavio.

—No sería capaz de romper las alas a una mosca, para qué hablar de la cabeza de Naldo —rió. Naldo era de nuevo su oponente, dado que tenían la misma altura. Tavio se burló cuando esquivó un golpe más de los veinte que había intentado asestar el torpe Naldo, mientras que ella aún no lo había golpeado ni una vez, a pesar de las oportunidades.

Al final, se había apoyado en el bastón, jadeante, y mirado con ira a su torturador. Tavio le recordaba demasiado a Enzo, el paje que había intentado forzarla. Se estremeció al pensar lo que le haría Tavio si descubría que era una joven.

—Cuando Dios me dé unos centímetros más de altura y más fuerza, no dudes que te demostraré a ti qué soy capaz de hacer con un bastón. El pobre Naldo ha sido golpeado por todos los pajes del campamento. ¿Por qué iba a ser yo uno más? Está claro que podría vencerlo, no hace falta que reciba más golpes en la cabeza. No deseo dejarlo tonto.

—El señor dice que te crió un religioso —había dicho Tavio—, y es indudable. Tanta compasión por los demás y tanta modestia poco viril —se estaba refiriendo a la delicadeza de Dino; a su negativa a aliviar la vejiga en público y participar en las chanzas de otros pajes cuando ellos lo hacían; a su negativa a alardear de sus experiencias con las mujeres, como solían hacer todos, exaltando su virilidad.

—Mientras cumpla mis obligaciones, contigo, con mi señor y con el sargento Taddeo —le había replicado ella—, ¿qué importa si me educó un religioso o una dueña de burdel?

Tavio había alzado el puño con ira.

—Eso es —había dicho ella, esquivándolo con una mueca—. Tú sí que eres valiente, pegas a los pajes pequeños y no te enfrentas a los grandes.

Fui Facetti, el capitán de Tavio, quien la libró de recibir una paliza, llamándolo para que lo ayudara con la armadura.

—Un día de estos irás demasiado lejos, Dino —había comentado Naldo con admiración—. Tu lengua es casi tan afilada como la del señor Piero. ¿Lo aprendiste de él?

—No fue del padre Luca, eso te lo aseguro —había dicho Dino con una sonrisa—. Y también dudo que a mi señor Piero le inculcaran eso los religiosos.

—Entonces, ¿no conoces su historia? —Naldo se había echado a reír.

—¿Qué historia? —había preguntado, curiosa. Sería útil saber algo más de Piero de' Manfredini: la ayudaría a entenderlo mejor.

—Que es el bastardo de los Manfredini, hijo del marqués de Alassio, y que lo encerraron en un monasterio cuando era niño para librarse de él. El marqués es de la vieja escuela, demasiado orgulloso para reconocer a sus bastardos. Y los monjes lo echaron cuando tenía quince años, por escaparse por las noches y divertirse con las jóvenes y las mujeres del pueblo más cercano. Dicen que puede conseguir a cualquier mujer que desee, con sólo mirarla. Espero que Dios me conceda ser como él cuando sea un hombre —musitó Naldo con anhelo—. Imagina la reacción de los monjes cuando supieron lo que hacía. Entonces, ese tío suyo, que había sido hombre de armas, se lo llevó a la batalla y lo adiestró. En poco tiempo contaba con su propia tropa, y después con una *condotta*. Incluso los mejores capitanes le temen, y se dice que es el favorito de Florencia; por eso lo odia Bruschini.

—¿Cómo sabes todo eso? —le había preguntado, fascinada por esa incursión de Piero en el pecado a edad tan temprana.

—¿Sus comienzos? Todo el mundo lo sabe. Y lo de Bruschini lo sé porque Tavio estuvo escuchando cuando el señor, Van Eyck y Facetti hablaban con Bruschini y Carpacci. El florentino dijo que tenía una buena idea: que la *condotta* del señor Piero hiciera un ataque frontal para tomar Trani. Y el señor Piero le contestó: «Yo tengo una mejor, señor Bruschini, que ataquemos con la vuestra». Tavio dice que al florentino casi le dio un colapso. Llamó al señor Piero cachorro ignorante y él le contestó «Mejor eso que ignorante perro viejo».

Los dos habían celebrado con risas la respuesta, hasta que el sargento los convocó para practicar con las ballestas. A ninguno le gustaba tensar las ballestas, pero todos disfrutaban disparándolas, y a Dino se le daba muy bien, gracias a su puntería.

Terminó de limpiar el arnés y sus pensamientos volvieron al presente. Siempre pensaba sin descanso mientras trabajaba. En el pasado, el presente y en Piero. Lo que Naldo le había contado el día anterior le había proporcionado una percepción distinta de él y su carácter. Comprendió que nadie lo había querido, y que en eso, al menos, se parecían. Bernardo nunca se había ocupado de ella y aunque Agneta probablemente la quería, lo había demostrado de manera muy extraña. Oyó a Taddeo gritar y se levantó de un salto. ¡Los caballos! Era su ejercicio favorito y siempre lo esperaba con ganas. La había irritado mucho que Bernardo le ordenara comportarse como una dama y montar en consecuencia. Allí podía montar a pelo y disfrutar plenamente, además de ser alabada por ello. Corrió a reunirse con los demás.

Seis

—Lodovico —llamó Piero desde la mesa, en el pabellón. Estaba inclinado hacia delante con la barbilla apoyada en la mano, mirando sin ver el mapa que había dibujado de memoria en San Giorgio, y modificado con el que había hecho Han Van Eyck para él en su ausencia.

—¿Capitán?— contestó Ludovico rígidamente.

—Debo ver a Bruschini hoy, no puedo retrasarlo, o aparecerá aquí gritando órdenes. Esta tarde, tal vez. Dile a Dino cuando venga que prepare mi coraza, llevarla puesta recordará a Bruschini que su oficio son los números, por más que simule ser un militar. Necesita que le restriegue eso por la cara.

—¿Te parece sabio tanto antagonismo? —inquirió Lodovico.

—¿Sabio? —repitió Piero, como si desconociera el

significado de la palabra—. Depende de en qué resida la sabiduría. Pero si cedo tan sólo un poco, adiós al mando, daría lo mismo entregarle mi *condotta* para el sacrificio, porque sacrificada sería si él hiciera su voluntad.

Cuando Lodovico partió se quedó sentado, luciendo una expresión mucho menos confiada que la que ofrecía a los demás. Trani empezaba a convertirse en una montaña que tenía que escalar. Nunca había sido un grano de arena, pero había confiado en rendirla antes. Cada día que pasaba encarecía la campaña y enojaba a quienes la pagaban. Poco importaba que les hubiera advertido de las dificultades; eso daría igual si no podía ofrecerles una victoria, y pronto, sobre todo con Bruschini destilando veneno para regalar los oídos de todos con él.

Se levantó y puso rumbo a la tienda de Facetti. Van Eyck había salido a recorrer el perímetro del campamento y sus alrededores, en busca de algún convoy que pudiera estar proveyendo a Trani en secreto. No solía salir solo, pero había dejado a Lodovico atrás a propósito, para que vigilara a Dino un poco y no permitiera que se alejara demasiado del pabellón después de su adiestramiento. Oyó gritos y vítores provenientes de la zona en la que cenaban pajes y caballos.

Lo venció la curiosidad, así como su empeño en supervisar cuanto ocurría en el campamento. Su costumbre de aparecer súbitamente mantenía a sus hombres alerta, y aunque lo maldecían por ello, eran conscientes de que sus éxitos se debían a su incansable liderato en todo lo relacionado con su *condotta*. Él no era uno de esos mercenarios arrogantes que dejaban la compañía en manos de sus subordinados.

Lodovico estaba allí, sin duda para vigilar a Dino sin que Dino lo supiera. De brazos cruzados, se apoyaba en la cabaña del herrero, junto con otros que se habían reunido a observar a Taddeo adiestrar a los pajes en el arte de la caballería. Cabalgaban formando un enorme círculo, con Taddeo en el centro, agitando una vara y gritando órdenes. El cuerpo de Piero se tensó y dio un paso para detener el entrenamiento, pero el brazo de Lodovico se disparó para impedirlo.

Al frente del círculo, Dino, con expresión de júbilo, montaba a pelo a Attila, su enorme caballo de guerra color negro. Lo controlaba únicamente con la jáquima. Taddeo, señalándole con la vara, le gritaba órdenes.

—A la izquierda, muchacho, un poco a la izquierda, usa el pie con gentileza, así ese. Jesús santo, eres un ejemplo para los demás.

Piero no lo oyó. Sólo veía a Dino hacer algo peligroso. Lo invadió un sentimiento protector que sólo había sentido una vez antes en su vida, cuando ella entró en los aposentos de su hermano para descubrir que la había ganado en una partida de naipes.

—Ella no puede... —se movió hacia delante, pero Lodovico volvió a detenerlo.

—No hay ella que valga —dijo Lodovico—. Así lo has dictado. Y debes pagar el precio. No puedes tratar con favoritismo a tu paje, tú que tanto valoras la disciplina. Además, está segura sobre el caballo, y aunque no lo estuviera, no podrías hacer nada. Observa.

Taddeo continuó gritando órdenes. Dino detuvo al enorme caballo y con suaves movimientos de brazos y piernas, hizo que se alzara sobre las patas traseras y trotara.

—*Per Dio* —gritó uno de los hombres que observaban—, presenta al rapaz al Palio de Sienna, Taddeo, y apostaré la soldada de un año por él. Habla con el caballo, y el caballo responde.

Era cierto. Ella, allí sentada, sentía una felicidad desconocida. Siempre había montado, y bien, pero ese tipo de disciplina era nuevo para ella: jinete y caballo eran una sola entidad. De repente, vio a Piero, pálido, y le dedicó un sonrisa deslumbrante. El duro trabajo de las últimas semanas no era nada. Había conseguido ese éxito. Se sentía como una extensión de Taddeo, así como del caballo, y cuando le daba órdenes, las obedecía.

Tras ella, el resto de los pajes intentaba emular torpemente su destreza y el sargento los maldecía por su carencia de gracia. Con el bastón y la espada sólo podía competir con niños de su tamaño, pero allí era suprema; Diana, diosa de la cacería, disfrazada de paje. Su felicidad se desbordó al ver a Piero observándola y no pudo imaginar por qué él, que no solía demostrar emoción alguna, parecía tan preocupado.

En cuanto Taddeo los dejó marchar, desmontó de un salto y, sujetando las riendas, corrió hacia él, para el regocijo de los hombres que lo rodeaban.

—¿Me habéis visto, señor? ¿Y a Attila? Es una maravilla. Hace cuanto le pido. Taddeo piensa que soy yo, pero Attila es quien lo hace.

—*Per Dio* —dijo Piero, con expresión divertida, incapaz de no responder a su placer—. ¡Tengo un paje que espera que su amo aplauda sus éxitos, en vez de al revés!

Dino se tapó la boca con la mano. Hizo una reverencia.

—Oh, señor Piero, olvidé el honor que os debo —puso una rodilla en el suelo e inclinó la cabeza como le habían enseñado—. Estoy a vuestras órdenes.

Las risas de los soldados que los rodeaban se acrecentaron. Piero puso una mano sobre la cabeza oscura que se inclinaba ante él.

—Levanta, muchacho. Ve a mi pabellón de inmediato. Necesito cambiarme de atuendo... —vestía de color rojo escarlata— ...y ponerme la armadura. ¿Sabes dónde encontrarla?

—Desde luego, señor. Volaré como el viento —esbozó una sonrisa tan luminosa e insolente que a él se le contrajo el corazón al verla tan feliz. Se marchó corriendo—. Te veré luego, Naldo, mi señor me necesita de inmediato y debo atenderlo.

—¿Dónde encontrasteis a ese gorrión descarado, señor? —preguntó un soldado, entre las risas de la concurrencia.

—¿Dónde sino en la antesala de la celda de un cura? —contestó Piero sin ofenderse. La señora de San Giorgio había encontrado su hogar espiritual entre los pajes de una *condotta* acampada ante una ciudad que se resistía a ser tomada.

Dino, exultante de felicidad, estaba extendiendo las ropas de Piero cuando él llegó al pabellón. Por primera vez en su corta vida, tenía un objetivo y propósito, no era manipulada por los demás y estaba descubriendo que tenía destrezas y capacidades que había desconocido tener.

Estaba tarareando una melodía mientras trabajaba y no oyó a Piero entrar. Él la observó, sobrecogido por la sensación más extraña que había sentido nunca. Su esposa y no esposa; un muchacho que era doncella; Dino, que era Bianca. Vio algo más, algo que se hacía eco de los pensamientos de Dino. Vio que todo su fuego y pasión, que habían sido desperdiciados en San Giorgio, que se habían transformado en mal genio y rebeldía por no poderles dar uso, se habían convertido en acción y logros. Vio también que tenía la mente y el espíritu, aunque no el cuerpo, de un hombre valiente y de talento y que él, llevado por un capricho egoísta, le había dado la oportunidad de ponerse a prueba y sentirse más plena de lo que nunca había soñado.

¿Qué ocurriría cuando se hiciera mujer? ¿No debía él sentirse obligado, por muy esposa suya que fuera, a que no desperdiciara lo que había aprendido sino permitir que lo utilizara para convertirse en una compañera de la que sentirse orgulloso, además de ser la madre de sus hijos y una honra para su familia?

Más que nunca antes, supo que anhelaba el momento en que se convirtiera en mujer, que las últimas semanas pasadas con ella habían creado en él un deseo de algo más que compañerismo, y que cada día era mayor la tentación. Peor aún, o tal vez mejor, ¿quién podía saberlo?, empezaba a sentir por ella algo que no había sentido por mujer alguna, y temía que fuera amor.

Dino, de repente, presintió su presencia.

—¿Señor? Todo está listo, señor —dijo con orgullo, señalando su trabajo. Todo estaba cuidadosamente colocado, y la armadura bruñida y brillante.

—Mírame, pequeña —Piero se acercó a ella.

—¿Señor? —Dino alzó la cabeza.

—No debes ponerte en peligro, Bianca —para su sorpresa, se dio cuenta de que estaba pensando en ella como en una mujer.

—Dino, señor, me llamo Dino —corrigió ella con presteza—. ¿Y cómo puedo evitar el peligro? Soy vuestro paje, señor.

—No te arriesgues —dijo él con voz suave—. Sé un poco más cobarde.

—No podría serlo, señor —su rostro se oscureció—. Naldo es un poco cobarde, y no es feliz.

—Yo no puedo protegerte en exceso —dijo él agarrando su mano. Estaba sucia. Le dio la vuelta y vio los callos producidos por el duro trabajo, vio también que unas semanas de buena comida habían redondeado su rostro, mejorando su color, y que Dino, el paje, era un jovencito atractivo.

Dino lo miró. Habría jurado que el perfectísimo Piero parecía preocupado. ¿Cómo podía ser eso?

—Señor —aventuró—, si entra alguien, considerará muy extraño que estéis mirando la mano de vuestro paje con tanta ternura.

Él alzó la mano en cuestión y la besó antes de soltarla.

—Sois más taimada que yo, mi señora esposa.

Dino, inconscientemente, acarició la mano en el lugar donde la había besado. Las extrañas sensaciones que la asaltaban cuando él la tocaba eran cada vez más fuertes. Ese día se sentía más rara que nunca. Parecía que las polillas hubieran invadido su cuerpo, y de repente le pareció que la mirada de él podía traspasar su ropa y ver el filete de arenque que, según Bernardo, era su cuerpo. Sólo que ya no lo era tanto. El día anterior, cuando Piero y Lodovico no estaban, se había lavado en el pabellón y al quitarse la camisa había descubierto que ya no era completamente plana. Sus senos se habían convertido en dos pequeños capullos, bastantes sensibles, que antes no habían estado allí. Agradecía el jubón acolchado, porque una vez iniciado el desarrollo, no se detendría. Tal vez el perfecto Piero volviera a tener razón. La buena comida y el ejercicio empezaban a cambiarla. ¿Y si empezaban sus menstruos? Sería inconveniente, por decir poco. Además, tenía el extraño deseo de ser más descarada con él de lo que había sido en San Giorgio; casi como si quisiera incitarlo a recordar que estaba allí y que era su esposa. Decidió contestar a su último comentario.

—Eso sería difícil, señor —dijo con expresión inocente pero traviesa—. Me han asegurado que el capitán de' Manfredini, señor de Astra, es el mayor embaucador de toda Italia.

—Te mereces un golpe por eso, paje mío —dijo Piero, pero ni su voz ni su gesto indicaban reproche, sino más bien cariño.

Estaban más cerca de lo que habían estado desde que

compartieron lecho en San Giorgio. «Puede que no tenga senos, o al menos no voluminosos, ni caderas, y que utilice ropa de paje; pero tal vez las extrañas sensaciones que empiezan asaltarme sean de mujer, e inapropiadas del paje del amo», pensó Dino. «Resulta extraño pensar que podría estar enamorándome del perfectísimo Piero, a quien había estado segura de detestar».

El corazón había empezado a martillearle en el pecho y se sentía como si estuviera a punto de derretirse. Deseó extender una mano y acariciarlo, con mucha más fuerza que cuando lo deseó en San Giorgio. ¿Qué pensaría él? No podía querer que hiciera algo así. Era obvio que él no tenía ese tipo de sentimientos con respecto a ella.

Sus ojos se encontraron y, una vez más, tuvo la sensación de estar a punto de ahogarse en ellos. Extendió las manos hacia él, ciegamente, casi implorando que hiciera... ¿qué?

—No —dijo Piero, dando un paso atrás—. Aquí eres mi paje, no mi esposa. Y aún no eres mujer, pues confío en que me lo digas cuando llegue el momento. Haces bien al recordarme que tratarte con demasiada intimidad no es apropiado y causaría un gran escándalo, sobre todo si me ven abrazando a un jovencito tan guapo como eres tú.

—Oh, ahora sé que os burláis de mí, señor —afirmó Dino con seguridad, mientras la tensión que había surgido entre ellos se disolvía—. Me reconcilié hace tiempo con mi falta de belleza, y eso es una gran ventaja ahora que simulo ser un muchacho. ¿Queréis que os desate lo lazos de la camisa y medias? No seré un buen paje si no satisfago todas mis obligaciones.

—No —rechazó Piero, pensando que su fuerza de voluntad tenía un límite y que lo sobrepasaría si Dino le soltaba las medias, tan cerca de un punto vital de su anatomía—. Puedes dejar de parlotear y traerme vino. Tengo sed.

Era mentira, pero tenía que alejarla de él para recuperar el control. Aún era una niña y no sabía nada de la vida y el amor. Pero era obvio que empezaba a cambiar. Entre la buena comida y la felicidad, cada vez se parecía menos a la poco agraciada hermana del señor Bernardo; la tentación empezaba a tener rostro de mujer.

Si el día en que había dominado tan bien al caballo fue uno muy feliz para el paje Dino, ¿cómo fue el que lo siguió? Empezó bien. Había puesto a Piero su equipo de batalla, porque iba a visitar todos los campamentos, incluido el de Carpacci, para comprobar que sus órdenes se estaban poniendo en práctica. Había llegado un casco de acero para ella, para el que el armero le había tomado medidas la semana anterior, y Piero se lo había puesto él mismo, en la intimidad del pabellón. Su mano se había detenido un momento, para acariciar los rizos oscuros, pero ella había ignorado el gesto, dominada por el entusiasmo.

No deseaba ser un guerrero, ni tomar parte en una batalla auténtica, pero llevarlo puesto unos momentos le había provocado el mismo orgullo que sentían todos los pajes la primera vez que se ponían una armadura. Igual que las espuelas de caballero, implicaba un gran honor.

Piero se había apartado para mirarla y le había dedicado una de sus poco frecuentes sonrisas verdaderas. Las sonrisas de Piero solían ser sutiles y burlonas, demostrando una sabiduría y conocimiento de la vida muy superiores a los que le correspondían por edad.

—Mi niña guerrera —había dicho. Niña, de nuevo. Eso demostraba lo que pensaba de ella, pero le daba igual. El armero también iba a modificar el peto metálico que le habían dado; era demasiado ancho y las placas de los brazos demasiado largas.

Deseó reírse un poco de su transformación, pero después de esa única sonrisa el rostro de Piero se volvió serio. Pensó que estaba preocupado porque la campaña durase tanto, el sitio no parecía tener ningún efecto y los costes crecían día a día. Si la campaña fracasaba, algo siempre posible, Bruschini se ocuparía de que toda la culpa recayera en él.

Estaba pensando en eso, intentando recordar algo que Bernardo le había dicho una vez sobre Trani, cuando era una niña pequeña, y él era un joven esperanzado, antes de que la bebida y sus carencias lo convirtieran en un borracho amargado, cuando oyó que Taddeo la llamaba.

No la requería para la escuela ecuestre, ni para practicar con espada, bastón o arco, sino para realizar algunas de las desagradables tareas de limpieza del campamento. Los pajes novatos se ocupaban de trasladar cubos de desperdicios y porquería a la gran letrina que habían cavado en las afueras del campamento. Hizo una mueca de asco, pero no tenía elección; había que aceptar lo bueno con lo malo, como tanto repetía Agneta. Seguro que nunca había pensado que su señora acarrearía grandes cubos de porquería, pero así eran las cosas.

Cuando llevaba el segundo y repugnante cubo, se rió para sus adentros, preguntándose qué diría Taddeo si supiera que era la antigua señora de San Giorgio y actual señora de Astra, la que acarreaba excrementos a la letrina. Pensó que Piero, al menos, no podría considerar esa labor peligrosa; opinión que quedó refutada muy poco después.

Sudando y tambaleándose un poco con el peso, vio a Naldo salir de una tienda. Al verla, él corrió de nuevo al interior. Ella dejó el cubo y, agradeciendo una excusa para dejar el trabajo, lo llamó. Él no reapareció ni contestó. Exasperada, llamó de nuevo.

—¿A qué estás jugando, Naldo? Sé que estás ahí.

Él salió lentamente, con desgana, y al verlo ella soltó un gemido. Tenía un ojo hinchado y cerrado, grandes cardenales en el rostro y cojeaba levemente. Alzó los brazos al cielo, atónita.

—¡Naldo! ¿Quién te ha hecho eso? ¿Tavio?

Él asintió con la cabeza. Era obvio que hablar le resultaba difícil.

—¿Por qué? —preguntó, y él volvió la cabeza. La intuición que el padre Luca siempre había dicho le pertenecía por su condición femenina, entró en acción—. Ha sido por mi causa, ¿verdad, Naldo? —

preguntó con fiereza, volviendo a ser la señora de San Giorgio—. Contéstame, de inmediato.

Su prestancia y dominio señorial tuvieron efecto; provocaron una respuesta. Afirmativa y titubeante.

—¿Qué ha dicho? Estoy seguro de que dijo algo que provocó tu enfrentamiento con él.

—Dijo... —Naldo tragó saliva— ...dijo que eras tan guapo que no le extrañaba que el señor Piero te tuviera en su tienda... que probablemente eras su... ya sabes, algo más que el paje del señor.

La cólera que a veces había dominado a Dino cuando había sido Bianca hizo su aparición. Sabía qué vileza había sugerido Tavio... era vergonzoso, y más que dijera algo así de Piero.

—Tú lo negaste y por eso te golpeó.

Él asintió, tembloroso.

—No es cierto, ¿verdad, Dino? —la pregunta avivó la ira de Dino, que perdió todo control. Lo extraño era que no se irritaba por sí misma, sino por Piero. ¡Ese patán de Tavio se había atrevido a denigrarlo!

—¡Decir eso de mi señor y luego maltratarte así por proclamar la verdad! Sabe que no eres contrincante para él. Te golpeó por placer. Oh, yo... yo... —la ira la dejaba sin palabras. Se inclinó, levantó el cubo de excrementos y se alejó con él, no en dirección de la letrina, sino hacia el corazón del campamento, seguida por Naldo.

—Dino, ¿qué estás haciendo? ¿Dónde vas?

Ella no contestó. Consumida por una ira mayor de la que había sentido nunca, indicativa de su creciente madurez, siguió andando hasta que vio a Tavio y a los demás pajes ante la tienda de Taddeo, esperando órdenes. Piero y alguno de sus capitanes menores estaban a corta distancia de ella. Igual que le había ocurrido a veces con Piero, el mundo había adquirido definición y claridad, y su foco estaba en Tavio. En ese momento nada más cabía en ese mundo, eso y el deseo de vengarse de él por las viles acusaciones dirigidas a su señor.

Tavio, al verla llegar, se puso las manos en el cinturón y se rió del espectáculo que ofrecían. Ella se acercó con el cubo y Naldo, temeroso al imaginar lo que iba a hacer, corrió tras ella suplicándole que se detuviera.

—Así que ahora Naldo suplica tus favores, Dino. ¿No te satisface tu señor y también necesitas al caballero del rostro amoratado?

—¡Basura, eres basura! —chilló Dino—. Y la basura merece basura. ¡Toma esto! —y vació el cubo de excrementos sobre Tavio, cuya risa desapareció bajo la porquería.

Hubo un momento de silencio atónito ante el descomunal acto de indisciplina hasta que Tavio, con el rostro y cabello chorreando porquería sobre su ropa, se lanzó sobre ella. La atrapó contra el suelo. Ella le mordió la barbilla, sin preocuparse por la suciedad, para obligarlo a soltarla. Él lanzó un rugido estremecedor y empezaron a rodar por el suelo. Él golpeaba y ella gritaba, arañando, intentando morderlo de nuevo y tirándole del cabello.

Llegaron hombres corriendo y vaciaron otro cubo sobre ellos, esa vez de agua. Después los separaron, aún escupiéndose uno a otro e intentando liberarse de sus captores para continuar la pelea.

Dino notó que la sacudían y que alguien gritaba su nombre. La ira que la había sustentado durante la desigual pelea con Tavio, desapareció tan rápido como había llegado, dejándola débil y temblorosa. Era Piero quien la sujetaba. Vio que Van Eyck tenía a Tavio sujeto contra la pared de la cabaña del herrero. Aún le gritaba insultos incomprensibles, sobrepasado por la humillación recibida.

—Santo Dios bendito, Dino. ¿Te has vuelto loco? ¿Intentas matar o que te maten? ¿Qué te ha poseído para comportarte así?

—Lo mataré —jadeó ella, reavivando su cólera—. Taddeo, dame una espada, una de verdad, y cortaré la lengua que dijo... —entonces calló. No podía decirle a Piero lo que Tavio había dicho de ellos; lo mataría y el escándalo sería monumental... Se estremeció. Su propia mascarada podía ser descubierta... y eso no estaría bien. Dañaría demasiado la reputación de Piero.

—Que dijo... —repitió Piero—. ¿Qué dijo para incitar tan mal comportamiento? Sabes que recibirás una buena tunda por atacar a tu teniente, Dino. ¿Lo entiendes?

—Nada, señor, no dijo nada —replicó ella—. Fue algo entre nosotros, entre Tavio y yo.

—¿Nada? Que Dios me dé paciencia —dijo Piero con voz seca, perdiendo su imperturbabilidad habitual—. Nada, dices. Vas por el campamento gritando, peleando y tirando inmundicias, ¿y tienes el descaro de decirme que era una pelea privada?

La tenía sujeta por la misma oreja que le había agarrado en su primer encuentro, en San Giorgio. Llamó a Van Eyck, que aún sujetaba a Tavio.

—Por todos los diablos de Gehena, ¿qué explicación da él a esto?

—No da ninguna —contestó Van Eyck, sonriendo. Los pajes rara vez ofrecían al campamento tanta diversión; solían ser callados y obedientes en presencia de sus superiores, por mal que se comportaran en su ausencia—. Sólo dice que tu paje merece una tunda por atacarlo sin provocación, aunque dudo que no fuera provocado, o un mozalbete tan pequeño no habría atacado a uno grande con tanta fiereza.

—Bueno, sea cual sea la causa de esta desafortunada disputa, parece que todos estamos de acuerdo en que Dino se merece una tunda y me ocuparé de que la reciba —dijo Piero, exasperado—. Aunque debo decir que suele tener buenas razones cuando es malo.

—No soy malo —dijo Dino, tragándose las lágrimas—. Y podéis pegarme si queréis, pero no merezco el castigo.

—No haré nada hasta que vayas a mi tienda y te cambies de ropa, para no parecer ni oler como una alcantarilla. Facetti se ocupará de Tavio cuando regrese, y tú harás exactamente lo que te ordene, de inmediato, sin más discusión. ¡Ve! —utilizó el tono que era la trompeta que seguían sus hombres y que exigía obediencia instantánea. Nunca lo había utilizado con ella antes.

Se quedó quieto, observando a la pequeña y valiente figura ir hacia el pabellón. Vio a Naldo, pálido bajo los cardenales, tembloroso por la conmoción que había provocado involuntariamente.

—¿Qué le ha pasado a tu cara? —preguntó Piero. Entonces recordó que todo el campamento bromeaba sobre el hecho de que el pequeño Dino defendiera a Naldo, más grande que él. Giró sobre los talones, clavó los ojos en Tavio y señaló a Naldo.

—¿Has hecho tú eso, muchacho? —exigió. Tavio palideció y no dio respuesta—. Contéstame o te juro que te asaré en una espita a fuego lento, hasta que hables.

Tavio asintió con la cabeza.

—¿Por qué? —al ver que Tavio y Naldo lo miraban fijamente, ambos pálidos de miedo e incapaces de contarle la desagradable verdad que había provocado el incidente, soltó un rugido—. ¿Es que todo el mundo se ha vuelto loco en este campamento? Contestad, o haré que os den de latigazos a los tres.

—Dijo... dijo que no le gustaba mi cara y que usaría los puños para mejorarla —tartamudeó Naldo, esperando que Tavio tuviera la astucia de apoyar la mentira, y conseguir así poner fin al interrogatorio. Pensaba que si los duros ojos de Piero lo miraban así un minuto más, lo confesaría todo.

—¿Es esa la verdad? —le preguntó Piero a Tavio. Miró de nuevo a Naldo—. ¿Por eso le tiró Dino excrementos encima? ¿Para vengarse por cómo te había tratado?

Naldo, incapaz de decir palabra, asintió.

—Bien —dijo Piero, mirando a los pajes con fiereza—, por fin oímos la verdad, ¿o quizá no? —un súbito destello de la intuición que compartía con su esposa, lo convenció de que no era así—. No creo ni una palabra, pero supongo que tendrá que valer. Han, ocúpate de que Facetti castigue a Tavio por su abuso. La disciplina debe ser severa, pero no permitiré que mis hombres practiquen la crueldad sin sentido. Yo me ocuparé de Dino. No permitiré que nadie llene el campamento de inmundicias. Y tú, Naldo, más vale que aprendas a defenderte. Es vergonzoso dejar que un pequeño te defienda.

Dicho eso, volvió al pabellón para ocuparse del revoltoso Dino. Sólo Dios sabía qué diablo la había llevado a comportarse de forma tan atroz.

Piero de' Nadie, o Piero de' Manfredini como se hacía llamar por desafío al padre que lo había rechazado, y nombre por el que el mundo lo conocía, había sabido desde que su madre murió de parto, cuando él tenía siete años, que si no se cuidaba a sí mismo, nadie lo haría por él. Desde ese momento, había utilizado su fuerza de voluntad, alimentada por su intelecto, su cuerpo atlético, su apostura y encanto, para dominar y controlar a los que lo rodeaban.

Su padre lo había recluido en un monasterio cuando aún era un niño, con el fin de librarse de un bastardo indeseado del que sólo se había ocupado desde su nacimiento para complacer a su amante, ya fallecida. Piero había planificado fríamente la manera de escapar del encierro al cumplir los quince años, se había unido al hermano de su madre, Lodovico, y convertido en paje de la *condotta* en la que Lodovico era sargento. A los dieciocho años ya controlaba una tropa a la cual, desobedeciendo órdenes insensatas, había rescatado de una situación imposible: Cuando el tonto que casi los había llevado a la muerte perdió la vida, había asumido el mando de la tropa y logrado una pequeña victoria. Eso llamó la atención del *condottiero* Gambini, a quien servía, que lo felicitó por su habilidad, lo ascendió y siguió ascendiéndolo hasta que, con veinte años, se convirtió en su teniente de confianza. Gambini, que no tenía hijos, lo nombró su heredero, y cuando falleció en una emboscada Piero no sólo heredó su *condotta,* sino también el señorío de Astra. Después de eso había iniciado una carrera meteórica, que le había traído fama, más fortuna y una gran reputación en toda Italia. La definición de Dino, al llamar a Piero «imposiblemente perfecto», era justa.

Había rescatado a Bianca de su hermano casi a modo de broma, divertido por el espíritu fiero de la niña, y para adquirir una esposa que le debería algo a él, en vez de casarse con alguien que, al traerle riqueza y poder, también traería vínculos indeseados, parientes y políticas que lo atarían cuando él deseaba ser libre, así como una familia que lo reclamaría como suya. Tal y como le había dicho a Lodovico, no quería una esposa rica y poderosa.

En cambio, había encontrado que la niña sin fortuna ni tierras le había traído algo muy distinto. Por primera vez se enfrentaba a una voluntad e inteligencia equiparables a la suya, aunque en un cuerpo femenino, que anhelaban vida y experiencias. El entretenimiento que le proporcionaba empezaba a adquirir tintes de admiración y exasperación a un tiempo. Cuando la había convertido en su paje, no había anticipado los problemas que eso implicaría. Su fogoso espíritu se sentía libre y tenía que contenerlo sin herirla a ella ni dañar la frágil relación que empezaba a desarrollarse entre ellos.

Entró al pabellón y la encontró lavada y con ropa limpia, de pie junto a la mesa, sin rastros de vergüenza, desconsuelo o arrepentimiento en el rostro. Al contrario, alzó el rostro y lo miró con fijeza.

—¿Qué voy a hacer contigo, Dino? —preguntó él, casi atribulado—. No dejas de crear tumultos en el campamento. Debería darte una buena tunda, pero dime, ¿cómo puede un hombre pegar a un renacuajo como tú que, por ende, es su esposa?

—Aquí no soy vuestra esposa —Dino alzó la cabeza con orgullo—. Soy Dino. No me arrepiento de lo que hice, y volvería a hacerlo. Podéis castigarme si queréis, y lloraré. Me han golpeado muchas veces antes, señor, así que no tenéis por qué sentiros culpable. Debéis cumplir con vuestro deber.

Piero tenía sentimientos tan contradictorios que no sabía qué hacer o decir, algo desacostumbrado en él. Agarró su barbilla e inclinó su cabeza hacia atrás. Ella no bajó los ojos y siguió mirándolo desafiante.

—Escúchame, Dino. Sé que no me habéis contado la verdadera razón por la que cubriste a Tavio de inmundicia, y ni la sé ni quiero conocerla. No puedo permitir que arrojes excrementos por el campamento. Entiendo que en parte lo hiciste para proteger a Naldo, y eso tampoco puedo permitirlo. No le haces ningún favor. Si realmente es un cobarde, no lo quiero en mi *condotta*, y cuanto antes renuncie, mejor.

Al ver que Dino empezaba a contestarle, alzó la voz, adquiriendo su tono de batalla.

—No, no me contestes, rapaz. Ya he aguantado suficiente insolencia de tu parte por un día. Quieres ser tratado como un varón, como un paje, y así será. Necesitas disciplina, eso es indudable, un espíritu fogoso debe ser dominado, no dominar a su poseedor. ¡Así que escúchame! —en la última palabra adquirió el tono del caudillo que exhortaba a sus hombres en la batalla. Ella se había estremecido al oírlo, pero no desvió la mirada; su coraje seguía intacto.

«No permitiré que me atemorice, no lo haré. Estaba defendiendo su honor, pero no puedo decírselo, tendré que apretar los dientes y soportar lo que está por llegar», pensó para sí.

Lo oía y lo sentía: la mano que tocaba su barbilla era suya, al igual que lo era Bianca, pero él también le pertenecía ella, y no debía olvidarlo nunca. Era obvio que él era consciente de ambas verdades y de que, en cierto sentido, estaban unidos por algo que trascendía al amor pero que, según intuía ella, podía llegar a convertirse en amor verdadero.

Su tono de voz había cambiado, no era el que utilizaba habitualmente con ella, sino más serio, casi con timbre de súplica.

—En cuanto a Tavio, puede que sea un bravucón desagradable y mal hablado, pero no es un cobarde. Fue a por ti cuando lo provocaste, a pesar de mi presencia, y Taddeo acaba de decirme que tiene el corazón y las agallas de un buen soldado, igual que lo serías tú, si realmente fueras varón. Me veo obligado a darte al menos dos golpes, porque no deseo que nos traten de embusteros a ninguno de los dos. Pero no habrá más castigo. Tu cuerpo es demasiado tierno para recibir un castigo excesivo, y no tengo ni corazón ni voluntad de hacerte daño. Lamento tener que pegarte, pero tu conducta no me deja alternativa. No puedo librarte de lo que no libraría a mi auténtico paje —hizo una pausa—. ¿Prometes comportarte en el futuro?

—No puedo, señor —dijo Dino—, si mi buen comportamiento entra en conflicto con mi honor.

—¿Tu honor? —siguió Piero—. ¿Tu honor te exigió que volcases un cubo de porquería sobre Tavio? Santo Dios, Dino, no juegues conmigo.

—Vos me convertisteis en Dino —dijo su esposa—. Fue vuestra voluntad, no la mía, y tendréis que vivir con las consecuencias —dijo, a sabiendas de que era un gran atrevimiento. Se mordió el labio inferior con nerviosismo al ver que sus cejas se unían. Pero él empezó a reírse.

—Cierto. Es culpa mía —dijo—. Debería haberte dejado fregando suelos en San Giorgio si deseaba una vida tranquila. Ven, Dino, acepta tu castigo. Intentaré no golpearte con demasiada fuerza —sintió el súbito y terrible impulso de rodearla con sus brazos y besar su rostro preocupado. Sólo Dios sabía lo que le habían dicho, o hecho, para provocar ese atroz comportamiento. Cuando la azotó, como debía hacer por su honor, y el de ella, propinó los dos golpes con tanta suavidad como pudo, una mera expresión de su descontento, y le dolieron más que a ella.

—Habéis hecho trampa —le reprochó Dino—. No me habéis hecho ningún daño. Ya os dije que estaba acostumbrado a los golpes.

Y aunque pensar en eso le dolió, al tiempo que lo exasperaba, la alzó del suelo y la sacudió.

—Per Dio, Dino, agotarías la paciencia de un santo, ¡qué decir de la de un *condottiero* humano! Me causas más problemas que una tropa de soldados amotinados. Ve a terminar la tarea que te encargó Taddeo, y procura no desparramar más porquería por ahí. Y si me recuerdas una sola vez más que fui yo quien decidió convertirte en paje, te daré la paliza que mereces. Ahora, vete, y no digas una palabra más —añadió, al ver que Dino abría la boca.

Mientras cargaba con otro asqueroso cubo lleno, Dino maldijo a Piero internamente. Cuando Taddeo por fin se apiadó de ella, pensando en la azotaina que había recibido de su señor, se marchó cojeando artísticamente a buscar la laguna que había en las afueras del campo para comprobar lo que ya habían dicho muchas veces: que Dino, el paje, era un lindo muchacho.

Pero lo que vio fue el reflejo de la misma Bianca que siempre. Ojos grandes y, aunque las mejillas ya no estaban descarnadas, y su cabello parecía mucho más rizado, no vio nada bonito en sí misma. Inició el regreso desconsolada, porque había tenido la esperanza de que, finalmente, Dios la había transformado en algo espectacular. Se preguntó en qué estarían pensando todos para decir esas mentiras. La idea que tenía Tavio de la belleza debía ser muy retorcida. Vio que Naldo caminaba hacia ella. La había visto ir hacia la laguna y esperaba su regreso.

—Quería darte las gracias, Dino, por defenderme. Espero que el señor no te pegase demasiado.

—Fue lo que uno podría esperar —le contestó, pensando que su lenguaje se estaba volviendo tan ambiguo como el de Piero. Tras un titubeo se decidió a hacer la pregunta—. ¿Tú dirías que soy guapo, Naldo?

—Bueno —replicó Naldo, juicioso—. No soy la persona adecuada para contestar. Me gustan las mujeres grandes, redondas y rubias, como mi madre, supongo —dibujó un cuerpo de mujer en el aire—. No pequeñas, morenas, de ojos grandes y andar grácil —miró a Dino dubitativo—. Sí. Sí eres guapo. Pero, la verdad, yo diría que a quien le gustas es a Tavio, y que en realidad tenía celos del señor capitán. Y eso es una estupidez; todo el mundo sabe que al señor le gustan las mujeres bien formadas, que llenan sus brazos, como la pelirroja de las montañas, o la mujer con quien estuvo en Florencia. No las gambas como tú.

La noticia de que al perfectísimo Piero le gustaban las mujeres grandes y orondas tuvo un efecto extraordinario en ella. Primero se sintió vacía, como si alguien le hubiera dado un golpe muy fuerte en la boca del estómago, después sintió una oleada de cólera roja como fuego.

Si le gustaban las gordas de grandes senos, podía darles placer una por una, en filas, desde Florencia a Milán, e incluso cobrar dinero a quien quisiera contemplar cómo lo hacía; a ella le daba igual. A Bianca de San Giorgio le importaba bien poco lo que hiciera.

Lo que por supuesto, era incierto. O era Dino, paje de Piero, o Bianca de' Manfredini, señora de Astra, esposa de Piero. Y en cualquiera de los casos, le importaba muchísimo. Sí, era verdad. Lo maldijo a él y a todos los hombres, incluido Naldo.

—Pues es buena cosa que no te atraiga —le dijo, cortante—. Porque tú no me atraes a mí, ni Tavio, ni el señor capitán tampoco. Por lo que a mí respecta, podéis iros todos a fornicar con media Italia, tanto varones como hembras —y se alejó de él de una forma típicamente femenina, que habría desvelado a Naldo lo que era en realidad, si no hubiera estado parpadeando con delirio, recordando a la oronda mujer rubia que había hecho un hombre de él en Florencia.

—Y pensar que me he metido en problemas para defender su honor —farfulló ella para sí, cojeando de verdad, porque acarrear los cubos había sido un trabajo duro—. Te odio, Piero de' Manfredini.

Y, que el buen Dios la perdonara, eso también era una gran mentira.

Siete

Dino habría sido completamente feliz haciendo de muchacho, disfrutando de su libertad, y no siendo ya ese ser indefinido entre niña y mujer, si no hubiera sido por Tavio. Tras su disputa con él, y el castigo que ambos habían recibido, ya no era abiertamente hostil con ella, ni con Naldo, pero le complicaba la vida de diversas e insidiosas maneras.

Naldo había dicho que creía que a Tavio le gustaba, y fuera cierto o no, conseguía hacerle la vida imposible a costa de empujarla y pellizcarla, y de asegurarse de que siempre le encargaran las tareas más sucias y pesadas. Creía que Taddeo sabía lo que estaba haciendo Tavio, pero no iba a irle con sus quejas; se cuidaría ella misma y encontraría una forma de vengarse que no fuera obvia, pero que le enseñara la lección que tanta falta le hacía. Tuvo su oportunidad una semana después de haberle vaciado el cubo encima.

Taddeo les estaba enseñando los trucos para derribar a un hombre sin utilizar armas, y lo que también era muy importante, cómo un hombre pequeño podía atacar a uno más grande. Esa mañana los situó en círculo alrededor de él y les dijo que iba a enseñarles lo que podían hacer con un cinturón, o incluso con una pañoleta de señora. Pidió a uno de los pajes más grandes que paseara de un lado a otro, silbando. Taddeo, sujetando los extremos de un pañuelo con las manos, se acercó silenciosamente por detrás rodeó el cuello del muchacho con el pañuelo y tiró, pero no con demasiada fuerza.

—No quiero ahogarte, ni matarte —explicó, mientras el paje tosía y forcejeaba—. Ahora practicadlo todos. En parejas. Primero una mitad, luego la otra.

Tavio, como teniente, ofreció pajitas a todos para formar las parejas y consiguió, con trampas, a juicio de Dino, quedar emparejado con él.

—Bien —dijo—, eres tan renacuajo que necesitarás mi ayuda. Yo lo haré antes y te enseñaré la técnica.

—No, que Dino vaya primero —intervino Taddeo, que lo había oído—. Yo le ayudaré si hace falta —les entregó pañuelos a todos. Dino aceptó el suyo, muy consciente de la fea mueca que lucía el rostro de Tavio. Después de que Taddeo hablara, se había inclinado hacia ella.

—Tú espera, Dino. Me vengaré por cubrirme de porquería, ya lo verás.

Ella sujetó el pañuelo tal y como Taddeo les había enseñado y vio cómo Tavio se alejaba. Sabía, con toda certeza, que cuando le tocara su turno iba a hacerle daño y mucho, y se justificaría diciendo que no había sabido controlar su fuerza. Si lo hacía, podrían empezar a aflojarle la vestimenta y entonces descubrirían su sexo de inmediato; los pequeños senos crecían día a día y viéndolos nadie dudaría que era una muchacha.

Piero la azotaría de nuevo, Taddeo rugiría y ella tendría un montón de problemas; sólo había una forma de detener a Tavio, y haría uso de ella. Sin que lo vieran los pajes que hacían de víctimas, Taddeo bajó su bastón, marcando el inicio de la prueba. Dino saltó sobre Tavio desde atrás, rodeó su cuello con el pañuelo y apretó con todas sus fuerzas, de manera que, de todos los pajes, fue el único que cayó al suelo, arrastrándola a ella, que aún tiraba de los extremos del pañuelo.

Taddeo llegó corriendo y la apartó de un tirón, mientras Tavio, a gatas en el suelo, con el rostro amoratado y cardenales en el cuello, tosía y jadeaba. Finalmente, se dejó caer de costado y su entrenamiento concluyó por ese día. Se organizó un enorme barullo.

—Que Dios me perdone —balbuceó ella—. No soy muy musculoso y creí que tendría que tirar con fuerza. Me excedí, no pretendía ahogarlo —cayó de rodillas junto a Tavio—. Oh, perdóname, no pretendía hacerte daño —gritó, mientras por dentro se regocijaba al saber que ese día, al menos, Tavio no le rompería el cuello a ella. Tendría que tener cuidado al día siguiente.

—Apártate, escorpión —rugió Taddeo, mientras el resto de los pajes ayudaban a Tavio a levantarse, muchos de ellos complacidos porque quien los atormentaba hubiera sido derribado, y por Dino nada menos—. Ve a la tienda de tu señor —le ordenó Taddeo, una vez comprobó que Tavio no sufría daños permanentes, sólo cardenales y ronquera—. Él decidirá qué hacer contigo —Taddeo le lanzó una mirada aguda. Sabía que Tavio había estado persiguiendo a Dino, pero mientras Dino siguiera gritando y pidiendo perdón, poco podía decir o hacer.

Ella fue hacia el pabellón. Piero había salido, pero sabía que Taddeo le explicaría lo ocurrido. ¿Qué ocurriría entonces? No se arrepentía de haberle hecho daño a Tavio, pensó en sus brazos llenos de cardenales y en la expresión jubilosa de Naldo cuando había visto a Tavio gimiendo y retorciéndose en el suelo. Eso sería su consuelo. No podía evitar preguntarse qué diría y haría Piero cuando se enterase de, a juicio de él, su travesura más reciente. Pero tenía derecho a defenderse: él la había convertido en paje y no podía quejarse de que se comportara como uno. No permitiría que la pisotearan como al pobre Naldo, de ninguna manera.

Cuando Piero llegó por fin, percibió en su rostro que Taddeo ya lo había informado. Se acercó a donde ella, sentada, remendaba uno de sus jubones, con puntadas diminutas que en absoluto recordaban a las que había dado para Agneta.

—Debo hablar contigo, paje —dijo con severidad.

—¿Señor? —Dino levantó la vista de su tarea, simulando que no podía imaginar qué quería decirle.

—Creí que cuando te recriminé la semana pasada

por lo del cubo de desperdicios, habías entendido que debías comportarte. Ahora Taddeo me dice que has estado a punto de estrangular a Tavio durante el entrenamiento, y que cree que podrías haberlo hecho a propósito. Ese comportamiento no es el de un paje que intenta complacer a su señor y a su sargento. ¡De pie cuando te hable, muchacho!

Dino, con una expresión traviesa, dejó la costura y se puso en pie de un salto.

—Señor, me dijisteis que no arrojara desperdicios por el campamento. No dijisteis nada respecto a estrangular a Tavio.

Siguió un horrible silencio. Piero suspiró.

—Dime, Dino, por qué, si en general eres un paje bueno y trabajador, el mejor que he tenido nunca, también eres el más pillo. Oigo a diario comentarios sobre vuestras triquiñuelas. Esto es más que eso.

—No soy pillo, señor —replicó Dino enérgicamente—, pero cuando veo la necesidad de defenderme, o de defender mi honor, debo actuar.

Piero suspiró de nuevo.

—Y tú honor requirió que estrangularas a Tavio. ¿Por qué?

Ella asintió vigorosamente en la primera frase, pero no podía contestar a la segunda sin desvelar lo que Tavio había dicho de ellos, o el acoso al que la sometía continuamente.

—¿Y si mi honor requiriera que te castigase a ti por defender el tuyo? —preguntó Piero—. No añadió que Taddeo le había informado, titubeante, que creía que Tavio había estado atormentando a Dino en privado, y que éste había utilizado la práctica para vengarse. Observó su reacción, y la rapidez con la que contestó.

—Oh, eso es fácil —barbotó, risueña—. Debéis cumplir vuestro deber, es obvio, igual que yo el mío.

Piero se quedó en silencio, pero sonrió divertido al ver y oír su descaro, su espíritu indómito. Al verlo, Dino decidió aprovechar la ocasión.

—Señor —dijo, animosa—, ¿habéis acabado conmigo? Debo recordaros que me estáis impidiendo cumplir mi deber. No he terminado con esto, y también debo bruñir vuestro casco antes de que visitéis al señor Bruschini.

—Déjalo —dijo Piero—. No lo llevaré puesto cuando hable con él.

—Sí, señor. Eso lo entiendo. Pero yo tendré que sujetarlo a vuestra espalda y si no reluce todo el mundo pensará que no cumplo mis deberes, cuando en realidad la culpa es vuestra por impedirme cumplirlos.

Piero estiró el brazo y agarró a Dino de la oreja, pero de forma gentil.

—Dime, Dino, paje mío, ¿cómo es posible que cada vez que empiezo a reprenderte siempre acabe siendo reprendido por ti? ¿La técnica de responder con evasivas también te la enseñó el padre Luca? Debo recordarte que aún no hemos resuelto el tema de que estrangularas a Tavio.

—El padre Luca nunca me enseñó a contestar con evasivas. Le habría parecido algo pecaminoso. En cuanto a Tavio, no ha sido más que un accidente. Calculé mal mi fuerza, pensé que era más débil de lo que soy.

—Lo único que sé es que tras unas cuantas semanas de tenerte como paje el que se ha debilitado soy yo, y el ser requerido constantemente para controlarte no me facilita la toma de Trani.

—Estoy muy arrepentido, señor, y prometo hacerlo mejor en el futuro. La culpa es de tanta buena comida. Ya no soy el pobre filete de arenque de Bernardo.

Sonrió al decir eso último, sin saber lo realmente encantadora y bonita que estaba. Dejó a su esposo sin aliento. Volvió a asaltarlo la oleada de deseo que había sentido por ella en la cama de San Giorgio. La continencia, a sabiendas de que esa deseable criatura, inteligente y astuta, era suya, le resultaba casi imposible de aceptar.

Santo Dios, no podía mantenerla en su tienda. Ella no estaba segura ni allí dentro ni fuera. Dentro, él acabaría rindiéndose a la tentación de tomarla; fuera, correría peligro físico por culpa de su arrojo. «No sabía lo que hacía cuando me la llevé de San Giorgio y la vestí como un muchacho», pensó.

Dino captó parte de la pasión que empezaba a arder en él. Le tembló la sonrisa en el rostro. Él había puesto las manos sobre sus hombros y le chispeaban los ojos; el instinto le dijo que estaba excitado y listo para hacer uso del matrimonio.

—¿Señor? —dijo de nuevo. Esa vez él la ignoró y empezó a atraerla hacia su cuerpo, hasta que estuvieron más cerca que nunca antes.

—¿Capitán? —llamó Lodovico desde la entrada del pabellón. Sus ojos aún no se habían ajustado a la penumbra y, cuando lo hicieron, ellos ya se habían separado. La voz de Lodovico había devuelto a Piero la cordura, y había soltado a Dino. Dino no sabía si alegrarse o entristecerse por la interrupción—. Señor —dijo Lodovico, viendo a Piero junto a la mesa y a Dino sacando brillo al casco con vigor—. He venido a recordaros que pronto os reunís con Bruschini, creo que sería un error táctico llegar tarde.

—Oh, sin duda —dijo Piero, seco—. Podría recitar ahora mismo lo que va a decirme cuando hablemos, pero supongo que habrá que pasar por eso de nuevo. Dino, puedes dejar el casco. Iré a verlo solo, sin capitanes ni pajes. Sería una pena malgastar el tiempo de otros, además del mío.

Esa no era la verdadera razón de no que no la quisiera a ella, ni a nadie, con él. Necesitaba alejarse de todos, recuperar al Piero frío y distante que había sido siempre antes de tomarla como esposa.

Cuando caía la noche, paradójicamente, el campamento era un lugar luminoso. Por todas partes crepitaban hogeras para cocinar y se colgaban antorchas de altos postes. Charlas, risas y de vez en cuando la música de un laúd se dejaban oír en la cálida oscuridad. Piero, al regresar a su tienda, encontró a Dino poniendo la mesa para la cena, colocando con cuidado su cuchillo, tenedor y cuchara. Alzó la cabeza con timidez al verlo entrar, pero no habló. Él la observó y pensó que, al igual que en la torre, siempre estaba atareada. Cuando no estaba realizando sus tareas de paje, encontraba otras que realizar para él y Lodovico, que también vivía en la tienda.

—Señor —lo saludó finalmente, con la mirada oculta tras sus espesas pestañas negras.

—Sí, mi paje.

—Señor, he estado pensando. Teníais razón al decirme que no protegiera demasiado a Naldo. Es cierto que debe aprender a defenderse él mismo. En eso me equivocaba, lo admito. Pero...

—Ah —interrumpió Piero, con una sonrisa irónica—. Pero. Siempre ponéis un pero en esas frases, Dino. ¿Cuál es vuestro pero? Anhelo escucharlo.

—Veréis, señor, es el siguiente. Cuando un asunto atañe a mi honor, entonces debo dar pasos para repararlo. ¿Lo entendéis?

—Que vuestro honor exigía que primero cubrierais a Tavio de desperdicios y que luego intentarais ahogarlo. Acepto vuestra palabra al respecto, pero debo decir que me estáis pidiendo que me trague un camello.

La gravedad de Dino se fue al traste al oír eso. Empezó a reírse con gusto.

—El padre Luca no aprobaría que os burlaseis de la Biblia. Tragaros un camello, ¡qué irreverencia! Pero, en serio, señor, ¿entendéis lo que quiero decir?

—Que si vuestro honor lo requiere haréis lo que os venga en gana: arrojar desperdicios e intentar estrangular a Tavio. ¿Qué será lo siguiente que exija vuestro honor?

—Oh, tuve que utilizar las armas que tenía a mano. No soy lo bastante fuerte para luchar con Tavio como lo haría otro paje.

—Eso también lo entiendo. Sabéis que podríamos alargar esta conversación toda la noche, hasta que sonaran las campanas de la iglesia llamando a prima, y ninguno de los dos seríamos más sabios por ello. En vez de eso, hablemos de la cena.

—Desde luego —Dino fue hacia la puerta de la tienda—. Lodovico tiene algo bueno para nosotros esta noche. Un pollo, dice. Sólo Dios sabe de dónde lo sacó.

—Dudo que Dios tenga mucho que ver con que Lodovico robe pollos —comentó Piero—. Entre vosotros dos, estoy servido por un buen par de rufianes.

—Ya sabéis el viejo dicho, señor —dijo Dino con desvergüenza, ayudando a Lodovico a entrar y servir la comida—, «Tal sea el amo, será el sirviente».

—Sé que antes o después el paje Dino recibirá una paliza por su descaro, ya sea de mí o de cualquier otro —aseveró Piero, comiendo el pollo con gusto—. Entretanto, estamos ante Trani y el sitio fracasa, y los florentinos me culparán y mi reputación quedará destrozada, y no podré golpear, alimentar o pagar a pajes.

Dino comía con su entusiasmo habitual. Una buena cosa del perfectísimo Piero era que valoraba la comida y lo buena que era. Contempló cómo la luz de las velas suavizaba los planos más rígidos de su rostro y el halo que iluminaba su cabello y hacía que pareciera uno de los bellos santos que decoraban las paredes de todas las iglesias de la Toscana.

—La gente de Trani también come —dijo ella, pensativa—. Me pregunto... —calló.

—Os preguntáis, paje. Decidle a vuestro señor, qué os preguntáis —llenó una taza de buen vino tinto y se la ofreció—. Bebe. Eso te hará mujer.

—¿Sabéis que hay un pasaje secreto que lleva a San Giorgio?

—Menudo secreto —dijo Piero con la boca llena de pollo, dejando a un lado su elegancia por una vez—. El mundo entero lo sabe.

—Ah, pero Bernardo solía decir que había otra ciudad que poseía un pasadizo realmente secreto, que él conocía y había visitado. Sólo la familia del señor conocía su existencia. He estado pensando. Estoy seguro de que hablaba de Trani.

Ambos hombres la miraron. Piero dejó su copa.

—¿Vuestro hermano dijo eso? Cierto, el mundo no lo sabe. Supongamos que dijera la verdad. Supongamos que la comida está llegando por él...

—Eso explicaría el fracaso del sitio, si reciben provisiones del exterior... pero tenemos la ciudad rodeada de vigilancia —Lodovico estaba muy serio.

—Ah, eso —dijo Piero—. Pensad en los kilómetros de terreno y lo difícil que es para nosotros vigilarlo, sin saber dónde podría estar la entrada secreta. Sobre todo si empieza lejos de la ciudad, que es muy posible. ¿De dónde vendría la comida? Hemos cortado a Trani todas sus fuentes de suministro habituales... ¿o no?

Los dos hombres se miraron, olvidando a Dino.

—Bandelli, claro —dio Piero con una sutil sonrisa—. El inefable Agostino, el rey de los bandidos. Mi antiguo señor. ¿Qué otro podría ser por estos lares? Nos ha enviado soldados para que nos ayuden, y recibe nuestro pago. Imaginas cuánto lo debe estar divirtiendo suministrar alimentos a Trani. Cuanto más dure el sitio, más rico se hace el tramposo.

—Todo eso son suposiciones —dio Lodovico, mirando a su sobrino—. No tenemos pruebas, ninguna evidencia que nos permita actuar.

Piero se puso en pie y empezó a caminar de un lado a otro. Tenía aspecto de auténtico señor de la batalla, con sus rasgos tensos y modales dominantes.

—No es una suposición que, según todas las leyes de la guerra y la lógica, Trani debería haberse rendido por hambre hace semanas, y no lo ha hecho. No es mi intención insultar a Dios o al padre Luca, Dino, pero hoy en día no hay milagros —golpeó una mano contra la otra—. Por la sangre de Cristo, sé que tengo razón. ¿Quién más tendría el coraje de hacer algo así sino Bandelli? Tiene una deuda conmigo y va a pagarla, y si tengo razón, sólo hay una manera de demostrarlo.

—¿Encontrar el pasadizo? —preguntó Dino, fascinado por el cambio que se había producido en Piero.

—Eso sería imposible entre tantas millas de bosque, arbustos y montaña. No, debo visitar al amigo Agostino y apretarle las clavijas.

—¿Llevando a la *condotta*? —preguntó Lodovico, aún escéptico.

—No. En absoluto. No debe parecer que lo amenazamos. Sólo iremos tú, Dino y yo. Nadie se enterará de nuestra ausencia. Diremos que he contraído una gripe infecciosa. Dino y tú me cuidaréis. Nadie se acercará al pabellón, Van Eyck se ocupará de eso. Las infecciones, sean de quien sean, no deben propagarse. Únicamente él sabrá que nos hemos ido, y por qué.

—¿Y si no regresamos? Es un riesgo excesivo.

—¿Por qué suponer eso? —Piero se apoyó en la mesa—. Bandelli tiene una deuda conmigo. Y si no regresamos, Van Eyck asumirá el mando. Lo que sé es que estamos perdidos si no tomamos Trani, y pronto. La paga y la reputación se esfumarán. Seremos pordioseros en Italia.

—Y yo digo que te arriesgas a que Bandelli nos corte el gaznate —afirmó Lodovico.

—Pienso que no. Pero es un riesgo que debemos correr.

—¿Apostarías nuestras vidas en ello? ¿La vida de Dino?

—No puedo dejarla aquí. Lo sabes, Lodovico, y tu sentido común debería hacerte entender por qué.

Todos se miraron unos a otros. Lodovico hizo una seña con su enorme mano.

—No, esto es una locura. Sigo diciendo que no tienes prueba de nada.

—¿Locura? —Piero volvió a golpear una mano contra la otra—. No —dijo con firmeza—. No, créeme. Sé esto igual que he sabido otras cosas antes.

—Adivinas —protestó Lodovico—. Y arriesgas tu vida. Por no hablar de las nuestras, pero eso también.

—No, no adivino —repuso Piero lentamente—. Es la lógica de la situación. Debe haber una entrada secreta, es imposible que Trani haya podido almacenar tanta cantidad de comida en previsión de un sitio. Y tan largo. Los vemos en las almenas, y no parecen estar muriéndose de hambre. Se ríen de nosotros. Y nadie sino Bandelli puede estar proveyéndolos. Todos los demás han sido detenidos.

Lodovico negó con la cabeza y Dino vio que el perfectísimo Piero iba a perder el genio por una vez, perderlo por completo, sin disimulo alguno, resquebrajando así su perfección.

—¡Por Dios, tío mío! Si no hubiera sabido cuándo actuar y por qué, a confiar en las cosas que sé, aunque nadie me las haya dicho, seguiría desgastando mis rodillas en un monasterio, y tú serías un campesino viviendo en una choza. Confía en mí, y tendrás tu propio señorío; en otro caso Trani será nuestra ruina.

—Pero está la pequeña. Es con su vida con lo que estarás jugando.

—Ah, la pequeña —Piero giró en redondo y se dejó caer de rodillas junto a Dino—. La pequeña, que guarda el secreto en su cabeza, ¿no? —tomó la barbilla de Dino con una mano, con la suavidad de una caricia, y apoyó la otra en su hombro—. Mírame, gorrión, y piensa cuidadosamente, puede que nuestras vidas dependan de ello.

Ella lo miró, atraída por sus gélidos ojos azules, perdiéndose en ellos de nuevo.

—Tu hermano, paloma mía, mi esposa, ¿hablaba de Trani? Considera tu respuesta bien, y dile a tu señor lo que sabes de verdad.

Estaba mirando a Piero, el rostro sujeto por su mano, y de repente volvió a ser una niña que estaba en las almenas de San Giorgio, en lo alto de la torre, mirando la campiña que se extendía ante ellos.

—Conozco un secreto —le había dicho Bernardo. Era alto y desgarbado, no blando y gordo como en el presente, y hablaba de Trani. Sí, Trani sin duda—. Y no debes decírselo a nadie, Bianca. Nuestro padre se enfadaría mucho si lo hicieras. Es un secreto que sólo deben conocer los señores.

Ella había asentido con solemnidad. Entonces él era su héroe, su adorado hermano mayor, no el desagradable bravucón en que lo habían convertido el alcohol y la decepción. La visión se difuminó, y al encontrarse a Piero, se preguntó quién era ese desconocido que tanto la atraía.

—Sí, era Trani —susurró—. Ahora lo recuerdo.

—¿No sabes más? ¿No te dijo dónde estaba la entrada, mi paloma, mi vida?

Ella negó con la cabeza y parpadeó cuando él desvió la mirada. Piero la soltó con suavidad.

—No importa —dijo. Se puso en pie, y colocó los pulgares en su cinturón de plata forjada—. Eso lo decide todo, sin lugar a dudas —dijo.

Porque, mientras la sujetaba, Dino había rememorado en voz alta la conversación de Bernardo cuando le habló de la entrada secreta de Trani, que su padre había dicho que le sería útil cuando fuera señor de San Giorgio.

—Bien —dijo Piero, empezando a quitarse los lujosos ropajes—, tráeme mi ropa de batalla, Dino. Y, Lodovico, ve a buscar a Van Eyck y tráelo. Todos debemos arriesgarnos en esta partida, o los dados jugarán en contra nuestra para siempre.

Dino pensó que Van Eyck opinaba que Piero se había vuelto loco, pero una vez que Piero tomaba una decisión, era mejor no malgastar el aliento para convencerle de lo contrario. Era tan lúcido que eso equivalía a discutir con Dios Nuestro Señor. Así que los tres partieron en secreto, mientras Van Eyck refunfuñaba y rezongaba tras ellos, como solía hacer Agneta: «Algún día capitán, correréis un riesgo de más».

No fue un trayecto tan duro y largo como el de San Giorgio a Trani. Y finalmente, cuando terminó el abrupto sendero que habían seguido, se encontraron en algo que se parecía bastante a una auténtica carretera, y conducía a la pequeña población y el gran castillo que conformaban lo que Piero denominaba, irónicamente, la cueva del tesoro de Bandelli. Entonces se detuvieron para comer.

—Un buen soldado siempre come cuando tiene oportunidad —había dicho Piero—, pues nunca sabe cuándo podrá volver a hacerlo.

El castillo, digno de ese nombre al ser mucho mayor que la torre de Bernardo, dominaba toda la campiña. Bandelli era más bandido que noble o *condottiero*, explicó Piero, porque los vínculos con la nobleza que alegaba se basaban sobre todo en falacias. Se aprovechaba de cuantos lo rodeaban y también de los más distantes; en unas tierras que tenían fama de inclinarse a la traición, el nombre de Bandelli era sinónimo de maestro.

—Pero me debe algo, y hay otras cosas que nos unen —le había dicho Piero a Bianca en uno de sus descansos.

—¿Y nos traicionará? —habría preguntado ella.

—Pienso que no —contestó Piero—. Mi instinto dice que no, y rara vez se equivoca. Además... —soltó una carcajada—, le ofreceré la clase de incentivo que no suele despreciar. En toda mi vida, nunca he visto a Bandelli rechazar dinero.

Los centinelas que guardaban la enorme puerta reconocieron a Piero y le dieron paso. Era obvio que tanto Piero como Lodovico eran conocidos y bienvenidos. Bandelli los recibió en el patio exterior, y fascinó a Dino porque era exactamente como había esperado, y muy distinto de Piero. Era bajo y cuadrado, tan ancho como alto.

Envolvió a Piero con un abrazo de oso, después lo alejó de sí y soltó una maldición.

—*Per Bacco*, pareces más grande que nunca. ¡Espera a que te vea Maddalena! —le hizo a Piero un guiño grotesco tras decir eso.

Era pelirrojo y Dino recordó, sintiendo una punzada en el corazón, que Naldo había dicho que Piero tenía a una mujer pelirroja en las montañas.

No tuvo que esperar mucho antes de que una auténtica gigante, con rizos rojo dorado que le caían hasta la cintura, y vestida como una fulana de feria, según el ácido juicio de Dino, se lanzara a los brazos de Piero. Bueno, por lo visto a él le gustaba tener los brazos llenos, y ella los llenaba una vez y media, al menos. Por lo visto, Piero pensaba lo mismo. Después él empezó a reír, algo avergonzado, aunque Dino no captó ese matiz, y apartó a la mujer.

—Después, después, será todo tuyo después —bramó Bandelli—. No habrás venido sólo para pasar un buen rato, ¿verdad, Piero? El viejo Bandelli te conoce demasiado bien para pensar eso.

Y soltó una carcajada, profunda y ruidosa, mientras se sujetaba el enorme tripón. Podía ser bajo, pensaba Dino, fascinada con él, pero todo él era inmenso.

Los astutos ojos captaron su mirada y, de repente, él pareció ver al pequeño paje y al enorme Lodovico, y nada más.

—Por lo que veo, ¿no te sigue tu *condotta*? ¿No has venido para imponer tu autoridad a quien fue tu señor?

Piero alzó los brazos, con las palmas de las manos vueltas hacia Bandelli.

—Oh, Agostino, me entristeces. Vengo como amigo, igual que siempre. Sólo con mi paje y mi sombra. Ya ves hasta qué extremo confío en ti.

—Pero Manfredini, el Halcón Dorado, siempre quiere algo —bramó Bandelli—. No olvides que fui yo quien te adiestró, muchacho, y te adiestré bien, señor de Astra. Como muchos pupilos, pretendes aventajar a tu maestro. Trani está siendo un problema, ¿verdad? Y necesitas la ayuda de Agostino —sus carcajadas resonaron en la estancia, pero los viejos ojos tenían expresión dura, muy dura.

—No es mi intención engañarte —dijo Piero, que en ese momento tenía la mano de Maddalena en la suya y la mecía levemente—. Vengo con una propuesta de negocio. Una que estoy seguro te gustará. ¿Hay algo más justo que eso, viejo amigo, mi maestro?

—Bla, bla —rió Bandelli—. Hablaremos de eso después. Antes comida y bebida, ¿no te parece? Diversión antes de negociar. Así los negocios van mejor. ¿Sigues disfrutando de las vituallas, Piero mío?

No tenía sentido discutir. Su anfitrión los condujo al interior del castillo.

—Los negocios mañana —él era quien tenía algo que vender, ellos estaban vendidos; Dino lo sabía tan bien como Piero. Un sirviente se acercó y empezó a organizarlo todo. Se llevaron a los caballos y Piero desapareció con Bandelli, con Maddalena aún de la mano, y una vez, justo antes de perderlos de vista, Bianca vio que intercambiaban un beso a espaldas de Bandelli.

«¡Por todos los demonios!», pensó Dino, «¿Era necesario anunciar su mal gusto de forma tan obvia?»

Lodovico y ella fueron conducidos a una celda tallada en la roca; era grande, y contenía una cama doble. Un sirviente los siguió con dos jergones y una vela, dado que entraba muy poca luz por la aspillera. La cama, por supuesto, era para Piero, el señor. Dino comprendió que estaban atrapados allí dentro; no había forma de salir sin la autorización de Bandelli. Eran moscas en su telaraña.

Se acercó a la aspillera y vio las tierras que los rodeaban y la carretera que los había llevado allí perderse entre los árboles. ¿Cómo había llegado allí, casada sin consumación de la boda, con el enigmático hombre que era su dueño? Ella, cuyos confines se habían limitado a la torre de San Giorgio. ¿Cómo había sido adquirida por un hombre a quien medio amaba, medio temía, y a quien empezaba a entender?

Dino era consciente de que tenía un talento natural para entender a la gente, que lo había utilizado sin pensarlo en San Giorgio, y que a veces eso le había complicado la vida. Sabía que empezaba a utilizarlo en el mundo exterior para protegerse de los demás. ¿Qué era Maddalena con respecto a Bandelli? ¿Su hermana, quizás? Y, más importante aún, ¿qué significaba para Piero? Era la amante pelirroja de la que había hablado Naldo, eso era indudable; y hacía que fuese aún más sorprendente que Piero hubiera elegido desposar a un gorrioncillo apagado como ella.

Lodovico estaba tan callado como Bianca. Vaciaron las bolsas de viaje, él fue a buscar agua y se lavaron manos y cara utilizando una vasija de barro. Un paje del tamaño de Dino, pero con una cómica nariz respingona, se asomó por la puerta.

—El señor os llama a su mesa —dijo—. Todos nosotros comemos juntos, amos y sirvientes.

Para su sorpresa, Dino comprobó que decía la verdad. Siguió a Lodovico a un amplio salón con una larga mesa en el centro. Lodovico y ella se sentaron en un extremo, Piero estaba en el centro, sentado entre Bandelli y Maddalena, que le ofrecía bocados elegidos y parecía preocuparse sólo de él... «¡como si fuera su bebé!», pensó Bianca, irritada. Peor aún era que a Piero no pareciera molestarlo, sino que babeara con sus atenciones. Y aunque a Dino se le hacía la boca agua al ver los maravillosos manjares que les ofrecían, el espectáculo de Piero disfrutando públicamente de la oronda mujer amargaba su placer. Y Maddalena era mayor, lo suficiente para ser su madre, tal vez. No, eso era injusto, mentira; pero era mucho mayor que Piero, sin duda.

Vio que Maddalena la miraba y después a Lodovico, calibrándolos. Después se inclinó hacia Piero y le habló al oído; él los miró, dijo algo y ambos se echaron a reír. Por lo visto, les hacía gracia, pensó Dino con amargura. Se preguntó si había cabalgado todo el día para entretener a la gorda hermana de un bandido, posible compañera de cama del perfectísimo Piero, que no podía serlo tanto si tenía tan mal gusto en cuanto a compañía femenina.

Las emociones que estaban desgarrándola, mientras seguía sentada en silencio, eran obvias para Lodovico, que estaba a su lado, aunque no lo fueran para nadie más.

—No te preocupes, pequeña. Tiene un trabajo que hacer —le susurró al oído, compasivo.

—Es una suerte para él —dijo ella sin poder controlarse—, que implique obvios placeres corporales. No todos somos tan afortunados, me temo.

—Cierto —corroboró Lodovico—. Y algunos tenemos que aprender a ser pacientes, y el arte de ocultar nuestros sentimientos. Sería conveniente recordar que Piero es un maestro de la fabulación, y que no es sabio dar valor a las apariencias que sugieren sus actos.

—¿Incluyendo el que me haya desposado para después convertirme en su paje?

—Eso también —dijo Lodovico, mirando a su alrededor—. Ahora olvida todo esto. No eres más que el paje de tu señor, y no debes llamar la atención.

A ella le habría gustado decir: «Soy su esposa, se casó conmigo, y cuando lo hizo me importaba poco que se hubiera acostado con mil mujeres, y no conmigo, pero ahora me importa mucho y ruego a Dios que me haga mujer cuanto antes». Pero sabía que era mejor seguir el consejo de Lodovico, disfrutar de la buena comida y el vino, sobre todo porque la sobremesa se alargó varias horas e incluyó la actuación de un grupo de saltimbanquis y los juegos de un par de malabaristas.

Ella quedó encandilada por la representación, su vida en San Giorgio no había incluido esos lujos tan sofisticados. No era Lodovico el único que contemplaba su rostro inocente y risueño. Piero, desde la cabecera de la mesa, veía a su esposa niña con ojos brillantes y labios entreabiertos, temblando de gozo, la viva imagen de la felicidad, como si hubiera olvidado el peligro que entrañaba su misión. Había llegado a olvidar que en realidad era una criatura inocente, y que no debía haberla llevado allí, poniendo su vida en peligro.

Más tarde, Lodovico y ella regresaron al aposento que les habían asignado. Ella se despertó en mitad de la noche y vio que la enorme cama estaba vacía. Y así siguió.

Cuando se despertó de nuevo, al amanecer, supo que él había pasado la noche con Maddalena y, compungida, sollozó silenciosamente en la almohada. La esposa de Piero, de pecho plano, aunque ya no tanto, yacía solitaria en su cama, mientras su señor y esposo disfrutaba con otra mujer. Después volvió a dormirse. Cuando se despertó él estaba en la habitación, completamente vestido, hablando con Lodovico. Miró por encima del hombro al oír que ella se desperezaba.

—¿Has dormido bien? —preguntó. Para ella era obvio que él no, y le respondió con una mentira.

—Sí, muy bien —dijo. Por más que él intentara ocultarlo, su rostro mostraba señas de cansancio.

Piero se sentó en la cama que no había utilizado, miro a Dino y suspiró, mientras pensaba en la conversación que había mantenido con Maddalena esa madrugada. Acaban de terminar de hacer el amor y ella estaba acurrucada en sus brazos, satisfecha, y tan saciada que no tenía duda de que hacía mucho tiempo que él no disfrutaba con una mujer. Había percibido su hambre y, a pesar del placer que le había proporcionado, tenía la sensación de que él no había quedado satisfecho.

—Eres más tú de lo habitual, Piero —le había dicho, mirándolo a los ojos.

—¿Qué significa eso? —había preguntado él, apartándose a un lado.

—Que tu cuerpo está conmigo, tan diestro como

siempre, pero tu mente y tu corazón no. No es halagador, pero sé que me hago mayor. ¿Es en tu paje en quien piensas?

—Sabes que no me atraen los muchachos —había contestado él, un poco seco.

—Ah, pero no es un muchacho, ¿verdad? Aunque lo trates como a uno. ¿Por qué tu paje es una jovencita disfrazada de muchacho, Piero?

—¿Tan obvio es? —había preguntado él, sobresaltado.

—No —había contestado Maddalena—. Parece un muchachito valiente. Pero noté tu interés por él, nada habitual, y presté atención. Tiene el pecho plano y caderas estrechas, aún no es mujer, pero se convertirá en una belleza, como supongo sabes. ¿Qué es ella para ti?

—Hiciste un hombre de mí cuando aún era un niño, me ayudaste a engañar a los monjes para librarme de mi encierro —había dicho Piero, mirándola—. ¿Puedo confiar en ti?

—Con tu vida, y la de ella —había contestado Maddalena—. Mi hermano podría venderte, aunque lo dudo, pero yo no. Ésta es nuestra despedida, ¿verdad? Un adiós entre tú y yo, quiero decir.

—Sí —había admitido él—. Es mi esposa, pero aún no de hecho.

—¿Tu esposa? —Maddalena se había echado a reír—. No, no te preguntaré cómo o por qué. Y es obvio que aún es doncella. Ven, bésame de nuevo y dame placer hasta que rompa el día. Si ésta ha de ser la última noche que pasemos juntos, debemos celebrarla.

Si Agostino estaba en deuda con él, lo cierto era

que él lo estaba con Maddalena. Y le tocaba empezar el día habiendo traicionado a su esposa, agotándose mientras daba placer a su amante de muchos años, que había sido lo bastante generosa como para desearle lo mejor cuando por fin la dejó.

—Tendrás que venir conmigo —le dijo él a Dino—, cuando vaya a hablar con Bandelli. Pero no debes decir nada a no ser que yo te pregunte. ¿Me entiendes, Dino? Sé que Lodovico no hablará, no suele hablar, ni siquiera cuando se lo pido.

—Sí —dijo Dino—, sí, señor. Pero antes de que partamos debéis permitirme decir que no vais bien abotonado y que eso refleja la incapacidad de vuestro paje al prepararos para el día. El mundo no sabrá que os vestisteis apresuradamente, sino que me tachará de negligente por no reparar vuestras deficiencias.

—El mundo no creería la dureza con la que me maltrata mi paje —dijo Piero, notando que incluso Lodovico se sonreía ante el descaro de Dino—. Pero sí, puedes remediar mis carencias.

Se irguió para permitir que Dino le colocara el cinturón y sacara los cordones de su camisa para atarlos correctamente.

—¿Os agotaron demasiado los excesos de la noche, señor, para ser tan descuidado esta mañana? —preguntó Dino, sonriente.

—Tú, mi paje, en cambio, eres el de siempre —comentó Piero, observando los ágiles dedos que recomponían su atuendo—. Tanto es así, que te arriesgas a que te golpee las orejas por tu impertinencia.

—Malo sería —contestó Dino— que el sirviente fuera reprendido por pretender que su señor tuviera buen apariencia, cuando la apariencia es importante.

Cuando acabó de estirar sus ropas, Piero capturó su mano y la besó.

—Tu lengua —dijo—, es aún más larga y ácida de lo que era en San Giorgio. Ser paje no te ha inculcado humildad.

—Al contrario —protestó ella, recuperando su mano e intentando no demostrar cuánto le había afectado el roce de sus labios. Se arrodilló y empezó a atar mejor los cordones de la bota derecha—. Me ha enseñado que un paje humilde se arriesga a ser continuamente pisoteado. Sólo hay que mirar al pobre Naldo.

—¡Prefiero mirar al descarado Dino! —apuntó su señor—. Al menos has hecho que parezca tan elegante como es posible. Te lo agradezco, Dino, si es necesaria una lengua afilada para darme esplendor, que así sea.

—Oh, el esplendor es todo vuestro —dijo Dino mirándolo mientras él reía. Pensó, con una punzada de dolor, que nunca había visto a un hombre tan apuesto, a pesar de las marcas que había dejado en su rostro esa ajetreada noche en vela—. Vuestro paje es afortunado al contar con tan buen material que aderezar.

Incluso Lodovico soltó una sonora carcajada ante esa última y descarada frase, pronunciada con toda seriedad. Los tres juntos, llegaron a presencia de Agostino tan relajados que él sonrió con admiración.

—Resplandeciente como un día de primavera, mi señor de Astra —dijo—. Veo que Maddalena no os ha cansado excesivamente. Y es un lástima. No me vendría mal que hubiera limado vuestras agudas aristas.

—Siempre hace falta agudeza para tratar contigo, Agostino —Piero hizo una reverencia—. Sobre todo cuando necesito pedirte un favor.

—Siéntate, siéntate —bramó Bandelli—. Y que traigan vino, pide a tu paje que ayude al mío a cuidarnos como merecemos.

Eso no le gustó mucho a Dino. No quería perderse la diversión del regateo. Pero cuando regresó, con una bandeja de copas, de buena calidad aunque algo melladas, seguían en los preliminares de la negociación.

—Así que Trani no va bien para ti —comentó Bandelli cuando todos empezaron a beber. Todos menos Dino, que había sido excusado por su señor—. No eres tan listo como creías, ¿eh, Halcón? —se dio una palmada en el muslo y clavó sus astutos ojos en Piero.

—No tan listo como algunos —repuso Piero, simulando que admiraba el vino—. Sólo me jacto de tener un pagador, Florencia, tú, en cambio, podríais jactarte de tres.

—¿Tres? —repitió Bandelli, sonriendo—. Dos podría tener, si quisiera, ¿pero tres? Tus cálculos no solían ser tan errados, Pierino.

—Sólo hablo hipotéticamente, claro —dijo Piero.

—Hipo... ¡que palabras! —se burló Bandelli—. Pero he de tener en cuenta que estuviste a punto de convertirte en monje, Pierino. Explícate, explícate. Soy un viejo ignorante.

Piero se permitió atragantarse graciosamente con el vino al oír esa última frase.

—Ay, Agostino, ojalá fuéramos todos así de ignorantes.

—Halagas a un pobre viejo —suspiró Bandelli.

—¿Pobre? —Piero enarcó las cejas—. ¿Con tres pagadores?

—¿Pagadores? ¿Qué pagadores? —inquirió Bandelli, alzando las cejas tanto que desaparecieron entre su cabello.

Piero alzó la mano izquierda y empezó a contar los dedos con la derecha.

—Veamos —dijo—. Primero. Ducados de Florencia por proporcionar tropas para ayudar a tomar Trani.

—Cierto —aceptó Bandelli—. Y eso en mis libros cuenta como uno, no más.

—Ah, pero mis libros cuentan una historia distinta —dijo Piero, tomando un largo trago de vino y mirando a Bandelli de soslayo, antes de seguir con el recuento—. Pero Trani resiste, como bien sabes. Me pinchaste con eso, ¿no es cierto? Y no me extraña —tocó otro dedo—. Segundo. ¿Cuánto te paga Giacomo Uberti, tirano de Trani, para que le suministres comida por una ruta secreta, viejo amigo?

—Oh, me insultas, muchacho, me insultas —rugió Bandelli encantado—. ¡Pero qué insulto es!

—Sin duda —dijo Piero, observándolo—. Pagado por ambos bandos, una buena estratagema que debo recordar.

—Eso dices, muchacho, eso dices. Me das crédito por lo que tu propia astucia te llevaría a hacer.

—Pero, ay, padre mío por adopción, ¿quién me lo

enseñó todo? Y queda el tercero... —Piero hizo una pausa dramática.

—¿Tercero? ¿Cómo puede haber uno más? Ya van dos —dijo Bandelli—. Al menos eso dices tú. Constancia queda de que yo no he dicho nada. ¿Por qué sonríe tu paje, Pierino? Tiene una expresión traviesa.

—Mi paje, ¿sonriendo? —dijo Piero solemne y volviéndose hacia Dino, que había adquirido un tono escarlata—. ¿Estás sonriendo, Dino? Si es así, por favor, dinos a Agostino y a mí a qué se debe tu sonrisa.

—Se...señor, no me gustaría decirlo —tartamudeó.

—Vamos, rapaz —gritó Bandelli, risueño—. Quien sonríe debe confesar por qué. Fuiste rápido en mostrar tu placer. Ahora sé igual de rápido contando qué lo provocó.

—Bueno —tragó saliva y decidió olvidarse de la precaución—, no podía decidir quién era más zorro, si vos o mi señor.

—¿Y? —animó Bandelli, guiñándole un ojo a Piero.

—¿Y, señor? —repitió Dino con desesperación.

—Sí, debe haber una continuación a ese «y» —bramó Bandelli—. ¿Quién de nosotros es más zorro? Di la verdad, muchacho, di la verdad —los viejos ojos la taladraron con su mirada.

—Vaya —dijo ella, dado que la obligaban—, es imposible elegir entre ambos.

Bandelli echó la cabeza hacia atrás y rió con aprobación.

—Por Dios, Piero. Puede que los dos seamos unos zorros, pero tu paje es un espléndido cachorro. Vino,

vino para el paje. No, no aceptaré una negativa, rapaz —dijo al ver que Dino movía la cabeza—. Beberás con nosotros por lo que has dicho.

Dino miró suplicante a su señor, pero él también negó con la cabeza.

—Debes aprender a no hablar con el rostro, paje mío. Ahora tendrás que beber.

Lodovico y él contemplaron cómo Bandelli hacía que Dino vaciara la copa de un solo trago.

—Beberás igual que nosotros, muchacho.

—¿Señor? —preguntó Dino, reflejando desesperación en su rostro.

—Debes complacer a tu anfitrión, paje mío —fue lo que contestó él.

—Sigamos —dio Bandelli, entregando a Dino otra copa y sirviéndose él mismo—, hablemos de ese tercero, joven zorro. El tres es mi número de la suerte, ¿crees que lo será también esta vez?

—Opino que un viejo zorro avispado podría ganarse una paga más, vendiendo la información de la entrada del pasadizo que conduce a Trani a un tercero. No dudo que el tirano de Trani te pidiera que le suministrases comida, pero dudo que tuviera el buen sentido de pedirte que no dijeras nada sobre el pasadizo secreto, o que impidieras que un *condottiero* interesado siguiese a tus hombres.

Bandelli apoyó un dedo en la nariz y miró a Dino.

—Presta atención a tu señor, muchacho —dijo con admiración—. Lo enseñaron a utilizar la lógica en el monasterio, y nunca ha olvidado la lección.

—Dino, el paje, se lleva muy bien con la lógica —dijo Piero, taimado—. No necesita que le enseñen.

—¿Es eso cierto? Es pequeño pero especial, ¿eh? —comentó Bandelli con aprobación—. Me gusta ese tercer punto, señor de Astra, sobre todo si la paga está en consonancia con la traición que supondría hacer lo que sugieres.

—De eso puedes estar seguro —afirmó Piero—. En mi experiencia, la traición rara vez sale barata. Pero necesitaría un compromiso solemne de que no habrá una cuarta parte, en la que yo se seré vendido —añadió Piero con una sonrisa—. ¿Necesito recordarte que a Maddalena no le gustaría que me ocurriese nada malo por culpa tuya? No te gustaría verla penar.

—Ni oírla tampoco —contestó Bandelli, recostándose en su silla—. Mi vida no merecería la pena ser vivida en esas circunstancias. Lo único que pido es que entres con mis hombres, pero salgas solo, por tu cuenta, no debe parecer obvio que he vendido a Uberti, y que nadie sepa de esta transacción excepto nosotros.

—Eso ya no es posible, dado que le he pedido a Van Eyck que ocultara mi ausencia mientras estaba aquí. Pero puedes estar seguro de que no hablará... en ese sentido es igual que Lodovico.

—Entonces, Pierino, ¿estamos de acuerdo? —preguntó Bandelli. Mientras esperaba su respuesta, se dirigió a Dino—. ¿Qué dices a eso, paje? ¿Estás de acuerdo?

—Si mi señor... —empezó Dino.

—No rapaz. Te he preguntado a ti, no a él.

—Pues, señor Agostino —dijo Dino, lanzando al risueño Piero una mirada agónica, le costaba hablar porque el vino empezaba a embriagarla—, me parece un trato justo. No habrá cuartas partes y mi señor se compromete a que vuestros hombres no se vean involucrados.

—¿Y tú, paje, entrarás en Trani con tu señor?

—No —interrumpió Piero—. Entraré solo, vestido como uno de vuestros hombres, simulando ser un idiota contratado por su fuerza bruta. Dino y Lodovico esperarán fuera, y bien regresaremos todos, o, sí yo no lo hago, regresarán sin mí; confío en que os ocupéis de que se reúnan con la *condotta*.

Lodovico, que había estado en silencio hasta ese momento, empezó a protestar, pero Piero alzó una mano para detenerlo.

—He tomado mi decisión —dijo—. Sabías cuando vinimos lo que me proponía hacer.

—Vuestro paje está callado —dijo Bandelli, mirando a Dino con ojos lobunos. Se había quedado dormida en la silla, con el rostro arrebolado por la bebida—. Sólo el sueño acalla su lengua y controla su expresividad. Os habéis hecho con un guapo muchacho, Pierino.

Una noche casi en vela y el alcohol habían rendido a Dino. Había observado con deleite a esos dos zorros jugar el uno con el otro y negociar, había bebido sin prestar atención y estaba pagando el precio de su descuido.

—Sí —dijo Piero, mirando con cariño a su esposa—. ¿Trato hecho, entonces?

—Sólo queda nombrar el precio —dijo Bandelli—. Llévate a tu paje y a Lodovico y vuelve para que regateemos en privado. No quiero testigos de lo que acordemos, y supongo que tú tampoco.

Piero asintió, se inclinó y alzó a Dino en brazos. Seguido por Lodovico, la llevó de vuelta a la habitación y la tumbó en la gran cama. Lodovico se habría quedado con ella, pero él lo rechazó.

—Ve a comer algo, Lodovico. Me reuniré contigo después, cuando acomode a Dino.

Se sentó al borde de la cama, aflojó el cuello de Dino y, sonriendo, le apartó los rizos negros del rostro. Se inclinó para besarla pero cuando lo hacía ella se recobró un segundo.

—¿Señor? —llevó una mano a la de Piero y entreabrió los ojos—. ¿Hablé bien, señor? —tartamudeó, para volver a sumirse en el sueño.

—Muy bien —contestó Piero; cerró lo ojos y luego volvió a abrirlos para depositar un beso en la mejilla escarlata de su esposa.

—¿Señor? —repitió ella en sueños, pero no se despertó para recibir respuesta.

Ocho

Bianca se despertó en una habitación que le resultaba desconocida y por un momento fue la señora de San Giorgio, desconcertada por su atuendo y sus circunstancias.

Al sentarse recuperó la memoria. Piero, Bandelli, ¡y el vino que había bebido! Debería tener mala cabeza, y gemir y quejarse como hacía Bernardo tras «una buena noche», que era su forma de denominar un exceso. Pero aparte de sentirse algo desorientada y el momento de desconcierto hasta que consiguió recordar que era la esposa de Piero y Dino el paje, se sentía sorprendentemente bien.

No recordaba nada de la conferencia de la mañana desde el momento en que Bandelli le había pedido su opinión sobre el acuerdo con Piero, y no tenía ni idea de cómo había llegado a la gran cama. Supuso que Lodovico la habría puesto allí.

Bajó las piernas por un lado de la cama, comprobó que podía andar, y salió a buscar a Piero y a Lodovico. Debía ser mediodía. Los hombros de armas la escrutaron. Descubrió que tenía mucha sed, y quizá los otros pinchazos que sentía fueran causa del hambre. Supuso que un paje no sería mal acogido en las cocinas. Se encaminó hacia allí, disfrutando, como siempre, de la libertad de ser un varón, sin que nadie la siguiera rezongando: «No debes ir allí, haz eso... ay, Dios, no deberías haber oído eso...» Lo cierto era que a esas alturas ya había oído de todo y no podía entender qué era lo que causaba tanto barullo. Los hombres eran hombres y las mujeres, mujeres, y tenían cuerpos y apetitos. Los hombres eran ruidosos, groseros y malolientes que no se molestaban en lavarse —excepto Piero, que conseguía estar siempre limpio y bien vestido—, hablaban de cosas desagradables y hacían auténticas barbaridades, en las que no quería ni pensar; eso era lo que había, así era el mundo. Era inútil pretender que era de otro modo.

Por supuesto, cuando volviera a ser mujer o, más bien, cuando se convirtiera en una, tendría que simular que el mundo era tal y como decían verlo la mayoría de las mujeres. Había comprendido que detrás de la fachada que mostraban al mundo las mujeres, en realidad sabían la verdad. Si no, ¿por qué no callaban nunca las Agnetas de este mundo? También había comprendido por qué eran tan bien guardadas las doncellas.

Para protegerlas y mantenerlas inmaculadas para el hombre con el que habrían de casarse, independientemente de que él hubiera disfrutado de docenas de mujeres, como había hecho Piero, su esposa había de ser virgen.

Le hizo gracia pensar que todos esos pensamientos tan profundos se debían a un exceso de vino. *In vino veritas*... El padre Luca le había explicado que la expresión significaba que los borrachos decían la verdad. Pero desde luego el alcohol no mejoraba el entendimiento, o Bernardo se habría convertido en un sabio, teniendo en cuenta lo que había bebido en los últimos años. Quizás debería adoptar el lema «¡En Dino, la verdad»!

Sonriendo por sus absurdos pensamientos, casi chocó con Maddalena, la viuda pelirroja, amante del señor de Astra, que salía por una de las puertas que comunicaban con el corredor.

—Eh, señor paje. Me gustaría hablar contigo.

Ella no quería hablar con Pechonella, el irreverente mote que le había puesto, pero era inevitable. Hizo una reverencia forzada que Maddalena recibió con una sonrisa irónica.

—¿Sí señora? —preguntó Dino, con un tono que distaba de ser respetuoso.

—Sí, señora —repitió Maddalena, imitándola. Después estiró el brazo, agarró su barbilla y le alzó el rostro. Dino pensó, con resentimiento, que eso debía haberlo aprendido de Piero.

—Veamos, deja que contemple al paje que ocupa el pensamiento de su amo.

De cerca, se notaba la edad de Maddalena, y se veía el principio de la ruina de lo que debía haber sido una belleza espectacular años antes. Debía haber estado en todo su esplendor cuando Piero era un muchacho del monasterio.

—Señora —dijo Dino, desafiante, alzando los ojos oscuros para mirar los verdes de Maddalena. Pensó, desolada, que nunca sería tan encantadora como lo había sido ella. No era extraño que él siguiera prefiriéndola.

Maddalena pensaba de forma muy distinta. Sintió que la punzada de los celos le traspasaba el corazón. «Oh, la criatura será deslumbrante, y pronto», se dijo. Con esos enormes ojos oscuros, complexión pura y ese cabello rizado. Mentalmente, transformó a Dino en mujer, alargando su cabello, suavizando sus mejillas e imaginando el pecho redondeado, la curva de la cadera; no tuvo que mejorar la adorable boca, que ya era perfecta.

Admiró la enorme fuerza de voluntad de su amante perdido, sabía bien que Piero no volvería a ella, por no haberle puesto las manos encima a esa deliciosa criatura, por inmadura que fuera. Era tontería sentir celos, había tenido suerte reteniéndolo tanto tiempo; sólo su generosidad y gratitud por el pasado seguía llevándolo a su cama... Lo sabía, y también que la larga relación había llegado a su fin. Agostino le había dicho, tras su reunión matutina, que Pierino tenía un paje con un cerebro equiparable al de su amo. No estaba segura de si su hermano había comprendido que el paje era una jovencita ni si, en ese caso, habría dicho algo... Lo que no podría haber adivinado nunca era que el paje era en realidad la esposa virgen de Pierino.

—¿Te gusta servir a tu señor? —le preguntó.

—Sí —contestó Dino. Al decirlo supo que Maddalena sabía quién y qué era. Se estremeció.

—No temas —Maddalena esbozó una sonrisa forzada—. Tu secreto está a salvo conmigo. ¿Estás lista para servirle en... todos los sentidos?

—Cuando él lo desee —contestó Dino con calma.

—Oh, lo conozco bien —dijo Maddalena—. No requerirá nada de ti hasta que él y tú estéis preparados. ¿Me entiendes, paje?

—Creo que sí, señora.

—Nunca olvides que es un hombre duro —le aconsejó Maddalena—. La vida y las circunstancias lo han hecho así. Pero nunca es licencioso, ni en el amor ni en la crueldad.

—Eso debo creerlo —afirmó Dino.

—¿Y lo amas? —el dolor desgarró el corazón de Maddalena al hacer esa pregunta.

Dino tuvo que admitir la verdad, esa verdad que apenas se había atrevido a confesarse a sí misma. Una verdad que, inconscientemente, había estado con ella desde el momento que lo vio en las escalaras, en San Giorgio; Piero había tenido razón cuando habló con Lodovico antes de que se celebrase el matrimonio.

—Sí —admitió. Al decir la palabra notó que un intenso rubor se extendía por todo su cuerpo. Reconoció la pasión que sentía por él, que había sentido en su noche de bodas. Ardía de deseo y pensar que la noche anterior había disfrutado de la mujer que tenía ante sí casi hacía que se sintiera enferma.

Maddalena mantuvo el control y la calma, sabía bien lo que estaba sufriendo el paje de Piero.

—Bien —dejó caer la mano que alzaba su barbilla. Siendo el mejor, merece sólo lo mejor, aunque Dios nuestro señor nos recompensa según su voluntad, no la nuestra. ¿También entiendes eso?

—El hombre propone y Dios dispone —recitó Dino—. He sabido eso toda mi vida.

—Eso está bien —dijo Maddalena—. Nos entendemos bien entre nosotras y entendemos un poco el mundo que nos rodea. Ibas en busca de comida cuando te detuve.

—Como siempre —Dino dejó escapar una risita, después siguió con timidez—. Últimamente siempre tengo hambre.

—Y eso también es bueno —dijo Maddalena—. La comida te ayudará a crecer. Las cocinas están tras esa puerta. Pide a los sirvientes que te alimenten por orden de la señora Maddalena. Que Dios os acompañe, señora de Astra, y a él también.

Así que, al fin y al cabo, no podría odiar a Maddalena. La mujer mayor amaba a Piero, no cabía duda, y ya lo había amado cuando ella era una niña que gateaba por San Giorgio. Y había hecho que Dino desenterrara sus pensamientos más ocultos. Le había hecho reconocer sus auténticos sentimientos por su señor.

Dino no sabía si eso era buena o mala cosa, pero era la verdad, y el padre Luca siempre había dicho que por encima de todo había que buscar la verdad, y no negarla.

Parecía que Dino se estaba enfrentando a una mañana de revelaciones, y reflexionaba sobre ellas cuando entró en la cocina y vio a Lodovico sentado a la mesa, comiendo. Él la saludó.

—Despierto de nuevo, veo. Iba a ir a buscarte para comer. Pronto partiremos hacia Trani. Tu señor y Bandelli han llegado a un acuerdo y nos uniremos al convoy de hoy. La suerte de Piero volvió a funcionar. Llegamos justo en el momento adecuado, un día más tarde y tendríamos que haber esperado una semana.

—Y el señor capitán, ¿vendrá a comer con nosotros?

Lodovico esbozó una extraña sonrisa.

—Comió con Bandelli mientras dormías, y ahora se está preparando para el viaje y su entrada a Trani.

Dino pensó que había que admitir una cosa, mientras se llenaba la boca de pan y queso y rechazaba el vino con horror: la vida con Piero de' Manfredini nunca era aburrida. Apenas habían llegado al castillo de Bandelli y estaban nuevamente en marcha. No se parecía en nada a San Giorgio, donde los días eran siempre iguales y rutinarios, uno tras otro.

—El Halcón se mueve según dicta su voluntad, y es incansable —dijo Lodovico, como si le hubiera leído el pensamiento—. ¿Eso te asusta?

—No —dijo ella, sabiendo que decía la verdad.

Pero, más tarde, sí fue miedo lo que sintió. Algunos de los hombres de armas de Bandelli iban a acompañar al convoy, convenientemente disfrazados, y se unirían a él a unos kilómetros del castillo. Había esperado ver a Piero entre ellos, vestido igual, cuando estuvieron reunidos en el patio. Había una carreta, con provisiones del almacén de Bandelli, y dos hombres vestidos de campesinos viajarían en ella. Uno era fuerte, con aspecto marcial, el otro era un hombre sucio, desarrapado y con un parche sobre un ojo, que arrastraba una pierna.

Miró a su alrededor buscando a Piero. Examinó a los jinetes a caballo o montados en mulas, y a los dos campesinos que había junto a la carreta.

—¿Dónde está? —preguntó.

—¿No lo ves? —preguntó Lodovico.

—¿Es uno de los hombres a caballo? —sugirió ella, tentativa. Pero lo cierto era que ninguno se parecía a él.

—No —dijo Lodovico—. Mira de nuevo.

Esa vez se esforzó más, comprendiendo que había estado buscando un hombre alto y rubio, y allí no había ninguno. Algunos hombres se burlaban del campesino desarrapado, que en ese momento no estaba lejos de ella. Se llevó la manos a la boca con sorpresa cuando él estiró el brazo y agarró su cinturón.

—Su bendición, señor paje, en nuestra empresa —masculló, después le hizo un guiño con el ojo descubierto.

—No —dijo ella.

—Sí —dijo Piero, soltando su cinturón—. Debo estar bien disfrazado. El señor de Astra es muy conocido. Haz lo que te ordene Lodovico, ¿de acuerdo, Dino? Promételo. Confío en ti.

—Y yo confío —dijo ella con coraje—, en que regreséis a nuestro lado.

—Vaya, vaya, paloma mía —sonrió de medio lado—, parece que os importo un poco.

—Volved —dijo ella—. Por Lodovico.

—¿No por mi paje? —preguntó él, sonriente.

—Un poco —admitió Dino, pensando que no podría soportar que le ocurriera nada malo, pero que no se lo diría al hombre que había dormido con Maddalena la noche anterior.

—Un poco. Bueno, eso tendrá que bastar —vio su boca temblorosa y los ojos que indicaban la mentira de sus palabras—. *Addio*, paje mío —dijo con voz cálida.

—*Addio* a vos también, señor —respondió ella, observando cómo se alejaba, irreconocible, antes de montar su caballo para partir con Lodovico.

Pasaría largas horas esperando su retorno después de que, esa tarde, Piero y los hombres de Bandelli se unieran al convoy de provisiones que partía para Trani a primera hora del día siguiente. Lodovico y ella habían descansaban a la sombra, tras haber pasado la noche al aire libre.

Había sido un día muy caluroso, y bebió con gusto del pellejo de agua que Lodovico y ella habían llenado en el castillo de Bandelli.

Lodovico había estado tan callado como siempre a lo largo del día pero, como también era habitual, se había preocupado de ella en todo momento. Ella se preguntó si siempre había vivido para los demás, y si no tenía vida propia. Agradeció su silencio mientras pasaba el largo día. Habían acampado apartados de la carretera, y unas horas antes habían oído el ruido del convoy que regresaba tras entregar las provisiones en Trani. Sabían que Piero no estaría con ellos, pero habían esperado que llegara poco después. No había sido así. Pasaban las horas y él seguía sin aparecer.

Dino no dijo nada. Tenía miedo de gemir, echarse a llorar, golpearse el pecho, le parecía importante mantener el control de sí misma. Sabía que eso era lo que él habría esperado. Recordaba las últimas palabras que le había dicho: debía obedecer a Lodovico, que no decía nada, sólo se limitaba a ponerse en pie de vez en cuando y escrutar el terreno arbustivo que se extendía ante ellos, montaña abajo. Se encontraban en la senda, también secreta, que conducía al pasadizo que llevaba a Trani, por el lado opuesto a donde se encontraba acampada la *condotta* de Piero, según la información que les había dado Bandelli.

Finalmente, cuando la luz azul adquirió un tinte anaranjado, sentada allí retorciéndose las manos, con los ojos doloridos por el esfuerzo de escrutar la distancia, oyendo los pasos que anunciaban su llegada una y otra vez, para descubrir que no era más que una traicionera ilusión de sus oídos, empezó a perder la esperanza.

Lodovico, que se había alejado bastante, subiendo por la ladera de la montaña, regresó.

—No hay señales, no hay señales de nada, humano o animal —dijo. Vio sus ojos angustiados, brillantes de lágrimas no derramadas, clavarse en él.

—Entonces, ¿te importa?

—Sí —Dino asintió, apenas tenía fuerzas para hablar—. Pero yo a él no.

—Creo que te equivocas —dijo el tío de Piero—. Le importas mucho, estoy seguro, aunque admito que tal vez no te quiera como un hombre quiere a una mujer, pero tampoco pondría la mano en el fuego por eso. Es un hombre bueno, si bien severo —dijo, haciéndose eco de lo que le había dicho Maddalena anteriormente—. Pero es un hombre sincero, y el amor con frecuencia se desarrolla cuando dos personas se gustan, y Dios lo sabe, tú le gustas. Rara vez lo he visto tan cómodo con una persona.

—Oh, puede que el amor llegue, si regresa —dijo Dino con pasión—, pero no tenemos garantía de que vaya a hacerlo.

—Ten fe —le dijo Lodovico—. Piero es un maestro en el arte de la supervivencia —pero era obvio que él también estaba preocupado—. Pronto oscurecerá —dijo un rato después—. Confía en mí, Dino, voy a ir a buscarlo. No te abandonaré pero ¿quién sabe lo que podría ocurrir en este lugar tan apartado? Si no regreso por la mañana, debes volver al castillo de Bandelli. ¿Crees que encontrarás el camino?

—Sí —asintió ella—. Pero espero, oh, deseo con toda mi alma que seamos tres los que vuelvan allí —titubeó y luego lanzó los brazos al cuello del tío de

Piero—. No podría soportar que os ocurriera algo a ninguno de los dos. Nadie me ha cuidado nunca tanto como vosotros dos.

Lodovico se quedó quieto, abrazándola.

—Eres para mí la hija que tuve pero falleció, al igual que mi esposa y mi hijo, hace mucho tiempo, antes de que nacieras. Piero y tú sois mis hijos ahora, y comparto tus sentimientos, *carissima*.

Era la primera vez que demostraba una emoción real, hacia ella e incluso hacia Piero, y más tarde, después de que se marchara, Bianca lo recordó y supo que decía la verdad. Se comportaba con Piero y con ella como lo haría un padre amante pero severo. Lamentó la pérdida de su pobre esposa e hijos, que según decía habían muerto hacía tiempo, y se preguntó cómo habían fallecido.

Él había sido valiente y sobrevivido, y también lo haría ella, si Piero había muerto en Trani... Empezó a titiritar, aunque el día era cálido, y no conseguía detener los temblores. Pero cuando empezaron a castañetearle los dientes y las lágrimas surcaban su rostro lentamente, oyó ruidos más abajo, y a Lodovico llamarla desde lejos.

Los horribles temblores cesaron y se armó de valor. Su esposo no debía encontrarla en ese estado; se avergonzaría de ella. No corrió hacia Lodovico; adivinó, correctamente, que había llamado para tranquilizarla y hacerle saber que Piero estaba vivo. Oyó cómo se iban acercando, lentamente, y comprendió que aunque Piero vivía, no todo iba bien.

Corrió hacia las alforjas, sacó el agua y comida, reflexionó un momento y buscó vendajes, hechos de tiras de tela, escrupulosamente limpios, listos para ser utilizados en el campo de batalla. Había un pellejo de vino pequeño y también lo sacó, junto con una bolsa de plantas medicinales, que Lodovico le había enseñado, en el campamento. Había corteza de sauce que, según decía Lodovico, eliminaba o reducía el dolor, tomada en infusión. Echó un vistazo a todo, sacó una manta y esperó, hasta que aparecieron por fin. Lodovico ayudaba a Piero, que estaba casi doblado por la mitad y arrastraba los pies. No simulaba, como en el patio de Bandelli, estaba realmente herido; y cuando alzó el rostro, vio que tenía la cara hinchada y amoratada, con manchas de sangre.

Él le ofreció una pobre versión de su habitual sonrisa burlona.

—Te dije que volvería, paje mío —dijo con voz teñida de dolor. Después, soltando las riendas de su fuerza de voluntad, que lo había ayudado a volver de Trani, a pesar de sus heridas, cerró los ojos y dejó que todo el peso de su cuerpo inconsciente cayera sobre Lodovico. Este lo tumbó con cuidado en la manta que su esposa había sacado, previsora, y extendido para él.

El alivio que había sentido Dino al saber que Piero estaba vivo y de vuelta con ellos, se transformó en preocupación al ver el estado en que estaba. Observó, cubriéndose la boca con las manos, mientras Lodovico lo examinaba y le hablaba; oyó las respuestas, susurros casi, que daba Piero y notó que a veces no conseguía contestar.

Finalmente, Lodovico alzó la cabeza y tumbó de nuevo a su sobrino.

—Tendrás que ayudarme, Dino. Hay una cueva en las rocas que tenemos detrás. Llevaré allí a Piero, y tú tendrás que llevar las bolsas.

—De acuerdo —dijo Dino. Entonces vio cómo Lodovico se echaba a Piero sobre el hombro, con los brazos y piernas colgando; estaba medio inconsciente. Sintió que la asaltaban las náuseas. Tragó saliva para controlar su estómago e hizo lo que Lodovico le había pedido: recogió las bolsas, las vendas y hierbas y corrió hacia la cueva. Cuando entró, Piero estaba sentado, apoyado contra la pared de la cueva.

—¿Está muy malherido? —preguntó, intentado que su voz sonara serena; no serviría de nada añadir una muchacha histérica a los problemas de Lodovico.

—Ni muerto, ni muriendo, ni en peligro de muerte —contestó Lodovico, breve como siempre—. Golpeado, desconcertado y exhausto. Tiene fiebre. Está mal, pero podría estar peor. Mucho peor.

—Alabado sea Dios por su regreso —dijo Dino con fervor. Se puso de rodillas y empezó a seguir las instrucciones de Lodovico para aliviar el dolor de su paciente, pero Piero entreabrió un párpado hinchado.

—Mejor alábame a mí, Dino. El buen Dios no parecía estar presente hoy —era evidente que había oído su último comentario, y seguía siendo el sardónico Piero de' Manfredini de siempre, por muy mal que estuviera.

Ella decidió confiar en Lodovico, si Piero podía hacer chistes malos, tal vez no estuviera todo perdido. Pero veía cómo tensaba el cuerpo y cómo movía la cabeza y apretaba los puños mientras lo tocaban, por suave que fuera el contacto; debía sentir mucho dolor.

—Una costilla, o más, rotas, creo —dijo Lodovico—. ¿Te duele al respirar? Asiente, si no puedes hablar —puso las manos sobre el cuerpo de Piero. Éste contuvo una exclamación y asintió.

Ella estaba limpiándole la cara, quitando la sangre con un trozo de tela que había mojado. Tenía muchos cardenales y el labio partido le dificultaba el habla. Una vez sus ojos se cerraron, la cabeza cayó hacia delante, cuando la alzó de nuevo, la miró como si no la conociera. Se estremeció cuando volvió a ponerle el trapo húmedo sobre la cara, agarró a Lodovico y gritó con voz ronca.

—No.

—¿Qué ocurrió? —preguntó Dino—. ¿Te lo ha contado?

—Un poco. Poco antes de disponerse a partir, lo atacaron unos jóvenes, por diversión, un idiota siempre da buen juego. Por suerte, unos soldados lo salvaron de morir en sus manos. Volvió como pudo. A gatas, gran parte del tiempo, a juzgar por su estado.

El perfectísimo Piero parecía haber desaparecido; pero no debía ser así. ¿Cuántos habrían tenido la fuerza de regresar? Había admirado, aunque con cierto resentimiento, al ser altanero que tan dramáticamente había cambiado su vida; pero ese hombre roto hacía que afloraran en ella la compasión y piedad que eran parte esencial de su ser, y que nunca antes había expresado. Tenían poco que ver con su amor por él, aunque lo amaba; eran su reacción al hecho de que, al fin y al cabo, era humano: sufría y sangraba, necesitaba ser socorrido. Una vez había tomado su mano y apretado suavemente demostrando su gratitud, aunque apenas la reconocía.

Llenó un vaso de metal de agua y se lo dio a Lodovico, que lo llevó a los labios de Piero. Bebió un poco pero, de repente, en mitad de un trago, su cabeza se venció hacia delante y él cayó de lado, sumiéndose en una inconsciencia más profunda que la anterior. Lodovico tomó su cabeza entre las manos, tenía el rostro blanco y cruzado por enormes cardenales azules.

—Oh —gimió Dino, perdiendo todo su aplomo—, dijiste que no moriría.

—Ni lo ha hecho, ni lo hará —afirmó Lodovico—. El esfuerzo de beber ha sido demasiado para él. Dios es bondadoso y, de momento, Piero no sufre. Pequeña, tiene muy mal aspecto, pero eso se debe en parte al agotamiento. Mañana estará mejor, siempre que no le suba la fiebre.

Dino sabía que era mejor no preguntarse si Lodovico decía la verdad o sólo intentaba tranquilizarla, y también a él mismo. Más valía ser práctica y pensar en cómo ayudar.

—Hará falta vigilarlo —dijo—. Tú tendrás que cuidarlo durante el día, cuando esté despierto, yo carezco de la fuerza necesaria. Así que tú dormirás esta noche, y yo lo cuidaré. Además, debes descansar y recuperar fuerzas para mañana.

El pequeño rostro que se alzaba hacia él expresaba tanta pasión y cariño que Lodovico parpadeó y tragó saliva.

—Como quieras —dijo empezando a extender dos mantas y a prepararse para la noche—. Yo lo cuidaré ahora, después te tocará a ti. Debes prometerme que si cae en un sueño reposado y natural, tú también descansarás. Al igual que yo, necesitarás fuerzas para mañana.

Pero cuando empezó el turno de ella, Piero estaba muy lejos de un sueño natural. Estaba inquieto, hablaba con gente que no estaba allí, y en un momento dado pareció estar librando una batalla y empezó a gritar, hasta que ella le puso la mano sobre los labios. Después de eso volvió a ser un chiquillo en el monasterio, recitando plegarias en latín y quejándose de la obligación de estar allí. Se agitaba y movía, y su cabeza rodaba de un lado a otro sobre la almohada que Lodovico había improvisado para él.

Preocupada y compungida por su inquietud, se mordió el labio inferior. Tras comprobar que Lodovico dormía profundamente, se metió en la cama con Piero, bajo las mantas. Lodovico había dicho que no debía pasar frío, y con el fin de confortarlo, lo tomó entre sus brazos.

No olía a jabón, ropa limpia y hombre sano, como era lo habitual en él, sino a una agria mezcla de sudor y vómito. Debía haber vomitado al menos una vez mientras regresaba. Exudaba la crudeza masculina de los soldados y pajes descuidados con la higiene que había conocido en San Giorgio. Pero nada de eso importaba; sintió una gran oleada de amor y ternura por el perfectísimo Piero, que había dejado de ser perfecto, por fin.

En su delirio, Piero no sabía quién compartía su cama. Estaba perdido en su infancia, reviviendo sucesos lejanos, recuerdos de pérdida y dolor que nunca dejarían de estar con él.

—Mamá, ¿dónde estás, mamá? —musitó con voz casi de niño pequeño. Dio un gran suspiro y después habló mas alto—. No, no te creo —y empezó a llorar y a aferrarse a ella.

Piero estaba en una gran habitación, en penumbra, y velas encendidas rodeaban una extraña caja, ante un altar. Estaba gritando, huía corriendo de la capilla de la torre, un niño de siete años, buscando lo que había perdido, de nuevo en el pasado, en el lugar donde habían vivido su madre y él, que su padre visitaba con frecuencia.

Era a su madre a quien había perdido, y corrió por un pasillo y escaleras arriba, a una habitación llena de luz. Lodovico estaba allí, un Lodovico joven, y un hombre alto, que estaba de espaldas a él, y se dio la vuelta cuando él entró corriendo. Pero no su madre, ¡su madre no estaba allí!

Entonces vio que el hombre alto era él mismo. ¿Cómo podía ser el yo que él veía reflejado en el espejo? ¿Cómo podía ser el niño y también el hombre en el que se había convertido? Una parte de él supo que ese era su padre, y cuando corrió hacia él, su padre lo apartó. El dolor y la culpabilidad lo atenazaron. Dolor porque su madre estuviera muerta, culpabilidad y dolor por parecerse tanto a ese padre que lo rechazaba.

Y entonces sólo supo que él quería a su madre, no a ese padre que había llegado a apartarlo de todo lo que había conocido y amado.

Alguien lo estaba consolando, alguien suave y cálido y, en su delirio, pensó que era su madre.

—Gracias a Dios, mamá, creía que te había perdido —susurró, y apoyó la cabeza en el pecho de Dino, buscando consuelo.

—Sshh, calla —dijo ella, comprendiendo que estaba perdido en su pasado y necesitaba cariño—. Tu madre está contigo, duerme, hijo mío —murmuró. Apretó la cabeza del perfectísimo Piero contra su pobre, no tan plano pecho, y lo reconfortó con caricias y susurros, hasta que, seguro en los brazos de su «madre», en los brazos de la niña que había tomado como esposa, medio por lástima, medio por chanza, consiguió dormir por fin.

Lodovico despertó al amanecer para ver a Dino apoyada contra la pared de la cueva, con el durmiente Piero en sus brazos. Echó un vistazo al rostro pálido de ella, tocó la frente de Piero y, al comprobar que no ardía dio gracias a Dios por su piedad, y se lo quitó a ella de encima con gentileza. Piero se removió un momento, pero volvió sumirse en el sueño de inmediato.

—Ven, pequeña —dijo Lodovico, poniendo a su

sobrino en una postura cómoda y después ayudando a Dino a salir de la cama, haciendo que se tumbara y tapándola con su manta—. La fiebre ha bajado, duerme tranquilamente y tú debes descansar, o enfermarás también.

—Sí —dijo Dino con agradecimiento; estaba rígida tras la incómoda noche, y de mantener la misma postura para que Piero durmiera—. No quise arriesgarme a despertarlo.

—Dormirá hasta bien entrado el día —dijo Lodovico—, y yo lo vigilaré hasta que despierte.

Los vigiló a los dos, Ella entregada al sueño del agotamiento y Piero al de la recuperación. Miró a la esposa de Piero y pensó que día a día estaba cambiando y madurando, la niña rebelde se transformaba en una mujer responsable. E incluso marcada por el cansancio, era obvio que se convertía rápidamente en la belleza que Piero había vaticinado que sería. Dudaba que ella supiera o entendiera una u otra de esas dos cosas, y empezaba a preguntarse si Piero realmente se la merecía. Entonces pensó, y fue casi como si Piero se lo susurrara al oído: «Han sido la disciplina, los buenos alimentos y los cuidados que ha recibido, los que la han transformado». Y comprendió que era verdad que le debía lo que era a la intervención de Piero, quien había demostrado una vez más su buen criterio. Suspiró y empezó a sacar la comida de su bolsa y a prepararla. Hizo una infusión con la corteza de sauce que Dino había preparado el día anterior, para dársela a Piero cuando despertara.

Cuando regresó de su último viaje al arroyo cercano, encontró a Piero incorporándose con esfuerzo, para sentarse. Se detuvo al ver a Lodovico y habló, aunque era obvio que hacerlo le resultaba difícil.

—¿Cuánto tiempo? —preguntó, tan conciso como Lodovico.

—Bah, sólo una noche —replico Lodovico—. Tuviste suerte. Bebe esto para aliviarte un poco.

—Suerte de estar vivo —dio Piero, mirando a Dino—. Has sido muy bondadoso al velarme durante la noche y permitir que la pequeña durmiera.

—Yo no —dijo Lodovico—. Debes dar las gracias a tu esposa. Te tuvo en sus brazos toda la noche, reconfortando. Apenas hace una hora que la persuadí para que se tumbara a descansar.

—Pensé —empezó Piero lentamente—. Soñé, más bien… que volvía a ser un niño —se movió incómodo bajo la mano de Lodovico, que le ponía ungüento en las heridas.

—Y lo fuiste —dijo Lodovico con gentileza—. El niño de ella durante un tiempo. Ahora, cuéntame, ¿qué ocurrió? ¿Te asaltaron en cuanto entraste en Trani, o tuviste tiempo para inspeccionar? ¿Recuerdas lo que viste o el golpe en la cabeza te ha hecho perder la memoria?

—No —contestó Piero casi con amargura— Mi memoria está intacta. A veces deseo que no fuera así. Cada golpe está grabado en ella, al igual que el mapa de las calles de Trani, la ubicación de los puestos de soldados y de guardia, las tiendas y la armería —hizo una mueca de dolor—. Sí, y también conozco la mejor manera de tomar Trani. Cuando Dino se despierte debemos volver a la *condotta* cuanto antes.

—No —rechazó Lodovico—. No estás bien.

—Sí —insistió Piero con fiereza—. Debo hacerlo. No confío en Bruschini, y él no confía en mí. Cada día de retraso incrementa la posibilidad de que descubra mi ausencia, y se añada a la cuenta en mi contra por no haber tomado Trani antes. Cuanto antes esté con mi *condotta*, mejor. Me necesita. A pesar de lo bueno que es Van Eyck, no será capaz de resistirse a Bruschini. Incluso a mí me ha resultado difícil —sus palabras denotaban una arrogancia casi inconsciente, pero Lodovico sabía bien que eran la verdad.

—¿Y Bandelli?

—Le pagaremos después de tomar Trani, cosa que ahora estoy seguro de conseguir. Y si incluso algún infortunio lo impide, cobrará igualmente. Es una deuda de honor.

—Sigo pensando que no estás en condiciones.

—Debemos iniciar la marcha, si me debilito por el camino, siempre podemos descansar. Aquí no descansaré, sabiendo lo que sé, tanto de Trani como de Bruschini.

Era imposible discutir con él. Extendió una mano para que Lodovico lo ayudara a ponerse en pie. Ambos estaban en silencio, y ambos se sobresaltaron cuando Dino soltó un chillido y se sentó.

—Soñé —jadeó, mirándolos. No sé qué soñaba. Sólo que todos estábamos en peligro... —miró de nuevo a Piero, en pie, y pensó: «Dios Santo, el perfectísimo Piero vuelve a estar con nosotros». Porque, a pesar de sus heridas, la expresión arrogante de su rostro y la rigidez de su cuerpo lo decían con toda claridad. El niño perdido al que había reconfortado durante la noche se había esfumado. Ya no era su niño.

Pero la mirada que posó en ella fue amable y cariñosa, aunque resultaba aparente que no recordaba lo ocurrido durante la noche, ni ella deseaba recordárselo.

—¿Estás lo bastante descansado para cabalgar de vuelta a la *condotta*, paje mío? —preguntó Piero con gravedad—. Lodovico me ha dicho que me velaste durante la noche —dijo con tono formal—. Te lo agradezco.

Ella casi sintió ganas de llorar al ver que le hablaba con tanta frialdad, a ella que lo había sostenido en sus brazos toda la noche, que había sentido sus labios en la mejilla cuando, febril, había creído que madre lo mecía. Volvía a no ser más que un paje, la esposa que no era esposa. La noche anterior casi se había sentido mujer y, por primera vez, apretando el fuerte cuerpo masculino contra su pecho, había sentido pasión genuina.

Silenciosamente, elevó una plegaria a Dios para que la hiciera pronto mujer y su señor la deseara como ella lo deseaba a él.

Pero nada de todo eso se notó, porque era su empeño ocultarlo. Y cuando Lodovico ayudó a Piero a subir a su caballo y ella montó el suyo, a pesar de lo cansada que estaba, se preparó mentalmente para el viaje de regreso a Trani.

Habían salido del campamento encubiertos por la oscuridad de la noche, pero esas consideraciones no eran necesarias en el camino de vuelta. El trayecto era más corto y a primera hora de la tarde pasaron el primer grupo de centinelas boquiabiertos, que habiendo oído decir que su capitán estaba enfermo, se asombraron al verlo llegar a caballo con Lodovico y Dino.

Sólo su voluntad, que había puesto a prueba durante las últimas veinticuatro horas, consiguió mantenerlo sobre la silla. Dino lo sabía y cuando uno de los centinelas intentó detenerlos, sólo Dios sabía por qué, Lodovico perdió la compostura un segundo.

—¡Paso, haced paso al Halcón! —bramó colérico.

Fueron hacia el pabellón de Piero, y varios hombres corrieron a recibirlos pero, sorprendentemente, Van Eyck no se encontraba entre ellos.

Un capitán de bajo rango, un joven en quien Piero confiaba, se acercó y saludó a Piero.

—Gracias a Dios que habéis regresado. El florentino empezó a sospechar...

—Ayúdame a bajar, hombre —ordenó Piero con dureza. El capitán así lo hizo, mirando atónito el rostro amoratado de su señor, y una vez en el suelo, apoyándose en el brazo de Lodovico, mientras el mundo parecía girar a su alrededor, dio una orden más—. Haz tu informe, y presto.

—Bruschini sospechaba. Vino ayer, forzó la entrada en vuestra tienda y descubrió que no estabais. Os acusó de traición y dijo que os habíais vendido a Trani para recibir más beneficios y que lo engañabais a él y

Florencia. Se llevó a Van Eyck a su cuartel general para interrogarlo, y hoy exige que vuestra *condotta* realice un ataque frontal sobre Trani, como muestra de buena fe. Van Eyck resiste, dicen, pero ¿por cuánto tiempo? El florentino es capaz de colgarlo por ayudaros en lo que considera vuestra traición.

—¿Mi traición? —Piero soltó una risa seca y despiadada—. Teniendo todo en cuenta, ésa es una chanza para compartir con mis amistades, si es que aún me queda alguna, claro está —se tambaleó y volvió a enderezarse—. Irás al cuartel general de Bruschini de inmediato —le ordenó a Lodovico—, para informarle de mi regreso y de que pronto me reuniré con él. Dino, tú me ayudarás a adecentarme un poco. No puedo presentarme ante él con este aspecto.

—No —empezaron Dino y Lodovico al unísono—. No estáis en condiciones de...

—¡*Per Dio*! —bramó Piero—. ¿Soy vuestro capitán o acaso vuestro esclavo para que os atreváis a desafiarme? Lodovico, ve donde Bruschini de inmediato, antes de que ese inepto engreído dé una orden que destruirá a mi *condotta*, y Dino, desmonta y ayúdame a prepararme para ver a Bruschini. Y apresúrate. Quiero que vea las menos señas posibles de debilidad en mi rostro cuando me enfrente a él.

Su voz era suficiente para hacer temblar a un ejercito. Dino pensó que el niño perdido de la noche anterior había desaparecido del todo, y sin dejar huella. En silencio, porque nada lo haría cambiar de opinión, lo ayudó a ponerse sus mejores ropas, le lavó la cara, le sirvió un vaso de vino, que él bebió con desgana, pero que devolvió algo de color a sus mejillas cenicientas, consiguiendo que los cardenales no resultaran tan aparentes.

—Ocúpate de llevar eso, para ponérmelo antes de entrar a su madriguera —dijo, tirándole su sobretodo azul—, sin discusiones —elevó el volumen de la voz en las últimas palabras. El dolor y la ansiedad tensaban sus hombros.

—A vuestro servicio, señor —contestó ella, pensando que era lo más diplomático.

—Por el cuerpo de Cristo que harás bien en recordar eso —le gritó él; de momento era su paje, nada más. Su cólera con el florentino se incrementaba minuto a minuto. La rapidez con la que había intentado tomar el mando de su *condotta*, para utilizarla en un ataque frontal que sabía su capitán había rechazado varias veces, lo había convencido de que Bruschini había pretendido arruinarlo desde que se inició la campaña.

El joven capitán y Tavio, un Tavio preocupado, que no tenía tiempo ni inclinación de discutir con el recién regresado Dino, ayudaron a su señor a montar a caballo. Apretando los dientes, se mantuvo erecto e intentó moverse con soltura, no daría señas de debilidad que le concedieran a Bruschini una ventaja. Se pusieron en marcha, el joven capitán delante de él y Tavio y Dino siguiendo detrás.

—¿El señor capitán está herido? —le había preguntado Tavio a Dino en un susurro.

—Sí, pero no de gravedad.

Ojos curiosos siguieron su avance hasta que llegaron a las filas de Bruschini, donde algunos se burlaron de ellos, pero no muy alto. Varios hombres de armas corrieron hacia ellos, pero el joven capitán los rechazó con un gesto del brazo.

—Haced sitio, haced sitio al señor Piero, conde de Astra, que viene a ver al señor Bruschini —gritó, sin otorgar al florentino ningún título nobiliario, tal y como Piero le había ordenado. El no ir acompañados de tropas también era deliberado. Era un riesgo, como el corrido con Bandelli, para desarmar las sospechas, que podría implicar la muerte de todos ellos; pero Piero nunca rechazaba el riesgo y antes de partir había hablado con Facetti para informarlo de lo que debía hacer si Van Eyck y él eran asesinados.

—Pero eso, estoy seguro, es algo que Bruschini no hará una vez me haya oído hablar. Y Florencia no aprueba el asesinato —había concluido.

Dino rezaba, por el bien de todos ellos, para que el juicio de Piero fuera tan certero como siempre, y no estuviera nublado por los daños sufridos.

Pronto llegaron al cuartel general de Bruschini, que había sido un granero, alguien se ocupaba de sus caballos y volvían a ser, como con Bandelli, moscas ante una araña.

La luz que entraba por la puerta iluminaba la estancia, en la que las velas ardían en unos cuencos. Recibieron un golpe de calor al entrar, y Dino temió por su señor. Delante de ella, caminaba tan erguido y suelto como si el día anterior no hubiera tenido lugar, pero ¿a qué coste? El florentino, Van Eyck y otros oficiales estaban de pie alrededor de una mesa, en el centro de la habitación. Lodovico también estaba allí, sujeto por los guardas. Su rostro se iluminó al verlos. Piero contempló la escena con una mirada airada.

—¡Por Dios santísimo! —su voz sonó tan imperiosa y cortante como pudo, pero no a un volumen excesivo; la voz de un hombre con total control de sí mismo—. ¿Es esto necesario? ¿Estáis empeñado en destruir a mi *condotta* y a mis oficiales como sea y por cualquier razón?

—Sí que estáis aquí —dio Bruschini. Dino nunca había estado tan cerca de él antes. Era un hombre grande, ostentosamente vestido, pero blando, no era ni había sido nunca un atleta. Mediaba la cuarentena y tenía el rostro arrugado y satisfecho de un hombre que había alcanzado el éxito con facilidad, que, a diferencia de Piero, nunca había tenido que luchar para ascender.

Pujaba por aumentar su poder en Florencia y, como comisario, y hombre que había demostrado ser mejor en el arte de la guerra que un *condottiero* renombrado habría conseguido establecer una base de poder ilimitada. Y para ello sólo necesitaba destrozar la reputación de Piero, o incluso al hombre mismo.

—Veo a un hombre que mintió, que alegó enfermedad. ¿Qué habéis estado haciendo, señor de Astra? ¿Venderos a Trani? ¿O ya os habíais vendido y por eso os habéis retrasado más y más, convirtiendo lo que era fácil en algo difícil? ¿Podéis darme alguna razón por la que no debáis enfrentaros a juicio? Vos y vuestra mano derecha... —señaló a Van Eyck con la mano— ...que se ha negado a darme explicación de vuestras andanzas, que es vuestro cómplice en todo, incluyendo vuestra traición.

—Para ser un hombre que se jacta de entendimiento —dijo Piero—, vuestros fallos de lógica os hacen un pobre favor.

—Bah —intervino Bruschini airado—. Conozco la traición cuando la huelo.

—¿Es eso cierto? Entonces vuestro sentido del olfato es deficiente, lo cual no me sorprende —Piero tenía aspecto sereno y casi burlón, con los pulgares enganchados en su cinturón de plata. Sin duda era un orgullo para su paje esa mañana, pensaba Dino para sí a pesar de su miedo—. Veamos, mi idea de la traición —continuó—, es que un comisario insista en intentar convencer a su capitán de realizar un ataque frontal, que incluso Dino, mi paje, aquí presente, consideraría la estrategia de un borrego. Y dado que, seáis lo que seáis, borrego no sois, ¿en qué os conviene eso?

Bruschini empezó a tartajear, pero Piero lo interrumpió agitando una mano con elegancia. El zafiro que adornaba su dedo destelló a la luz de las velas.

—No, no me contestéis. No tengo deseo de conocer cómo funciona la alcantarilla que denomináis mente. Dejad que os diga lo que me propongo hacer, dado que sigo siendo el capitán de estas fuerzas, releed mi contrato, señor Bruschini, en él no hay ni una palabra que os conceda poder sobre mí, u os permita arrestar o herir a mis oficiales. Yo, por el contrario, debería colgaros por interferir con mi legítimo derecho a conducir esta campaña. No, escuchad en silencio. Ayer estuve en Trani, no invitado, en absoluto. Entré por el pasadizo secreto a través del cual han estado recibiendo provisiones... por eso han resistido tanto, no por esas injurias a mi buena fe. Ahora sé cómo tomar Trani, y en poco tiempo. Conduciré una tropa a su interior, por el pasadizo. Un ataque sorpresa los mantendrá ocupados mientras mis hombres os abren la puertas de la ciudad. Vos, Carpacci, junto con los hombres de Van Eyck, montaréis el ataque frontal que este necio hace tanto que desea, pero será sobre una ciudad que estará siendo destruida por dos ataques. Esto tendrá lugar mañana al alba, mientras los ciudadanos y soldados duerman, creyéndose seguros. Mis tropas y yo mismo tomaremos posiciones esta noche para entrar por el pasadizo con la primera luz.

—¿Estuvisteis en Trani ayer? —protestó Bruschini, reacio a rendirse sin más—. No os creo.

—Oh, creedme, creedme —replicó Piero. Fue hacia la mesa sobre la que había tinta, pluma y pergamino—. Permitidme —dijo y se inclinó para escribir. Nadie notó su mueca de dolor al hacerlo, excepto Dino. Ante todos ellos, trazó el mapa de Trani, describiendo y explicando al tiempo dónde estaban los puntos clave, por dónde entrarían sus tropas y cómo, dónde y cuándo debían atacar Carpacci y Van Eyck.

Hubo un momento de silencio y luego todos los soldados empezaran a hablar, incluso Carpacci, excitado por la idea de una victoria fácil en lo que había sido un largo asedio sin conclusión.

—¿Cómo sabemos que esto no es una trampa? —Bruschini se negaba a rendirse—. ¿O que entrasteis siquiera? Podéis haber tenido este mapa en la cabeza desde el inicio de la campaña, para utilizarlo cuando hubierais preparado vuestra traición.

Dino no pudo contenerse, olvidó que los pajes eran seres mudos e invisibles.

—¿Una trampa? —chilló con voz aguda—. ¿No haber entrado en Trani? ¡Qué calamitosa mentira es esa! No sólo mi amo entró en Trani, Lodovico y yo esperamos su regreso todo el día de ayer. Entró disfrazado y fue herido, pero aun así insistió en que cabalgáramos de vuelta hoy, para ganar la campaña rápidamente. Que la vergüenza caiga sobre vos.

Piero se había movido para detenerla cuando empezó su retahíla, pero se detuvo al ver que su patente honestidad e indignación, no sólo daba fuerza a sus palabras, si no que era suficiente para convencer a todos los presentes de que decía la verdad.

—¿Dice el paje la verdad, señor capitán? —preguntó Van Eyck—. ¿Estáis herido?

—El paje exagera —dijo Piero—. Sólo sufrí heridas leves.

—No tan leves —Lodovico habló por fin—. No debería estar en pie.

—No es nada —dijo Piero con rudeza—. No deberías haber hablado, paje, y serás reprendido por ello. Pero la verdad tiene muchas voces y esta vez eligió la tuya para expresarse. Veo que todos estáis satisfechos. Procederemos con mi plan.

Todos lo apoyaban y Bruschini no podía enfrentarse a ellos, sobre todo cuando su propio capitán, Carpacci, estaba tan entusiasmado como el resto.

—Ya os dije que no podía creer que Manfredini fuera un traidor. Su palabra es de las más firmes de toda Italia —había dicho Carpacci.

Así que tomaron Trani.

Y Dino, que formaba parte de la tropa de reserva guiada por Lodovico, se alegró de que la victoria llegara sin mucho derramamiento de sangre.

Más tarde, cuando entró en la ciudad con Lodovico, guiando el caballo de refresco de Piero, y lo vio con el casco en la mano, la viva imagen de Marte, el dios de la guerra, recibiendo los ritos de honorable rendición de von Steinach, supo que su corazón le pertenecía irrevocablemente, tanto si él la amaba como si no. Sabía que su vida estaba tan atada a la de él que lo que más le importaba en el mundo era su supervivencia. No podía ni imaginar qué habría hecho si hubiera muerto, porque Piero era su mundo.

Nueve

Dino percibió que Bruschini no estaba nada complacido por la victoria del Halcón, y por cómo la miró durante la ceremonia de rendición, tampoco estaba complacido con el paje desvergonzado que había hecho que cambiara el rumbo de la reunión antes de la batalla.

Pero no importaba. Piero no la ha había reprendido por hablar ante el Consejo de Guerra. Tras el breve asalto a Trani, la reubicación de sus tropas, el inicio de las negociaciones del rescate a pagar, y el envío de mensajeros a Florencia para informar de la victoria, Piero por fin se había rendido al agotamiento y había permitido que lo cuidara.

Su colapso no llegó hasta el final del día y cuando estuvieron en privado, en una habitación de la ciudadela de Trani. No le había permitido que hiciera llamar a Lodovico, que estaba ocupándose de organizar el alojamiento de las tropas en la ciudad.

—No quiero que nadie me cuide. Tú eres mi esposa, a ti te permitiré ayudarme, a nadie más.

Tumbado en la cama, con el rostro grisáceo por el cansancio y el dolor, había permitido que lo desvistiera.

—Sabes que no deberías haber hablado ante el consejo ayer, esposa —le dijo, con voz ronca.

Esposa. La había llamado esposa por segunda vez esa velada. Si no hubiera estado mortalmente agotado, lo habría recriminado diciéndole: «Aquí soy Dino, no tu esposa», pero se limitó a explicarse.

—Sí, lo sé. Pero el padre Luca siempre me decía: «Grande es la verdad, y prevalecerá», así que hablé, porque la verdad no podía expresarse sola.

Lo dijo con tanto descaro que Piero se tuvo que reír y de pronto levantó un brazo para hacerle bajar la cabeza y besarla en la frente.

—Veo que el padre Luca es culpable de nuevo, pero me alegro de que fueras el pillo Dino y no mi obediente esposa en ese momento. Nunca habría imaginado que tus palabras sonarían tan ciertas que tendrían que creernos y Bruschini se vería obligado a ceder.

Por primera vez había utilizado «nos», hablando de ellos juntos. Bianca decidió no dar demasiada importancia a eso, de momento. Cuando la soltó se puso en pie y se esforzó en ocultar cuánto anhelaba subirse a la cama con él, confortarlo, quizá incluso... Pero no, él no lo deseaba.

—El travieso Dino sería realmente malo si no os

convence de que dejéis de hablar y descanséis. Mañana también será un día duro. Bebeos esto —le ofreció una taza de infusión de corteza de sauce.

—Dos sirvientes que me dan órdenes hasta agotarme —suspiró él, somnoliento—. Un tío y ahora una esposa. Un hombre sabio no se cargaría con ese bagaje que lo distrae de sus obligaciones —pero extendió el brazo y apretó su mano con suavidad, antes de apoyar la cabeza en la almohada y dormirse. Ella se había contentado con eso, y con velarlo, hasta que Lodovico regresó y la envió a la cama.

Piero se había recuperado por completo cuando por fin hicieron su entrada en Florencia. Las campanas de todas las iglesias repicaban para recibirlos, y los ciudadanos vitoreaban y el consejo de la ciudad esperaba, ante la puerta del oratorio de Orsanmichele, para dar la bienvenida a los vencedores, leer un pliego oficial relatando sus conquistas y, finalmente, ponerle a Piero una corona de laurel. El perfectísimo Piero estaba de vuelta y todo lo que hizo y dijo en sus momentos de gloria fue gentil y correcto.

Aunque la noche siguiente se iba a celebrar un gran festín, Piero y su cortejo inmediato se trasladaron a la villa que tenía en las afueras de la ciudad, un regalo al Halcón de la ciudad de Florencia por victorias anteriores, y donde vivirían durante un tiempo. Dino seguía llevando sus ropas de paje, pero Piero le había dicho, de camino a la villa, que sería la última vez.

Dino nunca había visto ni oído hablar de las villas y miró con admiración las construcciones que salpicaban las colinas de alrededor de Florencia. Algunas eran como torres o castillos en miniatura, con almenas, y fortificaciones, como si sus propietarios quisieran jugar a la guerra. Habían sido construidas en tiempo de paz, después de que Florencia se instaurara como capital del comercio, y los nobles y mercantes se retiraban a ellas para disfrutar de la vida campestre, alejados del bullicio de la ciudad y sus estrechas y tortuosas calles.

La villa de Piero no parecía una fortificación; era de construcción más reciente y, aunque Dino no sabía eso, imitaba a una villa romana. Tenía su propio terreno, con flores, árboles, estatuas y fuentes cantarinas, y a Dino le pareció increíblemente bella, con sus paredes blancas y rosadas, que lucían delicados adornos en tonos marrones. No se parecía nada a San Giorgio.

Los sirvientes salieron a recibirlos y se hicieron cargo de los caballos y las bolsas. Piero, Lodovico y ella se encaminaron hacia la gran puerta doble. El encargado de los sirvientes salió a recibirlos.

—Sed bienvenido, señor de Astra, entrad. Una visita os espera, señor.

—¿Una visita? —Piero se detuvo.

—Sí, señor. Me vi obligado a admitirlo, aunque aún no estabais aquí para recibirlo —titubeó—. No pude discutir con él. Dijo que era el marqués de Alassio y vuestro padre. Insistió en que lo dejara entrar.

—¿Eso hizo? —la voz de Piero sonó más fría que nunca. Dino vio que Lodovico clavaba los ojos en él—. ¿Y dónde está el insistente marqués que alegó tal extravagancia?

—En la sala jardín, al fondo de la casa. Dijo que esperaría vuestra llegada.

Piero se encogió de hombros. Dino se preguntó cómo sería. Ni Piero ni Lodovico habían hablado nunca de él.

—¿Queréis que os acompañe, señor?

Su esposo se dio la vuelta y sonrió.

—Sí. Aún eres mi paje. ¿Por qué no? Y tú también, Lodovico, necesito protección. Los dos me protegeréis. Guíanos, Ricardo. Veremos todos al noble marqués —sonaba tan satírico que ella se estremeció, a pesar de su curiosidad. Según se rumoreaba, Piero de' Manfredini era bastardo y su padre lo había abandonado cuando era niño.

Atravesaron la casa, que era tan encantadora por dentro como por fuera, pero la sala jardín era espectacular. Una de sus paredes tenía una serie de arcos que daban paso a una zona cuadrada llena de flores, con una fuente en el centro. El suelo era un mosaico que mostraba a una mujer rubia matando a un jabalí con una lanza. En un extremo había un largo banco de piedra que ocupaba un hombre que, con la barbilla apoyada en la mano, miraba hacia abajo.

Dino vio con sorpresa que contemplaba un pequeño estanque lleno de peces dorados. Estaba rodeado de macetas de terracota con plantas. El hombre se levantó cuando entraron, Piero delante, Lodovico a un lado y Dino detrás, muy consciente de su aspecto desaliñado tras el viaje y aún vestida de paje, lo que parecía inapropiado ante ese hombre impasible.

Su aspecto la impactó. Así sería Piero cuando envejeciera. Cabello rubio tornándose plata, los rasgos más duros, e incluso más burlones. No era ni tan alto ni tan ancho como su hijo, pero su pose era igual de arrogante y vestía con igual magnificencia; llevaba un jubón y un sobretodo azul y plata.

—Ah —dijo—. El vencedor de Trani. Bienvenido.

—¿Sí? —dijo Piero, con rostro pétreo—. ¿Y a qué debo el honor? —su voz indicaba que no era tal honor.

—¿No puede un hombre recibir a su hijo cuando ha actuado con tanta valentía y obtenido tal victoria? Todo el mundo sabía que Trani no caería. Pero cayó.

—¿Su hijo? —dijo Piero—. La naturaleza te hizo mi padre, nada más. Ni yo, ni la ley, te reconocemos.

No podía haber sido más indiferente. No daba nada ni ofrecía nada; y si la magnífica figura que tenía ante él no le daba cuartel, él tampoco.

—¿No? —farfulló el marqués—. Pero he oído que mi hijo siguió el consejo de su indeseado padre y se ennobleció mediante el matrimonio. Bernardo di San Giorgio me ha informado de que te has casado con su hermana, una fierecilla poco agraciada. Te felicito por el matrimonio, pero no por tu elección de esposa. ¿Qué has hecho con la dama? Tu sirviente me ha dicho que no está aquí y, por lo que veo, no viene contigo.

—¿No? —Piero sonreía, casi sentía a su espalda el calor de la ira de Dino al oír esa descripción de sí misma. ¡Fierecilla poco agraciada!—. ¿Eso creéis?

—Veo a vuestra sombra perpetua, ¿quién no la vería?, y a vuestro sonriente paje, pero a ninguna dama.

—¡Ah, mi sonriente paje! —Piero lanzó una carcajada y se volvió hacia Dino—. ¿Estás sonriendo otra vez, Dino? Pensé que Bandelli te había curado de eso... pero, sí, veo que es cierto. Estoy seguro de que te gustaría compartir la chanza con nosotros.

—Sin duda, señor —dijo Dino, mostrando los dientes y mirando con furia al padre de Piero, otro hombre grosero a quien sería un placer poner en su lugar—. Sabéis que me gusta complaceros. Ya veo dónde adquiristeis esa lengua afilada, señor Piero. Es herencia de vuestro padre. Intentaré emularos a ambos como haría un buen sirviente. Aunque vuestros modales puedan ser deplorables, vuestra imprudencia está más allá de todo reproche.

—Ya oís, padre —dijo Piero, volviéndose hacia él—, un paje de calidad. De muy buen juicio, como pronto advirtió Agostino Bandelli. Dime, paje, qué pensaste de mi matrimonio. Estoy seguro de que mi señor padre estaría interesado en oír tu opinión.

—Animas a tus sirvientes a ser insolentes —dijo el marqués con ojos duros, enarcando las cejas con frialdad—. Me extraña de ti, pero, sí, muchacho. ¿Qué pensaste del matrimonio de tu señor?

—¿Yo, señor? No soy quién para emitir juicios cuando la imposible perfección, que veo que el señor Piero ha heredado de vos, junto con la lengua afilada, decide inclinarse ante la señora de pecho plano de San Giorgio. Puede que incluso esa perfección falle a veces, o tal vez mi señor se cansó de acostarse con damas dotadas como vacas. ¿Quién podría saberlo?

Siguió un atónito silencio. Después, Piero echó hacia atrás la cabeza y soltó una carcajada.

—¡Dotadas como vacas! Ofendes a Maddalena. Y eso, padre, debería acabar con cualquier reserva que pudieras tener respecto a mi elección de esposa. Tal habilidad para expresar su opinión con claridad y en pocas palabras, debería ser digna de elogio para un maestro del agravio como vos. Os presento a mi paje, Dino, que es también mi esposa, Bianca, antes señora de San Giorgio. Bianca, puedes hacerle una reverencia al señor marqués y excusarte por haber tenido que abandonar las faldas por tu propia seguridad.

Bianca pensó que si la intención de Piero era incomodar o agraviar a su padre, había fracasado, al igual que había fracasado Dino. Porque el apuesto hombre le ofreció una mano para que se irguiera tras la reverencia, y después tomó su mano sucia y callosa, la mano de un paje, y besó el dorso con seriedad, escrutándola al hacerlo.

—Pienso que el informe puede haber sido engañoso —dijo—. La lengua es afilada, cierto, pero en cuanto a lo demás... —movió la cabeza—. Todos admiran el rubio, pero veo que el moreno, querida, ahora que te observo, conlleva su propio estilo de belleza. Y tú, mi señor de Astra... —se volvió bruscamente hacia su hijo— ...si pretendías rebajarnos a alguno de los dos, has fracasado.

—¿Rebajaros a vos o a mi esposa? —Piero mantuvo la frialdad—. Os equivocáis. No me atrevería. Os conozco a ambos. Sería como intentar rebajar a un emperador, o al mismo Dios. Ahora permitiré que la dama Bianca se retire y retome su verdadera identidad. Podéis dejarnos, señora, Lodovico os acompañará.

Bianca miró a los dos hombres. Tan parecidos, a pesar de la diferencia de edad.

—¿Retomar mi verdadera identidad? —dijo—. Y decidme, señores, ¿cuál habría de ser esa? Os dejo para que dilucidéis la cuestión —y salió, con la cabeza bien alta. Malditos fueran los dos. En su opinión ambos podían bailar en los infiernos de Dante y cenar con el diablo después. No la utilizarían como un juguete.

—Y eso —dijo el marqués, observando su partida con expresión admirada y divertida—, debería acabar con cualquier noción de que es posible tomarse libertades con tu dama y salir impune.

Era exactamente lo mismo que pensaba Bianca, cuando salió de la habitación sintiendo el escozor de las lágrimas en el fondo de lo ojos. La fierecilla poco agraciada de San Giorgio, ni más ni menos. Era un viejo horrible, y no era raro que Piero fuera como era, teniendo un padre así. Pensó en los dos, uno frente a otro, bufándose como gatos airados, y la imagen le provocó una sonrisa y contuvo sus lágrimas.

—Veo —dijo el marqués—, que te complace repudiarme, incluso ante tu nueva esposa.

—¿Repudiaros? Vos me repudiasteis a mí hace mucho, cuando falleció mi madre y me abandonasteis en el monasterio. No recuerdo ninguna visita ni ningún interés por vuestro hijo entonces.

—¿Y si dijera que fue un error actuar así?

—¿Un error? —repitió Piero, alzando las cejas—. No fue un error. Os lo agradezco, señor. Puedo haber perdido un padre, pero gané mucho más. Lo que aprendí en el monasterio fue más valioso para mí que lo que habría aprendido en vuestra libertina corte. Y lo que les debo a Lodovico Orso y a Agostino Bandelli convierte a cualquiera de ellos en mi auténtico padre... —pero nunca se había parecido más a su padre verdadero que en ese momento, y su padre verdadero lo sabía. Sonrió con ironía.

—¿Y decidiste elegir a la hermana de San Giorgio para agraviarme por decirte que enmendaras tu nacimiento con un matrimonio espléndido? ¿Escogiste deliberadamente lo menos espléndido que encontraste?

—Veo que no me conocéis en absoluto —dijo su hijo, y sonrió—. Y aunque hubiera sido así, elegí mejor de lo que creía.

—Y yo engendré mejor de lo que creía —dijo su padre, por primera vez con voz sincera—. Desearía poder decir que mis hijos legítimos son equiparables a ti en algo, ya sea apostura, inteligencia o logros.

—Y me atrevería a jurar que sois lo bastante amable para recordárselo a ellos a diario —dijo Piero, con despiadado buen humor—. Supongo que habéis venido a inspeccionar a mi esposa. La habéis visto. Podéis marcharos.

—Eres un hombre duro, Piero, ten cuidado.

—¿Y quién me hizo así, sino vos? Os lo agradezco.

Y compadezco a vuestros hijos legítimos —inclinó la cabeza en reverencia—. Debo reunirme con mi esposa, señor marqués. Es valiente, pero la he traído a un lugar desconocido y después herido sus sentimientos.

—Y serás más bondadoso con ella de lo que lo has sido conmigo —dijo su padre, con sinceridad teñida de amargura.

—¿Qué os importa eso? Pero sí, lo cierto es que ella nunca me ha abandonado. Al contrario, ha sido siempre valiente y honesta.

—Merezco cuanto dices —admitió su padre—. Espero que nunca te sientas como me siento yo hoy.

—No ocurrirá —dijo Piero. Rió de nuevo y lo miró con desprecio—. Hace tiempo que destruisteis en mí cualquier sentimiento delicado; pero si tengo un hijo, sea o no legítimo, yo no lo abandonaré.

No quedaba más que decir. Se parecían demasiado, tal y como había percibido Bianca, y el hombre mayor había herido gravemente al más joven. Aun así, hizo un último intento de reconciliación.

—He venido en misión diplomática —dijo—. Tu hermano Michele está conmigo. Desea conocerte —hizo una pausa—. Admira cuanto ha oído de ti. No por mí bien, sino un poco por el tuyo, y por el suyo, si llegas a conocerlo, no lo rechaces. Él al menos, no te hizo ningún mal.

—¿Ningún mal? —los ojos de Piero se agrandaron al oír la petición—. Es de mi edad, por lo que tengo entendido. ¿Acaso fue él abandonado en un monasterio? No, no lo rechazaré, porque fui yo el afortunado, no él.

Había cedido un poco, sólo un poco, y nada ante él, pensó Piero. Mientras observaba a su padre salir de la sala con la espalda muy recta, lo asombró descubrir que lágrimas indeseadas le humedecían los ojos, sin saber por quién, o por qué, lloraba.

Lodovico había seguido a Bianca y fue él quien la condujo al ama de llaves y la joven criada que la esperaban. El ama de llaves era una mujer alta y rubia, de pechos generosos y rostro sereno, al final de la treintena, que sin duda había sido muy bella. Trató a Bianca de forma impersonal, pero con amabilidad.

La condujeron a la que sería su habitación privada, comunicada por una puerta con el dormitorio principal, que era el de Piero. De hecho, su habitación sólo tenía acceso desde la de Piero, que dominada una gran cama de madera tallada colocada sobre una tarima y con delicados visillos bordados. Había una chimenea con un gran hogar.

—Los inviernos son fríos aquí, señora —dijo el ama de llaves, *madonna* Caterina, al ver que la miraba.

La habitación de Bianca era más pequeña, con una cama baja, casi un diván, cubierta con una colcha tan bellamente bordada que Bianca expresó su admiración.

—Es obra de *madonna* Caterina —comentó Giulia, la pequeña sirvienta.

—Oh, debéis enseñarme —dijo Bianca con ánimo—. En su categoría, es un trabajo tan bello como las iluminaciones del pare Luca.

También había un gran baúl, mucho mejor que el que había dejado atrás en San Giorgio, exquisitamente pintado, con la imagen de la Virgen.

—Vuestro señor me escribió desde Trani —dio Caterina, empezando a sacar elegantes prendas de su interior—, para avisarme de que necesitarías vestimenta apropiada a vuestro rango, y que erais de talla pequeña. Esperemos que algunas de éstas os sirvan.

Bianca sintió el súbito impulso de echarse a llorar. Piero había enviado cartas con un mensajero, en mitad de la campaña, para que ella no tuviera que avergonzarse cuando llegara a su nuevo hogar. Parpadeó.

—Pero necesito un baño —dijo, con voz ronca—. He estado viviendo en un campamento, y era difícil lavarme de forma adecuada, siendo mujer y teniendo que ocultárselo a todos, como supongo que habrá explicado mi señor Piero.

Caterina asintió, fue hacia otro baúl, sacó toallas y pidió a Giulia que ayudara a la señora a desvestirse. Bianca miró a su alrededor, buscando la tina de madera en la que bañarse y Caterina, adivinando lo que hacía, sonrió levemente.

—Desde el dormitorio del señor se accede a otra estancia en la que hay una bañera. Los criados ya lo habrán llenado de agua caliente y perfumada. Os bañaréis allí.

¡Una habitación independiente para el baño! Las quejas de Agneta, la tina de madera y el agua mal templada de San Giorgio parecían muy lejanas. Bianca dejó que la condujeran, cubierta con una camisola larga de lana fina y unas zapatillas bordadas en los pies, a la habitación donde estaba la bañera. Por primera vez, empezó a comprender lo que implicaría para ella haberse casado con Piero.

—No —dijo Piero. Estaba de pie en el gran comedor de su villa, hablando con su ama de llaves—. No, no estoy de acuerdo contigo, Caterina. Debes seguir aquí como mi ama de llaves. Confío en ti y necesito que ayudes a mi esposa. Es fuerte, lo sé, pero no tiene ninguna experiencia del gran mundo, o la jungla si lo preferís, de la sociedad florentina, y vuestra asistencia será muy valiosa para ella.

—Pero conocéis los rumores sobre nosotros, señor... alguien le dirá...

—¿Que fuiste y que probablemente aún eres mi amante? Tú y yo... y Lodovico... sabemos que no es verdad.

—Sí, ¿pero os creerá ella si se lo decís? Dejad que me vaya, señor. Sé que podré encontraré empleo.

—¿Pero de qué tipo? Caterina, confío en ti. Y si mi esposa no ha de conocer a nadie que haya sido mi amante, no podrá siquiera presentarse en sociedad.

—Pero ellas no viven en vuestra casa, señor.

—Nunca fuiste mi amante, Caterina. Y necesito tu discreción y tus habilidades. Si surgen dificultades..., bueno, las superaremos. Supongo que ya le has prestado tu ayuda.

Caterina suspiró. Era inútil insistir; la voluntad de él la dominaba, igual que dominaba a otros.

—Sí, está durmiendo tras haberse bañado y ser vestida y arreglada como conviene a una mujer noble. Creo que está muy cansada y ni siquiera lo sabe. ¿Ha sido muy dura su vida como paje?

—Sí —dijo Piero—. Pero ha cumplido con creces —hizo una pausa y habló de nuevo, con voz seria—. ¿Entendiste lo que te conté antes?

—Sí. Aún no es mujer y debo informaros en cuanto lo sea —Caterina hizo una pausa—. Me librasteis de la mala vida a instancias de Ludovico Orso. No puedo negaros nada que me pidáis, pero debo cuestionar, siquiera un poco, vuestra decisión de que siga aquí.

—Siempre que sea sólo un poco, y no lo hagas con frecuencia, te permito que cuestiones —dijo Piero risueño—. Ahora debo ir con ella, para tranquilizarla cuando despierte.

Bianca había disfrutado de su baño y le había gustado especialmente la estancia. La bañera era de mármol veteado, estaba parcialmente empotrada en el suelo y rodeada de urnas de piedra con plantas en flor, cuyo aroma perfumaba el ambiente. Había también un banco de mármol sobre el cual Caterina puso las toallas, cepillos, perfumes y aceites. La sirvienta había llevado la ropa. Juntas, le habían quitado camisola y ayudado a meterse en el agua, caliente y perfumada, como había dicho Caterina.

En la pared, frente a la bañera, había un fresco: un

claro en un bosque en el que ninfas y sátiros se entretenían de maneras que dejaban poco que imaginar. En la distancia se veía un montaña azul claro, tras la que se escondía el sol. Bianca pensó que era casi como estar al aire libre, tumbándose en el agua. Cómo la envidiarían en San Giorgio, donde se bañaban de pie en tinas de madera.

Después la ayudaron a salir y secarse. La sirvienta hizo que se tumbara desnuda y boca abajo sobre el banco y masajeó su piel con aceites, para reponer los que se había llevado el agua, según dijo Caterina. Era tan relajante que Bianca se quedó dormida.

Le secaron el pelo y lo cepillaron varias veces, hasta que estuvo lustroso como terciopelo y los rizos enmarcaron su rostro como si tuvieran vida propia. Le pusieron una especie de crema untuosa en el rostro y perfumaron su cuerpo.

Notó que su cuerpo había cambiado más. Los pequeños pezones habían crecido, convirtiéndose en senos. Había adquirido caderas y cintura, y tenía casi cuerpo de mujer.

La vestimenta que le pusieron las dos mujeres, con un cuidado que en nada se parecía a la aspereza de Agneta, era tan bella que deseó que Agneta estuviera allí para verla. Prendas interiores casi transparentes, y un vestido de seda amarillo limón, de cintura alta y cuello bajo, que dejaba ver que por fin tenía pecho, mangas ajustadas que llegaban por debajo de sus muñecas, y una falda que arrastraba por el suelo, ocultando las bellas zapatillas, lo cual en realidad era una pena. Cuando lo tuvo puesto, Caterina lo estiró y colocó a su gusto y adornó su cuello con una cadena de oro con un colgante de topacios y perlas.

Después le arreglaron el cabello.

—Compensaremos lo corto que es con una trampa —dijo Caterina, enseñándole algo que parecía un ratón grande, o una rata pequeña, pero que era un postizo de pelo, y que le colocaron sobre el suyo, en la parte de atrás, dejando que sus propios rizos enmarcaran su rostro por delante—. Y ahora la guirnalda —dijo Caterina, poniendo sobre su cabeza una corona de flores de seda y perlas, decorada con hilo dorado.

Volvieron a la habitación y en la penumbra, porque las contraventanas estaban medio cerradas, vio a una muchacha que caminaba hacia ella. Una muchacha bonita con un vestido elegante, una corona de flores en la cabeza, mejillas relucientes y enormes ojos oscuros.

Bianca se preguntó quién sería, llevándose las manos a las mejillas. La desconocida hizo lo mismo. Volvió a mirar y Caterina, comprendiendo lo que ocurría sonrió.

—Estáis mirando un espejo de pie, señora. Ésa sois vos. ¿Os gusta lo que veis?

¡Un espejo! Era enorme. Y ésa era ella. Eso era lo que la gente vería al mirarla. Bianca se preguntó si se gustaba y, más importante, si al perfectísimo Piero le gustaría, ahora que ya no era un paje y volvía ser ella. Se preguntó también si esa bonita muchacha, que no podía ser ella misma, sería capaz de protestar y expresar sus ideas o si haría todo aquello que le ordenaran los demás. Deseó que la esencia de Bianca siguiera allí; que Dino, que tanto había disfrutado siendo un muchacho, no hubiera desaparecido del todo.

La elegante doncella se sentía muy cansada, habían ocurrido demasiadas cosas, y demasiado rápido. Había pasado de ser la rebelde y malhumorada Bianca, hermana del señor de San Giorgio, a ser la esposa del Halcón, después el travieso Dino, un muchacho que hacía lo mismo que los demás y que incluso había estado cerca de tomar parte en una batalla; y, finalmente, era una exquisita y esbelta criatura, con pecho y caderas, que parecía la noble más elegante que hubiera pisado jamás una corte. Era demasiado.

—Me gustaría descansar —dijo. El diván parecía muy acogedor, y quizá después de dormir un poco pudiera aceptar a esa nueva Bianca, antes de volver a ver a su señor.

—Y podéis hacerlo —contestó Caterina. Retiró la colcha bordada, descubriendo las sábanas de lino blanco como la nieve y una mullida almohada—. Asiste a la señora, Giulia. Quítale las zapatillas y la guirnalda —señaló una campanilla que había junto al diván—. Llamad cuando deseéis levantaros, señora. Giulia estará cerca, esperando para serviros.

Bianca se tumbó sobre las sábana, apoyó la cabeza en la almohada y se durmió casi antes de que las dos mujeres salieran de la habitación.

Piero de' Manfredini, tras bañarse y cambiarse de ropa, entró al dormitorio de su esposa y descubrió que no estaba allí. Salió al corredor y se encontró con Caterina.

—Está en el jardín con Giulia —dijo ella, sin necesidad de que preguntara.

Y así era. Sentada en otro banco de mármol, junto a una estatua de Pomona, contemplando las vistas de Florencia, que se veía azul en la distancia. Bianca no percibió su presencia hasta que le oyó hablarle a Giulia.

—Ve con Caterina, muchacha. La señora y yo hablaremos a solas.

La señora. Ya no era Dino, que tal vez había desaparecido para siempre. Pero Piero seguía con ella, más apuesto que nunca, vestido de escarlata y marfil, un rubí en la oreja, rubíes en el cinturón de oro. Todo en él la dejaba sin aliento. Él se sentó a su lado, tomó su mano derecha entre las suyas y la miró. El corazón de Bianca empezó a latir con tanta violencia, que temió que él lo notara.

—¿Serviré, señor? —preguntó con timidez.

¿Qué podía decir él? Piero también se sentía afectado por su cercanía y los cambios que Caterina, y el paso del tiempo, habían producido en ella. Como varón había sido atractivo, su rostro vital y agradable, una vez la buena comida y el buen trato lo suavizó. Pero como jovencita era encantadora. No fue su rostro, aún mas bello tras los cuidados de Caterina, sino el cuerpo floreciente que revelaba el ajustado vestido, la curva de sus senos, la cintura diminuta y la deliciosa redondez de sus caderas lo que atrajo su mirada y actuó en su cuerpo. Y al hablar, lo había hecho con la gracia y encanto que había sido de Dino, tan distinto de la agresividad irascible que la había caracterizado en San Giorgio.

Se preguntó si ella sabía cuánto había cambiado, y lo deseable que era. Su cuerpo empezó a traicionarlo, urgiéndolo a hacerla suya de inmediato, a besar la tenue sombra azul que había entre sus pechos, a bajarle los hombros del elegante vestido y revelar los tesoros que ocultaba, a besar los suaves labios entreabiertos tras su pregunta... Tenía que poner fin a esos pensamientos. Seguía siendo la niña que no podía tocar aún, pero necesitaría ser muy fuerte para negarse ese placer.

La belleza potencial que había vislumbrado en San Giorgio estaba ante sus ojos, sus manos.

—Caterina ha hecho maravillas —dijo, sorprendido de que su voz sonara normal, y de que su deseo por ella no fuera tan evidente como para asustarla.

Bianca lo miró con labios temblorosos y ojos enormes. Supo, instintivamente, que su esposo la deseaba, tanto como ella a él. Viviendo como paje en el campamento, en sólo unas semanas, había aprendido más de la vida que en todos los años que había pasado en San Giorgio. Al cabo, era natural que hombres y mujeres se desearan, que copularan; era, como la guerra, el sufrimiento y el trabajo, una parte esencial de la vida, y no debía temerla ni tampoco a él, más sabiendo que muchos disfrutaban haciéndolo. Debía creer que ella, también, disfrutaría de ese encuentro íntimo, que ya no le inspiraba ningún miedo.

Cuando se disponía a expresar esos pensamientos, Piero, asqueado consigo mismo e interpretando la expresión ansiosa de su rostro como una indicación de miedo, y no de deseo, se impuso un control férreo. «No debo asustarla», pensó.

—Además —añadió por fin—. No creo que todo se deba a Caterina. Opino que mi esposa ha contribuido en gran medida.

Pero volvía a ser el Piero frío e impersonal de siempre, y la intensidad del momento se había disipado.

«Oh», pensó Bianca con angustia. «En realidad no me desea, me he equivocado. La joven que vi en el espejo no puede competir con Maddalena ni con las demás mujeres que ha conocido y amado. Sólo soy esposa de conveniencia, y no tiene ninguna prisa en hacer de mí la verdadera señora de su casa». Se sintió como su le hubieran infligido una profunda y dolorosa herida en el corazón.

Piero, a quien por una vez falló la intuición, decidió alejar la tentación. Se puso en pie, le ofreció la mano.

—Paseemos por nuestra propiedad, esposa, y te mostraré toda su belleza —dijo, con voz amistosa, para convencerla de que no le haría ningún daño.

El oír de nuevo la palabra «esposa» suavizó un poco la herida, al igual que hicieron los jardines que él le mostró, hablando animadamente de lo que había hecho desde que recibió la villa para adaptarla a sus propios gustos.

Se alejaron de la casa y al llegar a un seto de tejos, con un arco de piedra en el centro, Piero se detuvo.

—Éste es mi lugar favorito, al que sólo los jardineros, yo mismo, y ahora tú, podemos acceder. Todos los demás tienen prohibida la entrada. Lo llamo mi bosquecillo secreto. El Bosquecillo de los Dioses.

La condujo a través del arco y se encontraron en un auténtico claro de bosquecillo: una amplia pradera con un estanque natural, que alimentaba un arroyo que bajaba de la colina, rodeado por una tupida pantalla de árboles. A un lado del estanque, profundo y claro, habían construido un pequeño repecho de mármol, con un asiento de piedra. Alrededor del estanque, pero a cierta distancia, había estatuas de diosas en sus pedestales, y enfrente de Piero y Bianca había una construcción que parecía un templo en miniatura. Tras él se alzaba la colina.

Con un sobresalto, Bianca comprendió que se encontraba ante la escena del fresco, aunque sin ninfas ni sátiros.

—El baño —musitó.

—Ah, mi inteligente esposa —dijo él satisfecho—. Sí, pedí al artista que pintara esto para mí, con los dioses menores en sus juegos.

—Es bellísimo —dijo Bianca. Se sentaron allí un rato, disfrutando del silencio, tan distinto del ruido perpetuo del campamento.

—¿Estás lista para acompañarme al banquete, mañana por la noche?

—¿No me reconocerán como Dino? —preguntó ella.

—No lo creo —su esposo soltó una risita seca—. ¿Te has mirado al espejo, esposa?

—Sí —Bianca se sonrojó—. Debo admitir que no me parezco mucho a Dino, ni a la señora de San Giorgio tampoco.

—Desde luego que no —corroboró Piero. Volvió a ver una expresión ansiosa en su rostro—. ¿Qué te preocupa, esposa?

—Vuestro padre. Fui muy grosera con él. Y me preocupa que estéis en desacuerdo. Pensé que lo odiaba, pero luego lo lamenté. Por los dos.

Piero se quedó muy quieto y ella temió haberlo ofendido.

—¿Cómo debo comportarme mañana, si lo vemos?

—Lo veremos, sin duda —dijo Piero, seco—. Es un gran hombre, al fin y al cabo. Compórtate como lo haría una dama perfecta.

—Es una pena que no os reconciliarais. Él parecía desearlo.

Oh, claro dijo Piero con sarcasmo . ¿Y crees que estaría tan deseoso de conocerme si fuera un monje anónimo en el monasterio al que me consignó, o si hubiera fracasado como soldado, y trabajase como arriero en la granja de Lodovico?

No había respuesta para eso. Y ella no era quién para decirle a Piero lo que debía hacer, cuando había sido tan maltratado. La antigua Bianca impetuosa tal vez habría insistido. La nueva calló.

—Mi hermano, su hijo legítimo, también estará allí, y debes tratarlo con corrección. Y el señor Bruschini, ambos desconfiamos de él, pero debes ser todo encanto y yo tendré que intentar reparar la brecha que la necesidad creó entre nosotros, aunque dudo que sea posible.

—No me gustó su forma de mirarme —dijo ella.

—No lo dudo —aseveró Piero—. Es notoria su preferencia por los muchachitos. Ahora eres una mujer, así que no se interesará por ti.

Bianca se preguntó si eso sería verdad. La había mirado con dureza, y a Piero con maldad. Pero debía seguir a su señor y hacer lo que él dijera; entonces todo iría bien.

Si al menos él la mirase como debía haber mirado a Maddalena, especialmente ahora que Dios le había otorgado un cuerpo de mujer... Pero le había enseñado su lugar secreto, la había llamado esposa y sin duda, pronto, ella sería una verdadera mujer, y suya.

Diez

El siguiente gran evento era el banquete en la *signoria*, para celebrar la toma de Trani. En otros tiempos a Bianca le había preocupado qué ponerse y cómo comportarse, pero vestida de blanco y plata, con el cabello adornado por una guirnalda de perlas y lirios de seda, un sobrevestido bordado sin mangas y luciendo el collar de perlas y el delicado abanico que le había llevado Piero cuando estuvo lista, el ruidosos campamento de Trani y Dino no parecían más que un sueño.

Cuando estuvieron listos para partir, Piero, perfectísimo como era habitual, vestido de blanco y oro, puso las manos sobre sus hombros y la giró hacia el espejo, para que se mirara. ¡Estaba tan imposiblemente perfecta como él!

—¿Dónde está mi paje travieso? —preguntó él. Le

temblaban las manos y deseó... Pero era imposible, seguía siendo una niña y Florencia los esperaba.

Una vez en el banquete, ella se convirtió en el punto de mira. Sí, el Halcón había triunfado de nuevo; allí no había ninguna arpía poco agraciada, como se rumoreaba, sino una paloma de delicada belleza, digna de volar con él. Miradas de envidia, incluida la de Bruschini, siguieron su paso.

¿Y Piero? Piero estaba a su lado, tan consciente de ella, incluso cuando no la miraba, que la sentía como si fuera parte de su cuerpo, y viviera y respirara dentro de él.

El entretenimiento recaía en cantantes y saltimbanquis y, entre actuaciones, la gente se ponía en pie, paseaba, charlaba y comía. Piero fue requerido a un aparte para hablar con los magnates. Bianca, tras verlo perderse entre la gente, fue hacia una ventana, casi exhausta. Oyó una aguda voz femenina a su espalda.

—Pues yo no permitiría que la amante de mi esposo fuera mi ama de llaves, ni siquiera con un esposo tan apuesto como el Halcón.

Bianca se estremeció. ¿Sería la bondadosa Caterina amante de Piero? No podía ser. Pero recordó que Naldo había comentado que tenía una mujer mayor en Florencia, de las que llenaban los brazos. ¡Caterina era de esas! No lo creía capaz de algo sí, pero su alegría se empañó un poco por lo que había oído. Necesitaba hablar con él, verlo. Miró a su alrededor y lo vio junto a una ventana, hablando con un hombre desconocido para ella. Cuando éste se alejó casi corrió hacia él y lo tocó en el brazo. Él se dio la vuelta; no era Piero, pero se parecía mucho a él, y también vestía de oro y blanco. Era guapo, pero su rostro tenía menos fuerza que el de Piero.

—¿Señora? —dijo.

—Pensé que erais Piero —explicó ella, ruborizándose—. Veo que me equivocaba. Disculpadme, señor.

—No soy vuestro marido, sino su hermano. Y vos sois mi nueva hermana. Desearía hablar con él, cuenta con mi admiración. ¿Sería una osadía pedirle a la señora Bianca, mi nueva hermana, que me lo presente? —dijo él

Era casi tan encantador como Piero, y también se parecía mucho al anciano padre de ambos que, percibió, los observaba desde cierta distancia. Recordó lo que Piero había dicho y Caterina aconsejado: comportarse con modestia y recordar que debía honrarlo a él, y a Florencia. Por tanto, debía sonreír y contestar.

—Si me dais vuestro nombre, señor Manfredini, y encuentro a mi esposo, será un placer asistiros —la Bianca que seguía viviendo en su interior, no pudo evitar reírse de su diplomática respuesta y del efecto que ejerció en el hermanastro de Piero.

—Soy Michele —dijo, esbozando una encantadora sonrisa, como la de Piero, pero más dulce—. Hace tiempo que deseo conocer a mi hermano, lo he admirado desde lejos, pero está enfrentado a mi padre, como supongo sabéis.

Ella lo sabía muy bien y la inquietaba un poco la idea de presentárselo a Piero; pero tenía órdenes de ser educada y cortés. ¡No podía protestar si lo era! El padre Luca diría que esa lógica no era certera, pero no había solución. Miró a su alrededor, buscando a Piero, mientras Michele le hablaba.

Era tan abierto y cortés como Piero duro y desafiante, pero se parecían mucho. Su amabilidad hizo que le resultara fácil contestar cuando le preguntó qué opinaba de Florencia.

—Oh, he visto tan poco, señor Michele, que no puedo decirlo. Llegué ayer. Lo que vi me pareció bello y muy distinto de mi antiguo hogar.

—Pero San Giorgio ha cedido su más bella posesión a Florencia, buena hermana, ahora que estáis aquí —contestó él. Su mirada y su sonrisa eran tan deferentes, tras la firmeza abrasiva de su esposo, que fueron como un bálsamo para ella y casi creyó que realmente era tan bonita como sugerían los ojos de los hombres allí presentes.

Notó muchas miradas fijas en ellos, y algunas cejas enarcadas, pues todos sabían que Piero seguía repudiando a su padre y a su familia. Poco después, Piero entró por una gran puerta de roble, acompañado por varios de los señores de Florencia. La vio y puso rumbo hacia ella, con expresión impasible.

Era como si las veinticuatro horas que había pasado con Caterina, milagrosamente, hubieran convertido al indomable Dino en una belleza artera que sabía utilizar sus encantos. Ella le tocó el brazo y lo miró con bonitos ojos implorantes; a su pesar, tuvo que esbozar una sonrisa de admiración.

—¿Esposa? —dijo.

—Mi señor esposo... —Bianca era todo sumisión y deferencia— ...confundí al señor Michele Manfredini, vuestro hermanastro, con vos, y estoy segura de que disculpará mi error si me permitís que os lo presente. Hace tiempo que desea conoceros —hizo una reverencia, preguntándose de dónde había salido ese discurso y qué pensarían Bernardo y Agneta si vieran en lo que se había convertido.

La sonrisa de admiración de Piero se amplió. Ofreció la mano a Michele, que había empezado a hacer una reverencia en mitad del diplomático discurso de Bianca.

—Dejemos de lado tanta formalidad —dijo Piero, poniendo su encanto de manifiesto—. Al fin y al cabo somos hermanos. Aunque lamento el progenitor, no puedo lamentar conocer a alguien que parece haber escapado del espejo de mi habitación.

Michele respondió con una risa franca y genuina.

—Había oído decir que vuestra lengua es tan ágil como vuestra espada —dijo—, ahora sé que es verdad. Llamar al vencedor de Trani, y tantas batallas más, amigo, además de hermano, sería un honor que no tenía la esperanza de alcanzar.

Piero no supo qué decir. Era fácil odiar y distanciarse, y se había negado rotundamente a tener relación alguna con la familia de su padre, pero ser amistoso y cortés era bien distinto.

—Me alegrará veros en mi villa —dijo—, allí podríamos conversar y conocernos un poco.

—Será un honor —repitió Michele—, y uno aún mayor conocer a la dama que es vuestra esposa. Sois un hombre afortunado, hermano, en más de un sentido.

Sin duda poseía el encanto de Piero y más, pero ¿dónde estaba la determinación férrea con la que Piero se enfrentaba a la vida para conquistarla? Bianca pensó que Michele carecía de ella y se preguntó hasta qué punto había influido en Piero su dura vida. Por primera vez se preguntó si también ella había ganado, no perdido, al tener que bregar tanto en San Giorgio, sin nada a su favor, y discutir hasta que consiguió que no le vedaran las enseñanzas del Padre Luca.

Contempló a los hermanos hablar; eran parecidos, pero muy distintos en carácter. Pensó que tal vez fuera eso lo que entristecía a su padre: toda su fortaleza y resistencia habían ido a parar al hijo no reconocido y abandonado.

Al final, tras los últimos bailes, Bruschini se acercó a Piero y a ella. Había evitado a Piero toda la velada, distanciándose de las alabanzas y elogios que llovían sobre el conquistador de Trani.

—Veo, mi señor de Astra, que habéis encontrado cuanto buscabais —dijo con voz fría—. Un hombre sabio recordaría la antigua costumbre romana en estas situaciones: una efigie de la muerte en el festejo, para recordar al vencedor que la inconveniencia de enorgullecerse en exceso, porque el fracaso y la decadencia alcanzan a todos al final.

Bianca se estremeció, como si una bocanada de aire

gélido hubiera llenado la sala. Captando el odio de las palabras, se agarró al brazo de Piero.

Pero Piero se limitó a sonreír, sabiendo que no tenía nada que perder o ganar con Bruschini, y comprendió que toda esperanza de solucionar sus diferencias había desaparecido con la caída de Trani.

—No era necesario contratar a una efigie que representara a la muerte, Bruschini, vos estáis aquí y eso servirá para recordarme que existen el fracaso y la derrota.

—Deberías recordar algo más, Manfredino —dijo Bruschini, palideciendo primero y enrojeciendo después—. Quien ríe el último ríe mejor.

—No me interesa —replicó Piero—. La risa no me atrae especialmente, y deberías considerar las consecuencias de esas sentencias para los que hacen mal uso de ellas. Mueren más hombres cargando y disparando el cañón, que por efecto de sus balas.

Bianca tembló de nuevo. No le parecía astuto que Piero provocara al hombre airado que tenía ante sí.

—Asustáis a vuestra esposa, Manfredini, pero no a mí. ¿Por qué tengo la impresión de haberos visto antes, señora, y recientemente? Pensaba que no habíais salido de San Giorgio antes de convertiros en la señora de Astra.

Ella sintió el resurgir de su fiereza, por todos conocida. ¿Cómo se atrevía a amenazar a su señor, y después a ella? Contestó antes de que Piero pudiera hacerlo, bajando el abanico que, hasta ese momento, había ocultado sus labios con toda modestia.

—Os confundís, señor Bruschini. Mi temblor se

debe al cansancio, primero siento calor y luego frío. No estoy acostumbrada a grandes eventos como este. En San Giorgio somos gente sencilla, pero honesta.

—Sin duda —dijo Bruschini, con una sonrisa cruel—. Me alegra oírlo. Pero sólo unas palabras de advertencia. Cuidad de vuestra señora, Manfredini. Las blancas palomas son presa fácil, según dicen. Sobre todo las sencillas y honestas, que caen fácilmente en las garras de las aves de presa que infestan estos lares.

—Pero, señor Bruschini —intervino Bianca con presteza, percibiendo la ira de Piero—, mi esposo es el Halcón que protege a su paloma. Haríais bien en recordar que todos los depredadores caen ante él. Además, el padre que me instruyó solía decir que Dios ayuda a quien se ayuda a sí mismo, y ese principio nunca me abandona. Incluso las palomas tienen garras, ¡y picos capaces de sacar ojos!

—Ya oís, Bruschini —dijo Piero, sonriendo—. Mi esposa es una dama de inteligencia aguda. Y si aturde mi mente con las enseñanzas del padre Luca, estoy seguro que hará lo mismo con las de otros, si lo estima oportuno.

Se volvió hacia ella con cariño.

—Bianca, corazón mío, se hace tarde y estamos privando al señor Bruschini de su necesitado descanso. Ahora que el padre Luca ha hablado, considero que deberíamos dejarlo, si os parece, para que repita sus enseñanzas a otros.

—Os aseguro que no pretendía ofender, tan sólo defenderme, como dijo el zorro cuando lo atraparon en el gallinero —ofreció Bianca con dulzura—. El padre Luca decía que debíamos perdonar a nuestros enemigos, pero confesaba que a veces resultaba difícil. Y, también, que la oración constante ayudaba, pero castigaba las rodillas. Os ofrezco su consejo, señor. Tal vez os ayude, como me ha ayudado a mí.

No había pretendido hablar así, pero su mirada despiadada y dura, y la sensación de que haría cualquier cosa para herirlos, había hecho resurgir a la arpía elocuente de San Giorgio. Temía que Piero se enfadase con ella, pero él estaba disfrutando demasiado con el espectáculo de Bruschini intentando no explotar cuando recibió tan amable e indeseado consejo. Le costaba controlar la risa.

—Sé que una lengua larga y viperina es un rasgo de los Manfredini —dijo Bruschini, por fin controlando su ira—, y no habéis perdido tiempo en encontrar una esposa que comparte ese atributo plenamente. Disfrutad a expensas de los demás mientras podáis. El momento y la oportunidad no estarán siempre de vuestra parte —se alejó de ellos.

—Me da miedo —dijo Bianca, temblorosa—. Nos quiere mal, lo sé. No debería haber hablado así, pero no quería que me creyera asustada, aunque lo estaba.

—No podemos pretender que todo el mundo nos aprecie —la tranquilizó Piero—, y Bruschini es un tonto. Olvidadlo.

—El padre Luca decía que los tontos eran los más peligrosos entre los hombres, porque actúan de forma imprevisible.

Piero se quedó en silencio. Por una vez, no bromeó respecto a las enseñanzas del padre.

—El padre tenía razón. Pero no podemos vivir en el miedo. Lo que haya de ocurrir, ocurrirá, y entonces nos enfrentaremos a ello. Hasta entonces, viviremos el presente, porque no ha de volver. Debemos marcharnos. Hemos cumplido con nuestra obligación y se hace tarde. Por una vez, siguiendo los deseos de mi padre, he sido amable con mi hermano. Y no quiero saber lo que opinaría el padre Luca al respecto, por hoy ya he oído bastante sobre él.

A pesar de lo tardío de la hora, el encargado de los sirvientes esperaba su regreso y, con Giulia, los escoltó a sus aposentos. La casa estaba silenciosa y a oscuras, exceptuando la vela que ardía en el corredor.

También había una vela encendida junto a su cama. Bianca agradeció que Giulia la ayudara a desvestirse, tanta magnificencia conllevaba ciertas dificultades. La esposa del señor de Astra no podía permitirse tirar su gastada ropa al suelo y saltar a la cama sin lavarse. Por una vez estuvo preparada para acostarse, y Giulia se retiró, Bianca descubrió que no podía dormir. Todo lo ocurrido desde su llegada a Florencia le daba vueltas en la cabeza.

Bajó de la cama y fue a sentarse en un escabel, para intentar reconciliarse con su nueva vida. La puerta se abrió y entró Piero, que tampoco podía dormir. Llevaba una bata verde y oro con una remate de piel crema en cuello y puños, pues la noche era fía. Llevaba dos altas copas de metal, con diminutas gemas engastadas. Se sentó en la cama y le ofreció una.

—Ven, esposa. «Agua después de vino» es un dicho que deberías añadir a la colección. Ayuda a dormir mejor, aunque no sé por qué —dio un golpecito en la cama—. Siéntate a mi lado. No deseo dormir aún, por lo que veo, tú tampoco.

Ella obedeció, consciente de que estaban solos como no habían vuelto a estarlo desde su noche de bodas. En el campamento siempre había otras personas presentes, o podían entrar en el pabellón en cualquier momento. Allí nadie los interrumpiría.

Él dejó las copas en la exquisita mesilla que había junto a la cama y tomó su mano. Piero no sabía por que estaba en su habitación. Pero de repente había sentido el súbito anhelo de estar con ella, aunque eso lo sometería a una tentación a la que no estaba seguro de poder resistirse. Durante el banquete había visto el efecto que provocaba en todos los hombres y sabía que el que hubiera adquirido esa joya de esposa en parte alimentaba el odio que Bruschini sentía por él. Había intuido, desde que la miró con detenimiento, el enorme potencial de belleza que poseía, pero lo asombraba la rapidez con la que se había producido el cambio.

Allí sentada, con el cabello suelto y cubierta tan sólo por un sencillo camisón blanco, volvía a parecer la niña de San Giorgio, excepto, y era una gran excepción, que ya tenía cuerpo de mujer, y era su esposa.

Puso el brazo derecho sobre ella y notó que se estremecía con el contacto. Interpretó su reacción como miedo, pero pensó: «Sí, pero podría hacerle olvidar ese miedo, hacer que me quisiera; sólo necesito ser gentil, no hace falta esperar». Recordó el fuego y la pasión con las que había desafiado a Bruschini, sus ojos brillantes y pensó que esa pasión podía ser para él. No tenía por qué cumplir el voto que había hecho. La giró hacia él y alzó la mano izquierda para acariciar su cabeza y notó la curva de sus senos, a través del fino camisón, apretados contra su pecho.

Pero, al ver la confianza que expresaba su rostro, tragó saliva; la mano que había estado a punto de acariciar los deliciosos senos, que había vislumbrado esa velada bajo el bonito vestido, se detuvo. Y el beso que había tenido como objetivo sus labios, se posó en su mejilla, con más castidad que pasión. Decidió que no podía iniciar su vida conyugal con una mentira; había prometido no tocarla hasta que no estuviera físicamente preparada, y no podía romper ese voto.

Superado por las circunstancias, dijo lo primero que le vino a la cabeza, y no fue tan cuidadoso y considerado como era habitual en él. Lo que dijo dejó traslucir algo de lo que no era consciente: se sentía inseguro respecto a ella. El hombre que siempre había controlado las relaciones con sus amantes, sentía timidez ante su esposa virgen, y no estaba en absoluto seguro de que ella lo quisiera.

—Tuve la impresión de que os agradaba mucho mi hermano, señora —dijo.

Bianca, sorprendida y decepcionada porque hubiera puesto fin a lo que había iniciado, cuando ella anhelaba tanto que le hiciera el amor que su cuerpo respondía a cada roce como una flor abriéndose al sol, contestó con cierta rigidez. Supo que había dicho lo incorrecto, y con un tono de voz inapropiado, en cuanto terminó de hablar.

—Sí. Parece gentil y cariñoso —sonó casi como un reproche.

—Gentil y cariñoso —dijo Piero con brusquedad. Percibió el reproche implícito, sin duda. Dejó caer las manos, se levantó y se apartó de ella—. Es un ser afortunado, no ha tenido necesidad de luchar.

—Tal vez ésa sea su naturaleza, señor —aventuró ella. Pero el comentario conciliador no tuvo efecto.

—Y la mía no lo es, supongo.

—Sois el Halcón, señor, y creáis vuestras propias reglas. Sospecho que Michele se conforma con seguir aquéllas que han dictado para él.

Él se volvió para mirarla, con los ojos entrecerrados, como los del ave rapaz que le daba su apodo.

—¿Y qué significa eso exactamente? ¿Más enseñanzas del padre Luca o vuestras propias conclusiones, esposa? ¡Explicaos!

Bianca se sintió herida e impotente. Un momento antes él había parecido desearla de verdad, a punto de hacerla su esposa de hecho, no sólo de nombre, y de repente la retaba. La atenazó la frustración sexual, igual que a él, y lo que debería haberlos unido los separó, incitándolos a ser crueles con el inaccesible objeto de su deseo. Habló con dureza y desafío, para herir al hombre que daba a sus amantes lo que ella deseaba sin obtener.

—Bueno, supongo que Michele no convertiría a su

amante en ama de llaves de su esposa, para poder visitar su cama y rechazar a su esposa.

Él se acercó rápidamente, agarró su mano y la hizo levantar. A su pesar, Bianca dejó escapar un gritito de miedo antes de recuperar el autocontrol y apartarse de él, con la cabeza alta y ojos llameantes.

—Ah, ya veo. ¿Quién os dijo esa mentira?

—Media Florencia parece saber lo que vuestra esposa no sabía, y se burlaba de ello.

—¡Media Florencia! Entonces media Florencia desconoce la verdad. Caterina no es, ni ha sido nunca, mi amante. ¿Os vale con eso?

—No importa lo que crean los demás. ¿Qué debo creer yo, señor?

—¿Señor? —repitió él con dureza—. Ya no eres mi paje. Soy tu esposo, Piero, y Caterina no es mi amante. No voy a dejarte por ella. Desde Maddalena, no he tocado a ninguna mujer, ni lo haré hasta que tú lo seas. Entonces mi mujer serás tú.

—Pero soy mujer, en todo menos un detalle. Tú en cambio, sigues siendo el marido que no es mi marido, sea Caterina tu amante o no —la ira que había sentido con tanta frecuencia en San Giorgio, y que había empezado a disiparse en las últimas semanas de felicidad, había vuelto a asaltarla al percibir que él la rechazaba—. ¿Por qué te casaste conmigo?

—Para hacerte mi paje, ¿por qué si no? —se burló él, tan angustiado como ella, bajo su fachada de control—. Había perdido al mío y necesitaba otro. Fuiste útil como Dino. No te hizo ningún mal algo de disciplina. Dino era mejor que la niña arisca que se portaba mal en San Giorgio.

Lágrimas amargas, incontrolables, asaltaron a Bianca, pura expresión de su ira.

—Oh, creo que sólo me hiciste paje para que me portara bien, para romper mi espíritu. Es lo que Bernardo decía a diario: «Hay que doblegar tu espíritu»— sollozó con fuerza.

Piero contestó con su sonrisa más sarcástica.

—Pues si ésa era mi intención, es obvio que fracasé, a juzgar por cómo estás actuando ahora.

—Oh, todos los hombres son iguales —dijo ella, redoblando sus sollozos—. No puedo imaginar por qué te casaste conmigo, y hacer trampas a Bernardo para ganarme... ése es el mayor de los misterios.

Piero se quedó inmóvil, luego la agarró y la atrajo hacia a su pecho. Ella, aunque asustada, mantuvo su expresión de desafío.

—¿Qué quieres decir con eso, esposa? —masculló, entre dientes—. Explícate antes de que te saque la verdad con una paliza.

Los ojos negros se enfrentaron a los azules.

—Sabes perfectamente lo que quiero decir. Te vi aquella noche, después de la partida con Bernardo. Utilizaste dados trucados para ganarme.

—¿Eso crees que hice? —su voz era puro hielo, como sus ojos. La soltó y dio un paso atrás—. Dices que me viste. ¿Qué viste exactamente?

Ella escupió la respuesta. Era tramposo y embustero. ¡Y decía que Caterina no era su amante!

—Cambiaste los dados después de que yo llegara. Lo hiciste con astucia, pero estaba observando y lo vi. Los pasaste de la mano a tu bolsa.

—Tienes ojos muy agudos, mi señora esposa —su voz había adquirido un timbre divertido—. Trae mi bolsa, Bianca.

—¿Señor? —dijo ella.

—Me has oído. Ve a por mi bolsa. Está en mi habitación, sobre la cama.

Ella obedeció. Como siempre, cuando daba una orden, era difícil no cumplirla. Fue a por la bolsa que había utilizado esa tarde y cuando regresó él estaba sentado de nuevo sobre la cama, con expresión burlona.

—Ábrela, Bianca —dijo, con voz dura pero amable.

Ella lo hizo. Dentro había cuatro dados.

—Sácalos y lánzalos, Bianca —ordenó, señalando la mesita que había junto a la cama. Ella lo hizo—. Míralos con cuidado y lánzalos de nuevo.

Los números no seguían ningún patrón, y tampoco lo hicieron la segunda vez.

—Lánzalos cuanto quieras, comprobarás que el resultado es siempre aleatorio. No están trucados —dijo, con voz neutra.

Bianca probó de nuevo y luego se inclinó sobre la mesita; sus lágrimas mojaron los dados.

—Créeme —dijo él con voz amable—. Siempre llevo dados limpios conmigo. Hay muchos lobos en el mundo. Aprendí esa lección de niño y nunca la olvidé. Sí, cambié los dados, eran los de Bernardo los que estaban trucados, por eso ganó al principio. Fue la rueda de la fortuna la que, en su giro, te entregó a mí, Bianca. Estaba escrito.

¿Qué podía decir ella? Por supuesto, Bernardo era un tramposo. Siempre lo había sabido, pero no había imaginado que pudiera caer tan bajo como eso. Lo miró avergonzada.

—Y todo este tiempo creí que fuiste tú quien engañó a Bernardo y después negociaste para que me entregara a ti.

—No, el truhán fue Bernardo, pero estaba demasiado borracho para captar lo que hice. Sin embargo, subestimé la inteligencia de mi esposa. No volverá a ocurrir. Y piensa, Bianca, que podría haberte solicitado directamente, sin el juego, y te habría entregado sin pensarlo. Me complació devolverle sus tierras a cambio. Así contrajo una deuda conmigo.

—Entonces, admites haber aprovechado las circunstancias, pero sigues sin explicar por qué te casaste conmigo. Y todo eso no es nada, comparado con Caterina y lo que ella representa.

—¡Caterina! —él había cambiado de actitud tras ver sus lágrimas—. Esposa mía, no te mentiré. He tenido muchas amantes, soy un hombre, al fin y al cabo. Pero ella nunca lo fue. Y tengo muchos fallos, Dios lo sabe, pero no hago trampas, a no ser que me las hagan a mí, como en el caso de Bernardo; nunca te impondría una amante desechada en la que es tu casa —hizo una pausa. ¿Cómo decirle que Lodovico y Caterina eran amantes? No podía traicionar ese secreto, ni siquiera para justificarse.

Bianca vio su titubeo y, malinterpretándolo, se preguntó cómo el momento inicial de ternura que habían compartido había llevado a la situación de enfrentamiento en la que se encontraban.

—Ha sido un día muy largo —dijo su esposo, viendo las pasiones conflictivas que cruzaban su rostro, sin comprender que lo que tanto deseaba le habría sido concedido libremente si no hubiera dejado de acariciarla. Bianca había madurado más de lo que él o ella creían, y cuando la dejó, manteniendo la distancia y sin ofrecerle palabras de amor, porque eso haría que su propia pasión se desbordara, ella lloró igual que lo había hecho en su noche de bodas.

Pero esa vez eran las lágrimas de una mujer rechazada, y más amargas porque se habría entregado a él con júbilo, y no sabía cómo decírselo. Temía que la tomara más por obligación que motivado por el deseo y la pasión.

Muy cerca, pero muy distantes, marido y mujer convivían, ambos temerosos de no poseer el amor del otro. Los sentimientos de Piero eran tan ajenos a su experiencia, que le parecía que el mundo había cambiado. Día a día, descubría algo de sí mismo que habría preferido no saber. La niña que había desposado, la niña que había creído poder tomar o dejar, como había hecho con muchas mujeres, buscando sin placer sin compromiso, se había metido en su corazón. El hombre duro y autosuficiente, por fin tenía lo que siempre se negó: sentimientos por otra persona, por Bianca, que ya era parte de sí mismo.

Sus presencias y ausencias estaban cargadas de significado: un tapiz en el que trabajaba, abandonado en un banco; su petición de materiales para seguir practicando la caligrafía y la iluminación que le había enseñado el padre Luca; su perfume en el aire; su rostro frente a él en la mesa, bien contento, bien serio. Todas esas cosas le afectaban.

La actitud levemente distante que había adoptado hacia él desde la noche del banquete, le dolía más de lo que había creído posible. Sabía que era una señal de madurez el que estuviera perdiendo la infantil actitud franca y abierta de antaño. Se preguntaba si la forma en que se habían conocido y casado siempre se interpondría entre ellos. Si podrían recuperar la camaradería que había florecido cuando ella era su paje. No tenía sentido desear que volviera a ser un muchacho, cuando se había transformado en una mujer encantadora y vital; pero sabiendo que, en gran medida, era su creador, le dolía pensar que esa Bianca podría no amarlo nunca, que se acostaría con él por obligación, no por deseo.

Cierto era que contaba con muchas compensaciones: su trabajo y la amistad que ambos compartían con Michele. Él los visitaba en la villa, cenaba con ellos y, de vez en cuando, salían a cabalgar los tres juntos. Al igual que Piero, tocaba el laúd, y pasaron varias veladas en los jardines, aunque nunca en el Bosquecillo de los Dioses, haciendo música.

Los hermanos no sólo se parecían físicamente, y aunque Michele carecía de la dureza de Piero, compartía su inteligencia y muchos de sus talentos. Bianca, oyéndoles tocar y cantar a contrapunto, mientras la luna se alzaba sobre el jardín, San Giorgio y Trani casi un recuerdo lejano, casi era feliz. Michele visitaba la villa con frecuencia y, cuando Piero no estaba, salía a cabalgar con él.

De vez en cuando veía los ojos de Piero clavados en ella cuando reía o hablaba con su hermano. Con él se relajaba por completo y, aunque ella no lo sabía, su esposo empezó a padecer otra emoción nueva para él: los celos. A ella le gustaba el hombre blando que era su hermano. Él también lo apreciaba, pero creía que la vida fácil y la prosperidad no le habían hecho ningún bien. Su espalda, a diferencia de la de Piero, no estaba marcada con cicatrices de latigazos, propinadas para inculcarle autodisciplina y resignación. Nada de eso habría importado, excepto que Piero sabía que antes, y no hacía mucho, Bianca también se había comunicado con él sin reservas.

Algo bueno compartían los esposos: Bruschini había alejado su feo rostro de la ciudad. Algunos decían que había ido al campo, otros que estaba en misión comercial en Milán, o tal vez Venecia.

El padre de Piero se mantuvo alejado hasta que una tarde, mientras cenaban, Bianca le dijo a Piero que el marqués había visitado la villa esa tarde, cuando él estaba en Florencia.

—Vino con Michele, por supuesto. Casi han concluido sus negocios aquí —titubeó—. Creo que tenía la esperanza de verte. Habló de ti con admiración, y dijo que entendía tu rechazo —hizo una pausa—. Le conté lo que dijiste: que no desearía conocerte si fueras un labrador; se echó a reír y dijo que tenías razón, y que eso demostraba cuánto os parecéis. Michele no se parece nada a vosotros en eso, es muy gentil.

Piero guardó silencio un momento.

—Echarás de menos a tu admirador. En cuanto a mi padre, no hay nada que decir, tal y como me enseñó Bandelli. Tomó su decisión hace tiempo, y ahora debe sufrir las consecuencias.

Tras la cena, salieron al jardín con fruta y vino. Piero llevaba las copas y la jarra, ella un plato de melocotones. Fueron al Bosquecillo de los Dioses y se sentaron ante el agua, plateada a la luz de luna. De repente, la tensión se disipó y rieron y charlaron sobre su vida en común. Antes de separarse para dormir, Piero lamentó tener que darle una noticia.

—Mañana debo partir hacia Prado, durante unos días, su señor tiene un encargo para mis tropas y desea concretar las condiciones. Lodovico se quedará aquí; con él y Caterina no te faltará compañía. Estaré fuera una semana.

—A Caterina le agradará que Lodovico se quede —dijo Bianca con timidez.

—¿Lo sabes? —se sorprendió él.

—¿Que son amantes? Sí. Ahora veo cosas que antes me pasaban desapercibidas.

—Eso se llama madurar —dijo su esposo, con una

sonrisa que suavizó la rigidez de su rostro. A ella le dio un vuelco el corazón al verlo—. Y ahora sabes que dije la verdad. Lodovico es un hombre orgulloso. No aceptaría lo ya utilizado por mí.

—Sí, eso también lo sé. Y también sé... —hizo una pausa, sobrecogida por la timidez. ¿Cómo decirle que lo amaba? Que su ira se había debido a los celos por Caterina. O que lo deseaba como una mujer deseaba a un hombre, y más. Que necesitaba conocer sus verdaderos sentimientos por ella, y saber si su amor era compartido. Pero no podía hablar, las palabras eran demasiado difíciles de expresar y, una vez más, el momento pasó.

Cuando se separaron él besó su mejilla, que era cuanto se atrevía a hacer para no rendirse a la tentación. Ella era demasiado deseable, la mujer que siempre había buscado, con inteligencia, belleza y un cuerpo que cualquier hombre admiraría.

Esa noche, el buen Dios cedió por fin, y Bianca se despertó siendo mujer, como si su nueva comprensión de la vida y los cambios de su cuerpo se hubieran unido para hacer de ella otra persona. Se llevó las manos al rostro: él ya no podría rechazarla. No sabía si alegrarse o entristecerse, sólo que pronto descubriría lo que era ser mujer y si su señor la amaba o no.

—Veo que ya sangras —dijo Caterina—, y tendré que informar a tu señor —miró a Bianca compresiva, mientras la ayudaba a enfrentarse a ese nuevo cambio en su vida—. Es la maldición y la bendición de una mujer. Os ayudaremos a sobrellevarla, señora.

Bianca, sintiéndose mimada mientras tomaba la primera comida del día en la cama, pensó que habría sido difícil ser Dino en esas circunstancias. Rió al pensar en la ruda y chillona respuesta que habría dado Agneta a la noticia. Más tarde, vestida y sin sentirse diferente de la niña que había sido, se reunió con Piero en los jardines.

Él se había levantado antes del amanecer, visitado la *condotta*, y regresado con Van Eyck y otros oficiales a la villa, donde habían desayunado antes de partir.

Al verlo, supo que Caterina ya le había comunicado la noticia, tal vez para evitarle ese mal rato a ella. Él estaba vestido para viajar, con una camisa basta, sobretodo de cuero y coraza. Llevaba el cabello recogido en una redecilla dorada y en la mano un sombrero de ala ancha que lo protegería del sol a lo largo del día. Parecía muy animado y su mirada era más amable de lo que había sido últimamente.

Dejó el sombrero en un banco de piedra y tomó sus manos entre las suyas, aproximándose a ella.

—¿Es cierto entonces, señora? ¿Lo que me ha comunicado Caterina?

—Sí —repuso ella con timidez—. Dios me ha bendecido, o maldecido. ¡Caterina no parece saberlo a ciencia cierta!

Él sonrió al oír eso, y la abrazó.

—El cambio no os ha privado de vuestra ágil lengua, eso es seguro. No me gustaría que mi inteligente paloma se transformara en una haragana —besó su coronilla y luego alzó su barbilla para mirarla, como tantas veces había hecho cuando era Dino, pero con gran ternura—. Cuando regrese, te haré mi esposa de verdad. ¿Me entiendes?

—Tu voluntad es la mía —dijo ella. Sentía el asalto de emociones y pasiones muy distintas a las que había sentido en su noche de bodas. El padre Luca le habría dicho que «No dejes que te domine la exageración, hija mía. Es cosa de tontos». Y ella le habría contestado que si ése era el caso, era tonta, y que deseaba con toda su alma que él no tuviera que partir ese día.

—¿Sólo eso? —contestó Piero—. Entonces permite que intente encenderte antes de partir —se inclinó para besarla. ¡Y qué beso fue! Ni fraternal ni casto, como habían sido los anteriores. Un beso dado por un hombre a la mujer a quien amaba y deseaba. Todo el cuerpo de ella lo sintió, y cuando la lengua de él penetró su boca, para acariciarla allí también, Bianca respondió como si el mismo Dios le hubiera otorgado ese conocimiento la noche que la bendijo.

Piero emitió un leve gemido, ronco, y alzó las manos para sujetar su cabeza. El beso se intensificó, y ella se entregó plenamente, sin titubeo alguno. Finalmente, él se apartó, negándose la pasión que sabía era imposible satisfacer en ese momento.

—No puedo quedarme. Me esperan, y fui yo quien exigió urgencia. Pero no importa, mi esposa estará lista para mí cuando regrese, y por fin será mía de verdad.

—Sí —dijo ella. El amor tenía un inmenso poder, que invadía y dominaba el cuerpo. Anhelaba estar con él y la asombró la ternura que reflejaba el rostro de él.

Parecía desearla también, y se preguntó si eso podía ser verdad.

—Y con placer, espero —dijo él, como si quisiera confirmar lo que ella pensaba—. En una semana, entonces, un momento o una eternidad... adiós —recogió su sombrero y se marchó a cumplir con sus obligaciones militares. Ella sabía que la guerra era una amante con la que tendría que compartirlo. Y esa noche sus lágrimas fueron por su ausencia, y su plegaria a Dios para que regresara pronto, sano y salvo.

La semana de separación se convirtió en la eternidad que él había sugerido. Ella sangró pocos días, y lo agradeció, pues sentía más cansancio del habitual y eso interfería con su actividad diaria. Michele fue a visitarla, el día antes de que Piero regresara a casa. Se sintió decepcionado de no ver a Piero.

—Es un hombre ocupado —dijo—. Nosotros partiremos a finales de semana, tras concluir nuestro negocio. Los banqueros se portaron bien. Espero verlo, en Florencia tal vez, antes de marchar.

—Dijo que regresaría mañana.

—¿Y cabalgaréis conmigo esta tarde, buena hermana? —preguntó él.

—Sí —aceptó ella, alegrándose de estar de nuevo en condiciones para hacerlo—. Él lo aprobaría. Me dijo que os atendiera bien si veníais de visita.

Hacía buen día y el paseo fue muy placentero. Se detuvieron una vez, para descansar y comer algo de fruta, y después volvieron a montar. No habían llevado a nadie con ellos; la campiña florentina era segura. Los campesinos en sus granjas, y los nobles florentinos que tenían villas en la zona, dormían tranquilos.

Iba a ser su último paseo a caballo, así que lo alargaron más de lo habitual, hasta el límite de la zona civilizada, donde ya no se veía la ciudad, sino sólo las colinas que la rodeaban. Fue allí donde atacaron Bruschini y sus esbirros.

Había abandonado Florencia, con un fiero deseo de vengarse de su rival, que había hecho que las pesimistas misivas que enviaba a Florencia desde Trani parecieran ridículas, y él un hombre de juicio poco certero. Había contratado a un mercenario bandido, similar a Bandelli, que se había establecido en un pequeño pueblo de la montaña y realizaba trabajos sucios para quien le ofrecía la oportunidad.

Sabía que Manfredini y su esposa cabalgaban a solas, creyéndose seguros. Su mercenario, Maso Marinaro, que tenía razones personales para odiar al señor de Astra, le había proporcionado un sargento y tropas para hacer una emboscada a Piero y a su esposa, secuestrarlos, llevarlos a su refugio y exigir un rescate, y tal vez, una vez cobrado el rescate, asesinarlos de todas formas. Eso también convertiría a Bruschini en un fuera de la ley, pero se sentía capaz de soportarlo por ver muerto a su rival.

Confundiendo a Michele con Piero, la tropa los rodeó. Ni Michele ni Bianca pudieron eludir a los secuestradores. Cuando comprendieron el peligro, espolearon a los caballos, pero un pequeño grupo de hombres de armas los alcanzó.

—Desmontad, os digo. Desmontad, Manfredini. Ésta es una trampa de la que el Halcón no podrá huir.

Bianca, que se negaba a bajar del caballo, fue arrancada de él a la fuerza por un hombre fornido.

—Pero éste no es el Halcón... —empezó a decir, pero Michele la interrumpió.

—Si es a mí a quien queréis capturar, hacedlo, pero dejad libre a mi esposa —le lanzó a Bianca una mirada de advertencia.

—Valientes palabras —sonrió el sargento—. Dicen que sois tan duro como el pájaro de quien habéis tomado el nombre. Puede que pongamos eso a prueba. En cuanto a vuestra esposa, tenemos órdenes de retenerla también. Será un viuda muy atractiva.

—No —jadeó Bianca, que había empezado a forcejear, sin éxito—. Podemos pagaros más que el hombre que os ha contratado. Dejadnos ir. Van Eyck y sus hombres os buscarán, y dudo que podáis resistiros a la poderosa condotta del Halcón, incluso sin estar él al frente.

—Una mujer con espíritu —dijo el sargento con aprobación—. Pero quien nos ha contratado también es rico, y mi propio señor tiene una deuda que saldar con vuestro señor. Aquí llega el señor que contrató al mío, tal vez él os diga cuáles son sus planes.

—Mi esposa dice la verdad —intervino Michele con desesperación, viendo que otra pequeña tropa se acercaba hacia ellos, con un hombre lujosamente vestido al frente—. Pensad en lo que estáis haciendo. Toda Florencia, así como mi *condotta*, os perseguirá.

—No servirá de nada hablar —dijo Bianca, que acababa de reconocer al hombre que encabezaba la tropa—. Sólo prestará oídos al odio y a la venganza que le devora las entrañas —sintió miedo por Michele, porque Bruschini se daría cuenta de inmediato de que habían capturado al hombre equivocado, y temía su reacción cuando descubriera que tenía a la paloma pero no al Halcón.

De momento, Bruschini no lo había notado. A cierta distancia el parecido entre los hermanos era tal, que era fácil confundirlos. Además, los ojos de Bruschini se centraban en la mujer que lo había retado, y que en ese momento daba patadas y codazos a su captor.

—Así que la paloma tiene garras —se burló—, pero no lo bastante eficaces. Sí, señora, espero hacer que os arrepintáis de vuestras palabras. ¿Cómo debo llamaros? ¿Señora de Astra? ¿O preferís ser Dino, el paje? ¿O la arpía de San Giorgio?

—No necesitáis llamarme de ninguna manera —escupió Bianca, buscando unos segundos más de seguridad para Michele, mientras se preguntaba cómo prevenirlo—. No deseo hablar ni ir con vos. Si sois inteligente, me soltaréis de inmediato. Mi esposo os perseguirá al fin del mundo y a los mares de más allá, si sois tan temerario como para secuestrarme —temía que matara a Michele, sin pensarlo, cuando descubriera su error.

—¿Vuestro esposo? ¿A quién tenemos aquí, entonces? —Bruschini se inclinó para mirar a Michele. Su rostro se contrajo con una mueca—. Por Dios santo, estúpidos. Habéis capturado al hombre equivocado. Éste es su medio hermano, no el Halcón. ¿Ya estabais engañando a vuestro esposo con él, señora?

—Dejadlo marchar —dijo Bianca, antes de que Michele interviniera—. No podéis quererlo para nada. Dejad que se vaya.

—Desde luego que no lo quiero. Y tampoco lo dejaré marchar. Suplica por tu vida, guapo mozo —le dijo a Michele con crueldad—. Antes de pagar por haber ocupado el lugar de uno mejor que tú.

—No lo haré —dijo Michele, a quien sujetaban dos hombres—. Bien sabe Dios que no quiero perder la vida, pero me avergonzaría suplicar por ella a alguien de vuestra calaña. Toda Florencia sabe del rencor que le tenéis a mi hermano —miró desafiante a su captor, ocultando el miedo a la muerte que lo rondaba.

—Sois en un tonto en el lugar equivocado —dijo Bruschini con indiferencia—. Acaba con él —le ordenó a uno de los hombres que lo sujetaba.

—No —gritó Bianca. Aprovechando que el hombre que la sujetaba miraba con regocijo a Michele, se soltó y se lanzó sobre las piernas del soldado que iba a apuñalarlo; Taddeo la había instruido bien.

No consiguió impedir el golpe, pero si desviarlo un poco, y Michele quedó inconsciente y sangrando en el suelo, con el cabello y la elegante vestimenta manchadas de rojo.

—No, él no os ha hecho ningún daño —gritó, muy afectada por lo que veía.

—Ni podrá hacerlo ya —dio Bruschini con voz cruel—. Súbela a tu caballo, hombre, y deja esa carroña para los pájaros. Se hace tarde, y no quiero que vengan en su busca aún.

Se alejaron a caballo y Bianca echó un último vistazo a Michele, muerto o moribundo, que habían arrastrado hacia los arbustos. El soldado había pretendido darle unos cuantos golpes para rematarlo, pero Bruschini lo había impedido.

—Déjalo, no quiero que quede desfigurado. Mejor que su hermano lo encuentre así, su sufrimiento será mayor.

Bianca estaba impotente, desagradablemente sujeta por su captor, que estaba encantado de tener a tan bella dama en su poder. Aun así, mientras cabalgaban hacia las montañas, intentó fijar en su memoria la dirección y el rumbo que seguían, recordando las enseñanzas de Taddeo cuando ella era Dino, el paje. Tal vez Dios se apiadara, y concentrarse en su posición en relación a Florencia mantendría su mente ocupada, e incluso podría tener alguna utilidad.

Once

Piero había salido de Prato temprano, tras despachar sus asuntos. Van Eyck y parte de la *condotta* se habían quedado atrás, en número suficiente para cumplir el contrato que había firmado: desperdigar a los bandidos que vivían en las colinas cercanas y hacían incursiones continuas en los asentamientos de las afueras de la ciudad.

Aún luciendo el magnífico atuendo elegido para impresionar al señor de Prato, Piero regresó a la villa un día antes de lo previsto, ansioso por ver a Bianca. Ardía en deseos de poseer y conquistar a su esposa por fin, y no había dejado de pensar en ella mientras negociaba con el señor de Prato y su consejo. En mitad de las negociaciones, había recordado su fiereza en el vestíbulo de San Giorgio, cuando la conoció, y había sonreído abiertamente. El señor y futuro patrón, había interpretado la sonrisa como indicio de que sabía más de lo que decía y, desesperado, había aceptado sus duros términos. Y Piero había regresado a ver a su fierecilla a toda velocidad.

Caterina lo había recibido en la entrada, y sabiendo lo que buscaba, había sonreído comprensiva.

—La señora está cabalgando con el señor Michele. Parece que se demoran en regresar, pero tal vez se deba a que está será su última visita antes de abandonar Florencia. Se alegrará mucho de haber tenido la oportunidad de veros.

Era inevitable. Piero había pensado en el placer que sentiría ella al ver que su tropa regresaba antes de tiempo. Se la había imaginado sola, no con su hermano... Pero su verdadera unión llegaría después, cuando Michele se marchara... sonrió mientras Lodovico lo informaba de todo lo sucedido en su ausencia.

—¿Los negocios fueron bien? —le preguntó Lodovico.

—Muy bien —de repente, sintió inquietud—. Ya deberían haber regresado. Ven —dijo. Salió con Lodovico al patio delantero, desde donde podrían ver el regreso de los jinetes.

Pero no regresaban y el júbilo que lo había acompañado desde Prato, se evaporó en la espera. Sentado junto a la puerta, la belleza del paisaje se volvió invisible para él. Se puso en pie y llamó a Lodovico, que había vuelto a la casa a ocuparse de sus obligaciones.

—Estoy pensando en montar un caballo y salir a buscarlos. Empiezo a temer alguna desventura.

—No vayas solo... —dijo Lodovico—. Yo te acompañaré, con algunos hombres.

—Siempre prudente —aprobó Piero—. ¿Sabes en qué dirección fueron?

—Noroeste —contestó su tío—. Habrán seguido el sendero que lleva hasta el pie de la montaña. Pero Michele no es ningún tonto, no habrá ido más allá, estoy seguro.

O Bianca y Michele se retrasaban porque estaban aprovechando la oportunidad para hacerse el amor, una posibilidad que él ni podía ni se atrevía a contemplar, o habían tenido algún percance.

—Entonces, ordena que ensillen caballos y vuelve con Niccolo Tenda y sus hombres. Habría sido mejor que no salieran a cabalgar solos.

—Según Caterina, no pensaban ir lejos.

—Entonces, más razón hay para salir en su busca, y con urgencia —dijo Piero, nervioso.

Tomaron la senda que Bianca y Michele habían seguido unas horas antes. El terreno estaba tan seco que no había huellas de cascos y cuando llegaron al lugar donde finalizaba la senda, y donde habían sufrido la emboscada de Bruschini, empezaron a buscar entre la maleza.

Piero empezó a desesperarse al no encontrar rastro de la pareja, y se sobresaltó cuando uno de los hombres lo llamó con voz tensa.

—Aquí, señor capitán, aquí. ¡Rápido!

Con el corazón a punto de explotar y preguntándose qué habría encontrado, Piero corrió hacia él, seguido por Lodovico. El soldado que, había apoyado la cabeza de Michele en su brazo con gentileza, miró a su capitán con angustia. En la villa todos habían llegado a conocer y apreciar al hermano del Halcón.

Piero se dejó caer de rodillas en el suelo.

—¿No ha muerto, verdad, Fabrizio? —preguntó con voz ronca, al ver la sangre y el rostro lívido de Michele sobre el brazo del soldado.

—No, señor —dijo Fabrizio—. Pero temo que su vida peligra. Parece que se arrastró hasta aquí, después de haber sido apuñalado.

—¿Y no hay rastro de la señora, o de los caballos?

—Ninguno.

Oír la voz de Piero devolvió la consciencia a Michele, que ahora tenía la cabeza sobre el brazo de Piero, porque Fabricio había vuelto a la búsqueda. Sus párpados se agitaron y los labios lívidos se tensaron. Los hermanos nunca se habían parecido más, era como si la ansiedad de Piero y el dolor de Michele se reflejaran en sus rostros de la misma manera.

—¿Piero?

—Sí, hermano —a pesar de su inquietud por Bianca, Piero no quería que el esfuerzo de hablar acabara con Michele—. Tranquilo —dijo. Michele movió la cabeza y habló con un hilo de voz.

—Bruschini. Nos asaltó. Se la llevó —sus párpados se cerraron un instante, pero volvió a hablar. Piero acercó la oreja a sus labios, para captar las tenues palabras—. Me confundieron contigo. Ella... me salvó de un golpe mortal... Ahora ya puedo morir.

—¡No! —la voz de Piero fue un grito de batalla, como si pudiera salvar a su hermano por pura fuerza de voluntad.

Ludovico, que había llegado, se arrodilló al otro lado de Michele y tomó su mano.

—Es una herida grave, pero tal vez no mortal. Ha perdido mucha sangre y su pulso, aunque débil, es regular. Me quedaré aquí con él, tendrás que dejarme dos soldados para que me ayuden. Debes regresar para intentar descubrir dónde ha llevado Bruschini a tu esposa. Envíame una tienda y provisiones; yo lo llevaré a la villa sí... cuando... esté en condiciones de moverlo.

Piero comprendió que no tenía más remedio que dejar a Michele en manos de Lodovico; si alguien podía salvarlo, era su tío. Le echó una última mirada antes de marcharse; el hombre que nunca había amado a nadie, estaba destrozado de dolor por la situación de su hermano y la pérdida de Bianca.

Fabricio había descubierto dónde habían esperado las tropas de Bruschini antes de marcharse con Bianca, y siguieron la pista que habían dejado a su paso, entre la maleza, hasta que concluyó en una extensión de tierra seca y pedregosa.

—No tiene sentido seguir buscando —dijo Piero—. Podrían estar en cualquier parte. Bruschini se marchó de Florencia hace una quincena, y nadie sabía a dónde, ni por qué.

Pensó en los muchos escondrijos de bandidos que

albergaban las colinas y adivinó que su enemigo había contratado a uno de los mercenarios que los dirigía, para poner en práctica su venganza.

Piero se maldijo por, llevado por el orgullo, no haber dado importancia a las amenazas de Bruschini, y no haber pensado en protegerse de un ataque sorpresa.

Bianca. Se preguntó dónde estaría y qué le haría su secuestrador. ¿Asesinarla, o exigir un rescate para apoderarse de su fortuna? Tenía que regresar a Florencia y descubrir dónde se escondía Bruschini, para evitar que le hiciera daño alguno a Bianca.

Acompañado por su pequeño grupo de soldados, enfurecidos por lo sucedido a su señora, cabalgó hacia Florencia.

—Sí —afirmó Bianca—. No debería haber hecho ese movimiento, Rafaello. Admito que parecía bueno, pero el padre Luca solía decir que en el ajedrez los movimientos que parecen buenos a primera vista, los pone el diablo, para tentarnos. Tendré que retrasar mi caballo, o me darás jaque mate y perderé de nuevo. En realidad, deberías estar enseñándome tú a mí.

Estaba sentada en lo que había sido la mejor habitación de la torre Marinaro en los tiempos en que pertenecía a un Malatesta, fallecido hacía mucho tiempo. Bruschini la había escoltado allí personalmente.

—Ahora descubriremos cuánto os valora vuestro esposo —le hizo una reverencia irónica—. ¿Más que a toda su fortuna, creéis? Y cuando me haya pagado os enviaré de vuelta trozo a trozo. ¿O preferiríais que os entregara a Marinaro y a sus soldados para que se diviertan con vos, antes de devolveros? Le encantará saber que habéis sido la ramera de toda la tropa. Como sabéis, no me gustan las mujeres, y menos las ruidosas y groseras. Se rumorea que aún sois virgen. A Marinaro le gustaría comprobarlo. Él será el primero en hacer uso de vos.

Ella se había sentado y cruzado los brazos, negándose a contestar. Bruschini se había reído al verlo.

—Los rumores también dicen que tenéis cerebro, cosa difícil de encontrar en una mujer. Es una lástima que Dios lo desperdiciara otorgándooslo. Podéis utilizarlo para reflexionar sobre la conveniencia de haber ayudado a vuestro esposo a insultarme. No os trataré mal, aún. Quiero ser sincero cuando le envíe el mensaje de que estáis bien. Comeréis bien y nadie os molestará, de momento.

Ella siguió callada, comprendiendo por primera vez una de las máximas del padre Luca: «El silencio también es un arma».

Rafaello, uno de los pajes, le llevaba comida. Una vez al día le permitían que caminara por las almenas, seguida por un soldado y acompañada por Bruschini, que se burlaba de ella. Una vez se volvió hacia él, en mitad de una arenga de insultos dirigidos a su marido y le dijo:.

—Hay un juego de ajedrez en mi habitación, y estoy aburrida. Me gustaría jugar una partida con alguien. Vos, o cualquier otro.

Él la había contemplado con admiración.

—Dios sabe, señora, que tenéis valor. Casi se podría

decir que sois admirable —soltó una carcajada—. Enseñad al paje a jugar. Puede pasar un rato con vos cada día, después de cenar. Habiendo sido paje vos misma, será como un hermano.

Eso era mucho mejor de lo que ella había esperado. Así que, al tercer día, cuando fue a retirar la bandeja de la cena, se quedó para que le enseñase el juego.

—Compórtate bien —le había ordenado Bruschini.

Rafaello, que tenía quince años y era muy consciente de su poco atractivo físico, había enrojecido. Era degradante recibir enseñanza de una mujer, pero el señor había dado una orden y no se atrevió a decirle que ya sabía jugar. ¡Enseñarle a él una muchacha! Pero Bianca era amable con él y paliaba su resentimiento diciéndole lo rápido que aprendía, haciéndole preguntas sobre sus deberes y admirando su habilidad en el ajedrez.

—Siempre me he preguntado —dijo, mirando el tablero y haciendo un mal movimiento para prolongar la partida—, qué hacían los pajes. Sé que componéis la la tercera parte de una lanza...

—Oh, todo el mundo sabe eso —intervino él—, hasta las mujeres.

—Sí, ¿pero qué más hacéis? Aquí, por ejemplo. ¿Trabajáis con los caballos del señor Marinar? He oído de decir que los pajes se ocupaban de eso.

Él la miró y curvó el labio.

—Soy el mejor paje con los caballos —dijo—. Cuando termine aquí, bajaré a ejercitar a Hannibal, el mejor caballo negro del señor capitán. Lo hago casi todas las tardes.

—Debe resultar difícil en el patio del castillo —suspiró Bianca—. Temo que hoy estáis jugando demasiado bien para mí.

—Eso es porque sois una mujer. Y claro que no lo ejercito en la torre. Me permiten salir por la puerta y hacerlo galopar fuera, los días que el señor no lo ha montado.

—¿Sólo a vos? —dijo Bianca—. Eso es un gran honor.

—Sí que lo es, y ahora os he vencido. Es jaque mate, ¿veis? El señor Bruschini no sabía que mi padre me enseñó a jugar. Pero ganar a una mujer tampoco es gran cosa. Es lo que uno espera.

—Oh, sí —dijo Bianca—. Somos unas pobres criaturas, aunque me duela reconocerlo. Nos asustan cosas que los muchachos ni siquiera se plantean. Montar un caballo de guerra... —se estremeció con delicadeza—. Y tú lo haces todos los días... ¿y nadie más?

—Bueno, a veces, cuando estoy practicando con las armas, me sustituye otro de los pajes. Pero hasta el señor Bruschini dice que soy el mejor con los caballos. Doy gracias a Dios por no ser lo bastante guapo para él, pero desearía que se burlara también de otros pajes. No es culpa mía ser feo.

—Yo no creo que seas feo —mintió Bianca, halagándolo para que siguiese hablando de la torre y las tierras que la rodeaban.

Esa noche les dijo a Bruschini y a Marinaro que la señora de Astra era agradable, y que merecía como señor a alguien mejor que el Halcón.

—Sin duda —sonrió Marinaro, el fornido hombre que sería el primero en aprovecharse de Bianca después de que Manfredini pagase su rescate—. Puede que pronto tenga un señor nuevo y mejor —dijo. Rió al pensar que sería él, aunque había acordado con Bruschini dejarla en paz por el momento.

En ese momento, su víctima estaba sentada en un banco de madera en su habitación, mirando el paisaje por una de las aspilleras de la pared de la torre. Había observado la salida y la puesta del sol, y sabía en qué dirección miraba, y desde cuál había llegado. El mapa que tenía en su cabeza le indicaba dónde estaba Florencia, y había interrogado a Rafaello para descubrir cómo estaba situada la torre en relación con la ciudad en la que se erigía.

Había arrancado una tira de tela de su camisola, la había doblado y escondido en el baúl que había a los pies de su cama, y por la noche pensaba en todo lo que le había enseñado Taddeo cuando ella era Dino.

No pensaba en Piero, para no llorar; imaginárselo buscándola, preguntándose dónde estaba y tal vez inconsciente del papel de Bruschini, era una auténtica tortura.

Tampoco pensaba en Michele, a quién había dejado entre la maleza. Se prometió que pensaría en él más adelante. Después. Rogaba a Dios para que hiciera pagar a Bruschini por el daño que había hecho al pobre Michele, a Piero y a ella.

Piero de' Manfredini estaba como loco, controlado y organizado, pero desquiciado aun así. La idea de que

Bianca estuviera en manos de Bruschini lo llevó a actuar con más rapidez y determinación de las que había demostrado nunca antes.

Tras visitar Florencia, preguntar, discutir e intentar averiguar dónde podrían haber llevado a su esposa, regresó a la villa y descubrió que había llegado un mensajero con una carta exigiendo rescate. Leyó el mensaje de Bruschini.

A Piero de Nadie, señor temporal de Astra.
Sabed que tengo a vuestra esposa a buen recaudo, y que sólo os la entregaré si entregáis la cantidad de cincuenta mil florines a mi agente Roberto Ricardi, del Banco Medicci...

Leyó el mensaje con ira creciente. Interrogó al mensajero que la había llevado: no sabía nada, un desconocido le había pagado para que entregara una carta en la villa del señor de Astra.

Los Medicci tampoco pudieron, o quisieron ayudarlo. Su consigna era la confidencialidad para con sus clientes; romperla habría arruinado su reputación. Aunque deploraran los actos de Bruschini y simpatizaran con Piero, Ricardi era sacrosanto. Ese aparentemente despiadado comportamiento, se basaba en su creencia de que esas cosas pasaban en una sociedad aun a medio civilizar, y que su neutralidad ayudaba a la víctima tanto como al criminal.

La razón podía argüir que eso era cierto, pero para Piero, y para otros en lances similares, la razón tenía poco que ver. Lo peor de todo era que no conseguía descubrir a quién había contratado Bruschini para ayudarlo a secuestrar a Bianca.

Cuatro días después de su captura, desconociendo aún su paradero y con el rescate sin pagar, regresó a la villa con el rostro ceniciento y la ropa revuelta, una sombra de lo que solía ser. Los que lo vieron se quedaron atónitos por el cambio. El joven impasible, renombrado por su férreo control de sí mismo y cuya carencia de sentimientos hacia los demás era notoria, había desaparecido. Parecía encorvado por el peso de la desesperación, y era obvio que todo su mundo se había reducido a una sola cosa: la frenética determinación de recuperar a su esposa perdida.

Lodovico se reunió con él. Había regresado con Michele el día anterior. Michele estaba fuera de peligro y se recuperaba lentamente.

—Tienes visitantes, sobrino —dijo Lodovico—, y he pedido que los condujeran a distintas habitaciones.

—Visitantes. ¿Quiénes? ¿Son importantes?

—Eso tendrás que juzgarlo tú —repuso Lodovico—. Tu pare, y Bandelli.

—Extraña pareja. Mi padre a ver a Michele, supongo.

—También desea verte a ti —le dijo Ludovico.

—Entonces será el primero él, que es menos que el otro. Condúceme a su presencia.

Lodovico había llevado al marqués a la sala jardín, después de que visitara a Michele. Se levantó cuando entraron y vio de inmediato que su hijo, que siempre se había burlado de todas las pasiones humanas, se había unido a las filas de los que sentían, sangraban y suplicaban salvación, atenazados por el dolor.

—Así que el hombre de hierro sufre. Los sentimientos que has rechazado se vengan de ti —el marqués no habló con crueldad, sino con infinita piedad.

Por primera vez desde que había perdido a Bianca, las lágrimas asolaron los ojos de Piero, como si las palabras de su padre le hubieran hecho ver la cruda realidad de la situación. Hizo un gesto negativo con la mano.

—Deseabais verme. No puedo rechazaros, teniendo en cuenta la situación de Michele.

—Quería darte las gracias por cuidarlo.

—¡Cuidarlo! Su sufrimiento se debe a que ese villano lo confundió conmigo.

—Pero lo ayudaste, y él te quiere. Ya tienes tu venganza sobre mí. Te admira, dice que eres el hermano que siempre deseó tener.

Piero vio que su padre también había sufrido, que había temido la muerte de Michele, y sentía por su hijo legítimo lo mismo que Piero sentía por Bianca.

—Acepto vuestro agradecimiento. Y, padre, aunque es posible que nunca olvide o perdone lo que hicisteis, ya no siento odio. Ante la pérdida de Bianca, los sentimientos que tenía hacía vos me parecen indignos. Tan sólo sois un hombre, al fin y al cabo, no un monstruo. Michele os quiere y no puedo rechazar por completo aquello que le importa a él.

Era tan lejos como iba a llegar, y vio que el rostro de su padre se iluminaba de placer al oír esa pequeña concesión. Cuando su padre habló, no hizo ninguna referencia a sí mismo

—Lamento que Bruschini se haya llevado a tu esposa, y espero que la recuperes pronto, sana y salva. Es una criatura galante, y perfecta para alguien como tú.

—Os lo agradezco —Piero se pasó la mano por el rostro—. Ahora debo dejaros. Tengo otras obligaciones. Bandelli está aquí, y debo verlo.

Su padre extendió la mano y Piero la aceptó.

—Organizaré el traslado de Michele a Florencia lo antes posible. En cuanto esté en condiciones de realizar el viaje hasta a Alassio, partiremos. Si no volvemos a vernos, espero que aceptes mis bendiciones, para ti y tu esposa.

Piero no podía hablar y estrechó la mano de su padre. Fue una despedida extraña y silenciosa, pero por fin se separaban amistosamente.

—Tienes una buena casa, Pierino —rugió Bandelli al verlo—. ¿Quién habría pensado que el muchacho harapiento que recogí adquiriría tanto esplendor?

Estaba en el comedor, donde lo había dejado Lodovico, una figura tosca en la sofisticación de la villa. Los ojos ladinos miraron a Piero con pena.

—Así que ese villano que se ocupa de los libros se ha llevado a tu esposa, el paje que se quitó y volvió a poner las faldas por ti.

—¿Te lo ha dicho Maddalena?

—Ella no. Tú me lo dijiste, Pierino. Vi tu rostro cuando te la llevaste en brazos, después de que yo la emborrachase. Hasta ese momento ambos me habíais engañado. Pero conozco la expresión de un hombre enamorado, y nunca te gustaron los muchachitos. Después de eso observé a Dino. Es una pena perder a una mujer tan galante.

Galante. Dos veces el mismo apelativo en unos minutos. Su Bianca. Cuyo auténtico valor sólo había comprendido al perderla. Piero deseó gritar e insultar a los dioses, pero controló su ira.

—¿Por qué estás aquí, Agostino?

—Negocios, Pierino, ¿por qué si no? El negocio continúa aunque el mundo se derrumbe a nuestro alrededor. He venido a cobrar lo que me debes por Trani, y a hacerte otra propuesta. Una que creo te complacerá.

—No puedo pensar en negocios en este momento, Agostino. Deberías saberlo.

—Te gustará mi oferta, Pierino. Y por el cariño que te tengo, te ofreceré mis servicios con tarifa reducida.

Piero se preguntó qué hacia allí, hablando con un villano gordo, cuando debería estar buscando a Bianca, su amor perdido. Aun así, contestó con desgana.

—Recibirás tu pago, y veo que estás empeñado en hacerme tu propuesta. Adelante, Agostino, te lo debo.

—No, soy yo quien sigue estando en deuda contigo, mi Halcón; un día la deuda quedará pagada y nos encontraremos como iguales, tú y yo. Bruschini tiene a tu esposa, tú quieres recuperarla y yo necesito trabajo, Pierino... dinero. Tengo muchas bocas que alimentar y son voraces como lobos hambrientos. Tengo, también, un cañón recién comprado, uno grande y que necesito probar en la batalla. ¿Me ayudarás?

—Si puedo —dijo él, deseando que fuera directo al meollo del asunto—. Pero mi esposa tiene preferencia, ¿lo entiendes?

—Claro que la tiene, Pierino. La tendrá. Sé dónde está, y por una módica compensación te ayudaré a recuperarla.

Dino habría admirado la velocidad de Piero. Se acercó al sonriente Bandelli, lo agarró por el cuello y lo alzó en vilo.

—Malvado saco de manteca. Regatear y mentir mientras ella sufre. Dime dónde está, o te haré un agujero en las tripas.

—Tranquilo, Pierino, tranquilo —dijo Bandelli, sin asomo de arrepentimiento—. Claro que te lo diré, y tú me contratarás, ¿no es eso? Podría haberme callado, dejar que te retorcieras de angustia, pero el cariño que te tengo...

—¿Cariño? —graznó Piero. Tiró a Bandelli lejos de sí—. Te contrataré, villano. Ahora, dime dónde está, o, por Dios que te colgaré de la puerta de la villa para avisar a todos los bandidos de que conmigo no se juega.

—Ay, veo que no te ha ablandado, entonces, esa fierecilla tuya. Marinaro la tiene en Vercelli. Ese tonto de Bruschini me ofreció el trato a mí antes, a mí, tu buen amigo, Pierino.

—¿Y no se te ocurrió prevenirme?

—¿Prevenirte? Pensé que conocías sus intenciones. Que estabas preparado. Al fin y al cabo, eres el Halcón.

—¿Pero lo rechazaste? —dijo Piero, aún impaciente.

—¿Rechazarlo? No, yo no. No, no, Pedí un precio tan alto que hasta el duque de Venecia habría palidecido. Me llamó buitre y se marchó. Pero no antes de que le dijera que sólo el precio más alto que él, o cualquiera, pudiese ofrecer, haría de mí un Judas. No te vendería por poco. Eso no te gustaría, Pierino. Y ahora cobraré de todas formas. Cabalgaremos juntos hacia Vercelli, probaremos mi cañón y rescatarás a tu dama.

—No tan deprisa —dijo Piero—. Cuando nos vea llegar podría matarla, o algo peor.

—No, no, Bandelli piensa en todo. Tengo un truco o dos para impedir algo así. Confía en mi, Piero, Confía en Bandelli.

—¿Confiar? Supongo que no tengo otro remedio.

—Entonces, reúne a tus hombres para marchar cuanto antes. Será como en los viejos tiempos. Tú y yo juntos contra el mundo. Dile a tu Lodovico que lo prepare todo para salir en una hora. Desearía tener un maestro de batalla la mitad de bueno que él. Imagino que tus hombres han estado en guardia y listos para la acción desde que ocurrió esto, ¿verdad?

Mientras corría a dar sus órdenes, Piero pensó que era imposible engañar a ese truhán. Y Bianca estaba en Vercelli, en manos de Marinaro, además de en las de Bruschini. Se estremeció; era impensable.

El día después de que Bandelli informara a Piero de su paradero, Bianca, inconsciente de lo que estaba ocurriendo en el mundo exterior, se arrodilló junto a la cama y rezó pidiendo ayuda a Dios. Antes de eso, sin embargo, se había preparado para intentar huir; Dios otorgaba más favores cuando uno preparaba sus propios planes. Por lo que ella había visto, la intervención divina nunca era directa. Había retorcido la tira de tela y se la había puesto a la cintura. Después había sacado el tablero de ajedrez y esperaba a que Rafaello le llevara la comida del mediodía.

Cuando entró, el olor de la comida le provocó más náuseas que hambre, pero se obligó a comer un poco, mientras él ensayaba movimientos sobre el tablero. El día anterior, en mitad de la partida, había soltado un grito agudo, mirando un rincón oscuro de la habitación.

—Está ahí, lo sé. Oh, tengo tanto miedo —había gemido.

—¿Qué hay en el rincón? —había dicho Rafaello sonriente—. ¿Un jabalí, o un lobo?

—No, una rata —había contestado—. No soporto las ratas. Él se había levantado a echar un vistazo. Como no vio nada, volvió a sentarse y se burló de los miedos de las mujeres.

—No sé cómo las mujeres soportan la vida —había dicho—, con tantas cosas que las asustan.

—Oh, necesitamos que nos protejáis —había dicho ella. Después había simulado no poder concentrarse el juego, y de vez en cuando miraba el suelo temerosa. Incluso había llegado a alzarse las faldas un poco, para regocijo de él.

—Hoy no hay ratas —dio él, cuando ella terminó de comer y se sentó frente a él.

—Me despertaron por la noche —mintió ella—. Viven en las paredes y entre el suelo y el techo de abajo. Las oigo.

—Pues yo no —Rafaello adelantó un peón. Bianca estuvo en silencio durante media hora. De repente, cuando él movía un alfil, soltó un grito y se subió a la silla de un salto.

—Está ahí, la veo —chilló con todas sus fuerzas—. Por favor, mátala.

—¡Niñas! —rezongó Rafaello. Agarró un pesado candelabro, fue hacia el rincón y se inclinó—. No veo nada.

Bianca saltó al suelo y se acercó por detrás mientras soltaba la tira que llevaba a la cintura. La sujetó tal y como había aprendido de Taddeo.

—Claro que no la ves. Ponte a gatas y dale un golpe con todas tus fuerzas.

Lamentaba lo que iba a hacerle a Rafaello, que había sido amable, pero debía intentar escapar. Si fracasaba…, decidió pensar en eso cuando ocurriera.

Él, con una irritante sonrisa de superioridad, se arrodilló y puso las manos en el suelo. Bianca se colocó tras él, rodeó su cuello con la tela y tiró hacia sí… con fuerza. Tenía que hacerle el daño suficiente para que no se resistiera. Él dejó escapar un grito ahogado, antes de que la fuerte presión lo superara. Cuando cayó hacia delante, Bianca pensó que lo había matado y aflojó la tensión; él alzó las manos para tirar de la tela que lo ahogaba, así que tuvo que hacer fuerza de nuevo, hasta que el quedó semiinconsciente.

—Ay, Rafaello, lo siento mucho —susurró, aunque

era una estupidez y Taddeo se habría avergonzado de ella. Le quitó la daga del cinturón y utilizo la servilleta que había llegado en la bandeja de la comida para amordazarlo, otro truco de Taddeo. Luego aflojó la tela del cuello para que pudiera respirar.

El mundo de Rafaello se había transformado en un mar de dolor y no tenía una idea clara de qué le había ocurrido. Había estado de rodillas, riendo, buscando la rata, que debía ser producto de la imaginación de una jovencita miedosa, porque le hacía gracia seguirle la corriente; un momento después se había quedado sin aire, sentido un intenso dolor y que el mundo se oscurecía ante sus ojos.

Cuando recuperó la consciencia, estaba amordazado, sin medias, ni capa, y alguien apretaba una daga contra su estómago.

—¿Me oyes, Rafaello? Asiente, si puedes —susurró ella

Asintió, para complacer al ser que lo había tratado con tanta crueldad, mientras se preguntaba qué le habría ocurrido a Bianca y qué estaría haciendo mientras un asesino lo dejaba medio muerto.

—Es Bianca quien te ha amordazado, Rafaello —le susurró ella al oído, como si hubiera adivinado sus pensamientos, y necesitaba tus ropas.

Él, incrédulo y aterrorizado, asintió.

—Bien —susurró ella de nuevo—. Ahora voy a desatarte las manos, para que te quites la camisa y el jubón, pero antes te ataré los pies y te vendaré los ojos, para que no puedas atacarme.

Todo eran enseñanzas de Tadeo: como alguien débil pero astuto podía sorprender y dominar a una presa mayor. Rezando a Dios para que funcionara, liberó las manos de Rafaello.

—Recuerda que tengo tu daga, y no dudaré en utilizarla si intentas algún truco.

¡Algún truco! Entre el terrible dolor que sentía en garganta y pecho, y que hacía que respirar fuera una agonía, los tobillos atados con fuerza, y la cruel mordaza, Rafaello no estaba para trucos.

Sollozando, se quitó el resto de la ropa hasta quedar desnudo. Había sido un estúpido y si ella conseguía escapar, Bruschini lo mataría, si no lo hacía antes Marinaro. Se preguntó cómo diablos había aprendido ella a hacer esas cosas, esa criatura suave y bonita que sollozaba y se asustaba con cada ráfaga de viento. Se estremeció, y no sólo por el frío.

Bianca se puso las sucias ropas de Rafaello, y agarró el aro con las llaves que la ayudarían a escapar de su claustrofóbico encierro. Cubrió al paje con su vestido y luego, a su pesar, se cortó el cabello antes de ponerse el birrete de Rafaello.

Rafaello se retorcía en el suelo, respirando mejor, pero aún con dolor. Antes de salir, Bianca se arrodilló a su lado para pedirle disculpas.

—Siento mucho haberte hecho esto, pero espero que entiendas que debía hacerlo.

Eso tranquilizó su conciencia un poco, aunque no demasiado. Abrió la puerta que el paje había cerrado con llave al entrar y se asomó.

El corredor y las escaleras estaban vacías. Cerró la puerta con llave y su puso en marcha, retomando el trote típico de paje. Rafaello le había dicho que ejercitaba al caballo de Marinaro todas las tardes y también, sin pretenderlo, dónde se encontraban los establos. Salió al patio y revisó su mapa mental. Su plan era decir que Rafaello estaba ocupado y que tenía órdenes de ejercitar a Hannibal en su lugar. Sabía que contaba con un factor a su favor. Sólo Bruschini sabía que la delicada señora de Astra había sido Dino, el paje, y ni siquiera él sabía que había sido adiestrado por un astuto sargento. Su única esperanza era que tardaran en encontrar a Rafaello, para tener tiempo de alejarse.

Ercole, el encargado de los caballos, la miró cuando se acercó trotando.

—Vengo a sacar a Hannibal —dijo, sin ofrecer explicación por la ausencia de Rafaello.

—¿Dónde está Rafaello? —preguntó Ercole—. Eres un poco pequeño para ocuparte de Hannibal, ¿no te parece?

—¿Rafaello? Ha sido malo y lo han castigado a limpiar las letrinas, por eso vengo yo. Los caballos se me dan de maravilla —dijo, inmodesta pero sincera.

—No te había visto antes —dijo Ercole, ayudándola a montar. Ella intentó evitar excesivo contacto físico. El jubón acolchado ocultaba su cuerpo de mujer, pero era muy consciente de que había cambiado mucho desde el sitio de Trani.

—No me extraña —dijo ella—. He estado ocupado sirviendo al señor y esquivando a Bruschini.

Eso provocó una carcajada, y mientras Ercole reía la gracia, ella tomó el pulso al caballo.

—Lo haces bien, rapaz —dijo Ercole, observándola—. Sabes manejar a un caballo, a pesar de tu cara bonita y tu escaso tamaño.

Ella se quitó el birrete, lo saludó y puso rumbo a la puerta principal, rezando porque nadie adivinara quién montaba a Hannibal. Ya sólo tenía que convencer a los centinelas.

Y eso fue fácil. Estaban aburridos, sabían que Hannibal salía todos los días a esa hora y pare ellos, un paje venía a ser igual que otro. Guió al caballo por la calle y al llegar a la puerta saludó quitándose el birrete de nuevo. Los centinelas la dejaron salir sin hacer preguntas. Hizo que Hannibal caminara dibujando un círculo, delante de ellos, antes de trotar lentamente hacia el sendero que partía de la ciudad. Una vez se alejó, pensó unos segundos y, rezando por no equivocarse, puso rumbo hacia donde creía que estaba Florencia.

Tras internarse entre la maleza, se quitó el anillo de llaves del cinturón y lo arrojó tan lejos como pudo, pensando en el pobre paje a quien se las había robado. Después, ya sólo pensó en regresar con Piero.

Tardaron bastante en descubrir la desaparición de Bianca. Fue Ercole el primero en inquietarse, cuando Hannibal y su jinete no regresaron. Paseó por el patio, intentando hacer acopio de coraje para informar al malhumorado Marinaro de que algo debía haberle sucedido al caballo y su jinete, y que había dejado que un muchacho desconocido para él sacara al apreciado caballo de guerra de las murallas de la ciudad. Hacía tiempo que deberían haber regresado.

Ercole encontró a Marinaro y a Bruschini charlando en la sala principal de la torre y soportó su ira al escuchar la historia.

—Ese estúpido Rafaello —le dijo Bruschini con desdén a su capitán—. Ya te dije que aún no era lo bastante responsable para adiestrar a tus caballos.

—Perdonadme, señor Bruschini, pero no fue Rafaello sino otro paje, uno más pequeño, quien sacó a Hannibal esta tarde. Y me mintió, pues dijo que Rafaello estaba haciendo otras cosas, y he comprobado que no es así. Lo que es más, Rafaello ha desaparecido. Nadie lo ha visto desde que llevó la comida a la señora. En la cocina dicen que no ha vuelto con la bandeja, y ningún otro paje lo ha visto. El muchacho que se llevó el caballo sabía montar. Controlaba a Hannibal con gran maestría.

Una terrible sospecha surgió en la mente de Bruschini. Recordó a Dino, el paje, cuya destreza con los caballos había sido alabada por los soldados que acampaban ante Trani. Y Dino no era sino Bianca, la señora de Astra.

—A la habitación de la señora, de inmediato —rugió. Los dos hombres subieron corriendo, seguidos por Ercole, y encontraron la puerta cerrada con llave. Por más que la aporrearon, nadie contestó.

—Busca a Rafaello y las llaves —aulló Marinaro a Ercole—. Quiero que lo encuentres.

Tirado en el suelo, el impotente y temeroso Rafaello oyó el ruido y los gritos de Marinaro. Se preguntó si no habría sido mejor que Bianca lo asesinara, en vez de dejarlo allí para enfrentarse con las consecuencias. Rezó en silencio mientras dos soldados echaban la puerta abajo. Marinaro y Bruschini lo encontraron atado, amordazado y desnudo sobre el suelo.

Cuando lo desataron y oyeron su explicación Marinaro se volvió hacia Bruschini.

—¡Mi caballo! Esa ramera se llevó mi mejor caballo, mi Hannibal. Por Satán y todos sus diablos, ¡colgaré a este imbécil de las almenas, para que los cuervos le saquen los ojos! —propinó una patada en las costillas a Rafaello.

—¡Tu caballo! —casi chilló Bruschini—. Ella es una mina de oro, y mi venganza, y tú hablas de caballos. Olvida el caballo, y el paje puede esperar. Déjalo encerrado aquí para que piense en su destino mientras espera; después sufrirá una lenta muerte —dio otra patada al infeliz Rafaello.

Los dos hombres corrieron escaleras abajo, dando órdenes para que se montara una partida de búsqueda. Pero descubrieron que la situación era aún peor. El vigilante de la torre había informado de que se acercaba un ejército, luciendo los pendones de Agostino Bandelli. En esa situación, era imposible que ningún hombre abandonara las murallas, pues todos debían ocupar sus puestos de combate.

—Verás, Pierino, yo te he contratado a ti, o eso le diremos al mundo. Me acercaré a Vercelli con mis pendones ondeando al viento, y tú serás parte anónima de mi ejército, sin enseñas que te distingan. No, no protestes. Así no sabrán que estás conmigo, y no harán daño a la dama. Diré que mi intención es que compartan conmigo el descomunal rescate que el mundo entero sabe que reclama Bruschini. Cuando se nieguen, mi dragón negro hará fuego contra ellos —dijo, refiriéndose a su cañón—, y tú adelantarás a tus tropas, que estarán ocultas hasta ese momento. Juntos, atravesaremos el orificio que habrá provocado mi dragón en la muralla y tomaremos la ciudad. Sólo cuando negociemos la rendición, sabrán que has ido a buscar a tu señora. Hasta entonces pensarán que sólo se trata del pobre Agostino, intentando participar en su botín, o arrebatárselo. ¿Qué te parece, Pierino?

Piero lo miró con fascinación.

—Nunca he visto un cerebro tan fértil para desarrollar triquiñuelas como el tuyo, viejo maestro. ¿Crees que funcionará?

—¿Por qué no? Comprenderán que sé que Bruschini buscó a Marinaro cuando yo lo rechacé. Creen que desconoces el paradero de tu esposa. Y saben que yo vendería a cualquiera, incluso a mi propia abuela si el beneficio me compensara.

—Y cuando tomemos Vercelli, ¿también me venderás a mí? —preguntó Piero.

—Ah, ese es un riesgo que habrás de correr. Pero recuerda, no sólo estoy en deuda contigo; también se trata de Maddalena. Esa estúpida criatura no quiere verte herido, ¡ni siquiera tras haber tomado esposa!

Era la mejor opción. La tarde siguiente se aproximaron a su destino, pues sólo podían avanzar al ritmo del dragón.

—Un caracol —había protestado Piero, exasperado—, no un dragón —contemplando su lento avance sobre las ruedas de madera.

—Pero piensa en lo que hará por nosotros, Pierino —había gritado Bandelli.

Finalmente, Vercelli estuvo ante ellos y Bandelli envió a un heraldo a informar a los centinelas de que el señor Agostino Bandelli quería hablar, en son de paz, con el señor Bruschini o un emisario suyo.

—Supón que te acepta como socio —dijo Piero, que estaba a su lado, sin lucir su distintivo.

—No lo hará —dijo Bandelli—. No me necesita para retener a vuestra señora. No me aceptará. El beneficio disminuiría demasiado. Además, mi propuesta será tan exagerada que se desmayará al oírla y preferirá un enfrentamiento. No verá a mi dragón, está bien oculto.

Bruschini salió al encuentro en persona, no tenía intención de confesar que la dama había huido. Una tropa salió con él y se quedó esperándolo junto las puertas de la muralla.

—Nada de traiciones —advirtió Piero.

Observó cómo discutían y regateaban hasta que, de repente, Bruschini espoleó a su caballo y volvió a entrar en Vercelli.

—Tal y como creía —dijo Bandelli risueño—. El viejo idiota no cree que pueda rendir la ciudad. Me ha desafiado. Espera a que el dragón escupa su fuego contra él.

Declarada la batalla, adelantaron el dragón para que Piero lo inspeccionara y comprobara por qué lo llamaba así; la boca y la estructura simulaban las de un dragón. Los cañoneros empezaron su trabajo, y metieron la enorme bala redonda en su boca, tras situarlo ante las puertas de la ciudad.

—No es una manera bonita de librar batalla, ¿eh, Pierino? Pero cuando caigan las puertas, avanza sin demora. Veo que tus tropas de refuerzo están preparadas. Eso los sorprenderá. Creen que sólo tendrán que enfrentarse a las mías.

Decía la verdad. Marinaro, al ver al enorme contingente de hombres de armas, lanceros y arqueros que aparecía al toque de corneta, se volvió hacia Bruschini.

—Si las puertas caen, y caerán, estamos perdidos. Debemos rendirnos antes de que entren, o seremos hombres muertos. No podemos enfrentarnos a un cañón y a un ejército tan cuantioso. Sólo Dios sabe quién acompaña a Bandelli.

—No hace falta preguntarle a Dios —ladró Bruschini—. Diez a uno a que lo acompaña el Halcón. Y su mujer sería un despojo en este momento, si la tuviéramos aquí. No me rendiré.

—Por Dios y todos sus ángeles —dijo Marinaro—, me rendiré yo. La nuestra es una causa perdida y la dama ha desaparecido. No hay nada por lo que luchar, ni con lo que negociar. Al menos Bandelli no obtendrá beneficios. Él no quiere Vercelli, y cuando caigan las puertas enarbolaré la bandera blanca.

Y así, Vercelli cayó. Cuando el último tiro del dragón derrumbó las puertas, y Bandelli y sus seguidores se preparaban para entrar, sonó una trompeta en las almenas, y ondeó la bandera de la rendición.

—Vercelli es tuya, Agostino, pero qué esperas ganar con ello, supera a mi imaginación.

—A quien quiero es a Bruschini, haz que venga y estableceremos los términos. Tú eres su espada, no su voz.

Bruschini se acercó lentamente, con el rostro grisáceo. Miró con furia a Bandelli, y después a Piero.

—Ahí tienes, Pierino —bramó Bandelli. Es tuyo, como prometí.

—Mío —repitió Piero con voz amarga—. Y sabéis lo que busco, ¿no es cierto? A mi esposa. Haced que salga, sana y salva, y os concederé vuestra despreciable vida.

Marinero estalló en carcajadas y el rostro ceniciento de Bruschini se puso amarillo.

—¡Haced que salga! —bramó Marinaro, antes de que su señor pudiera hablar—. Ésa sí es una buena chanza. Ojalá pudiéramos, ¿eh, señor tenedor de libros? Ojalá pudiéramos.

—Reiréis colgando de una cuerda si la habéis matado... —amenazó Piero, palideciendo.

—¿Matarla? —habló Bruschini por fin—. Eso sí tiene gracia, Manfredini. ¡Matarla! —incluso sumido en la frustración y odio que provocaba en él ese hombre, lo grotesco de la situación hizo que se echara a reír. Marinaro se hizo eco de él.

—Ay, Manfredini, no contenta con medio estrangular al paje que la guardaba, esa descarada ha huido de Vercelli con mi mejor caballo; incluso tuvo la desvergüenza de salir por la puerta principal, diciendo adiós a los imbéciles que la guardaban. Acabábamos de descubrir su marcha cuando llegasteis. Nos habéis asaltado para nada. Esa arpía con la que os casasteis se ha salvado sola antes de que llegarais a Vercelli.

Bandelli lanzó un aullido de alegría al oír la noticia.

—Por Dios, Pierino, una mujer de espíritu indomable. Se llevó tu caballo, ¿eh, Marinaro? Eso demuestra su buen gusto. Es pequeña, pero de lo mejor.

Piero, incrédulo, temió una trampa.

—Mentís, Marinaro. ¿Qué habéis hecho con ella? ¡Vive Dios que os desgajaré miembro a miembro si es necesario, para que habléis! ¿No se os ha ocurrido un cuento mejor que ése?

A Bruschini lo atenazó el miedo cuando Piero saltó de su caballo y avanzó hacia él con la espada en ristre.

—Dios es mi testigo de que digo la verdad —gritó—. ¡El paje, traed al paje! Él os contará lo que hizo, y el encargado de los caballos cómo salió de la ciudad, hace ya más de tres horas. Debe estar a mitad de camino hacia Florencia, si su sentido de la dirección es tan bueno como su astucia para engañar a los hombres.

Percibiendo que decía la verdad, y recordando a Dino, el paje, Piero bajó la espada.

—Traed a ese paje, uno de mis hombres os acompañará, para que no lo animéis a mentir. Pero, os lo advierto, estoy dispuesto a mataros a todos si le habéis hecho daño alguno.

Pero, una vez hubo hablado con el desgraciado muchacho que había recibido el mismo castigo que Tavio, supo que en algún lugar de la campiña toscana, la valiente joven que había desposado buscaba el camino de retorno a casa. Cuando estuvo a solas con Bandelli, mientras Marinaro y Bruschini esperaban afuera a que dictaminara su destino, agachó la cabeza y lloró.

—¡Hay que ver! —dijo Bandelli—. ¿Qué haces aún aquí, Pierino? Sal a buscar a tu señora. Nunca te había visto así. ¿Es el amor, eh? Bueno, por lo que sé, es digna de él: estrangula a pajes, roba caballos de guerra... No dudo que habrá encontrado el camino de vuelta. Reúne a tus hombres y vete.

Empujó a Piero fuera de la habitación y encontró a Bruschini discutiendo airado con el teniente que lo vigilaba.

—Me disgusta vuestro tono de voz, y no deseo volverlo a oír —dijo Bandelli con frialdad—. Traicionáis a amigos y enemigos por igual. Callad, o sufriréis graves consecuencias.

—No permitiré que me hable un perro traicionero como vos, Bandelli —exclamó Bruschini—. Puede que sea vuestro prisionero, pero no vuestro siervo, ni tampoco de ese bastardo que os acompaña. Espero que su esposa esté muerta en una zanja, bajo el caballo que robó.

—¿Eso deseáis? —dijo Bandelli. Después añadió, con voz indiferente—. Vuestra vida es tan mísera, que no os merece la pena vivirla. No digáis que no os lo advertí —antes de que quienes lo rodeaban supieran qué iba a hacer, desenvainó la larga daga que colgaba de su cinturón y se la clavó a Bruschini entre las costillas—. Ya no sufriréis, ni haréis sufrir a otros.

Siguió un terrible silencio mientras Bruschini, con expresión de incredulidad, se desplomaba en el suelo.

—Por Dios santo —dijo Piero, recuperándose de la depresión que había sentido al no ver allí a Bianca—. Lo has matado, Agostino. ¿Era eso necesario?

—¿Necesario? —Bandelli sonrió con amargura—. Por supuesto que era necesario. Lo has oído, hombre. Te habría perseguido hasta el fin del mundo. No habrías estado a salvo mientras él viviera. Y si el rapto de tu esposa quedara impune, ¿por qué no habría de intentarlo algún otro?

—¿Y a mí? —dijo Marinaro—. ¿A mí también me asesinaréis, desarmado como estoy? ¿Qué honor hay en eso?

—¿Honor? —Bandelli rió—. ¿Lo oyes, Piero? Los hombre que hablan de honor, no tienen ninguno. No, no deseo mataros. Podéis conservar vuestra despreciable vida, no fuisteis más que su herramienta. Te he hecho un favor, Piero, y he pagado mi deuda por haberme salvado de morir ahorcado hace cinco años. Ve a buscar a tu esposa, cuando la encuentres dale un beso de mi parte, y dile que puede dormir tranquila, ahora que Bruschini está muerto.

Piero, pensando que era mejor tener a Bandelli como amigo que como enemigo, corrió hacia su caballo y ordenó a sus tropas que volvieran con él a Florencia, y de allí a su cuartel. Con la gracia de Dios, encontraría a Bianca en casa cuando llegara.

Doce

Bianca estaba tumbada en su cama, despierta, mientras los pensamientos se sucedían uno a otro en su mente. ¿Dónde estaba Piero?

Había llegado a la villa mucho después de que cayera la noche y su júbilo se había apagado al descubrir que Piero y sus hombres no estaba allí. Esperaba su regreso y el sueño la eludía. Rogó a Dios no tener que esperar demasiado. Por fin el sueño la venció y se despertó al amanecer. Todo estaba en silencio: él no había regresado, y eso ocupaba su mente por completo. Lodovico había intentado tranquilizarla.

—Sabes que tu señor nunca hace tonterías —le había dicho. Pero ella supo, instintivamente, que un hombre a quien le habían robado su esposa era capaz de hacer cualquier cosa.

Estaba inquieta y, de repente, supo lo que deseaba hacer. Empezó a vestirse como si volviera a ser a Bianca de San Giorgio, y no la gran dama rodeada de sirvientes. Se puso un vestido decorado con claveles rojos: uno que a él le gustaba. Después se puso encima una casulla de lana fina, rematada con una trenza plateada y sus mejores zapatillas, pero dejó su cabello mal cortado a la vista.

Bianca abrió la puerta y cruzó la silenciosa casa, oyó que los sirvientes empezaban a iniciar sus actividades, fue hasta el corredor y la puerta que daban paso al jardín trasero y salió a la luz plateada del amanecer. Fue lentamente hacia el Bosquecillo de los Dioses, recordando la última vez que Piero y ella habían estado allí, antes de que Bruschini conmocionara su mundo.

Estuvo un tiempo sentada en el templo mientras la luz se intensificaba, y pensó en el pobre Michele, que se estaba recuperando y había sido trasladado a Florencia en una litera la tarde anterior. Lamentó no haberlo visto, pero se había alegrado mucho al saber que había sobrevivido.

De pie junto al borde del estanque, de repente sintió desagrado por sí misma, incluso por las bellas ropas que lucía. Se sentí sucia por su estancia en Vercelli. Sintiéndose segura allí, donde nadie podía ir a buscarla, entró en el templo y abrió el baúl que había en un rincón; era precioso, como todas las posesiones de Piero, y en su interior había toallas limpias. Se quitó las elegantes ropas, hasta quedar totalmente desnuda, una sensación extraña para ella, y con dos toallas en los brazos, regresó a la perfumada paz del Bosquecillo.

Dejó las toallas en el repecho de mármol y bajó los escalones que conducían al agua cálida y acogedora. Pensó, disfrutando de la caricia del aire en su cuerpo desnudo, que era como Eva, tomando el sol en el jardín del Edén. Su sentido del humor la llevó a pensar: «En ese caso, debo tener cuidado de las serpientes, ¡con Bruschini ya he tenido más que suficientes! Pero tal vez represento a una de las ninfas que aparecen en el fresco del cuarto de baño». Ese último pensamiento hizo que ser ruborizara un poco, pero no impidió que siguiera disfrutando del agua.

Lentamente se acostumbró a esa nueva sensación y empezó a salpicar y jugar, como si fuera Dino, alejando de sí todo lo desagradable de los últimos días, intentando perdonarse por lo que le había hecho al pobre Rafaello, con el fin de recibir limpia de todo eso a su señor...

Bianca había juzgado bien a su esposo. El hombre frío y racional que nunca perdía el control de sí mismo, de las personas que lo rodeaban y del mundo en el que vivía, se había esfumado. Estaba frenético por recuperar a su mujer, la esposa que había tomado medio en broma y que se había convertido al fin en su mundo.

A pesar de su cansancio, impuso un ritmo infernal a la cabalgata de regreso a Florencia. Pero la noche descendió sobre ellos y Niccolo Tenda, el capitán que lo había acompañado a Vercelli, se acercó a él e hizo un gesto con la mano.

—Señor, perdonadme, pero debéis deteneros. Os lo suplico, deteneos un momento y escuchadme.

Piero giró la cabeza y Niccolo se enfrentó a una expresión que nunca había visto antes, de total devastación. Pero Piero asintió con la cabeza y ralentizó el ritmo. Las tropas que lo seguían hicieron lo propio.

—Dime —ordenó.

—Perdonad que hable, señor, pero deberíamos detenernos y descansar hasta la mañana. No podemos encontrar a vuestra esposa en la oscuridad, y es tan valiente que sin duda llegará a casa antes que nosotros. No habéis dormido en dos noches. No podéis ayudarla agotándoos hasta caer enfermo.

No le dijo que se estaba comportando de una forma nada habitual en él; no hacía falta.

Piero lo miró. Sacudió la cabeza, como si quisiera despejarla. Su instinto lo urgía a seguir cabalgando, pero la razón que siempre había regido su vida hasta que Bianca irrumpió en ella, recuperó su dominio. Sonrió con cansancio a Niccolo, cuya expresión de ansiedad indicaba que temía haber ofendido a su capitán.

—No sólo sois valiente, Niccolo, ademáis tenéis el don del sentido común. Es cierto que no puedo ayudar a mi esposa cabalgando en la oscuridad. Acamparemos de inmediato.

Lodovico corrió a recibirlo en cuanto recibió aviso del vigía: la tropa iniciaba el ascenso desde el valle.

Bianca no estaba con él, pero el rostro de Lodovico lo decía todo. Estaba sonriente, triunfal; el hombre de hierro, al igual que su sobrino, por fin demostraba sus sentimientos.

—Está de vuelta, Pierino. Sana y a salvo. Además te ha traído al mejor caballo de Marinaro. Puedes pedir un rescate por él. Tu dama es una joya de valor incalculable.

Se oyó un vitoreo de los hombres que seguían a Piero y, por primera vez, la *condotta* del Halcón vio a su señor expresar emoción. Dio la espalda a todos y ocultó su rostro en la silla del caballo. Cuando lo alzó de nuevo, las lágrimas brillaban en sus ojos.

—Alabado sea Dios nuestro señor —dijo... Está descansando, supongo.

—¿Descansando? —gritó Lodovico—. No, ella no. Caterina dice que te espera en el Bosquecillo de los Dioses. Ve a verla, muchacho. Sólo piensa en ti desde que regresó.

Entonces Piero agradeció la noche de descanso que Niccolo le había obligado a aceptar. Entregó las riendas de su caballo a un paje y entró en la villa. Caterina lo esperaba para confirmar lo que Lodovico ya le había dicho.

—Toallas —ordenó él—. Tráeme toallas —cuando estuvieron en su posesión, corrió hacia el Bosquecillo, como si la última y agónica semana nunca hubiera tenido lugar.

No sabía qué esperaba encontrar cuando llegara allí, pero cuando cruzó el arco y rodeó la pantalla de árboles que ocultaba el estanque de la vista, oyó el ruido de sus juegos y la vio.

Bianca estaba de espaldas a él y golpeaba el agua con las palmas de las manos, haciendo que se alzara detrás de ella formando un abanico. Pronunció su nombre y ella sin pensarlo, se dio la vuelta y lo vio allí de pie, aún con ropas de viaje y con toallas en la mano. De nuevo sin pensarlo, adaptó el antiguo gesto de pudor, y se tapó el sexo con la mano; el rubor tiñó no sólo su rostro sino todo su cuerpo.

Antes de que se sumergiera en el agua para ocultarse, él se quedó sin aliento. En los meses que había pasado con él se había convertido en una bella mujer, más que cualquier estatua que hubiera visto nunca... sonrosada, con senos pequeños y orgullosos, de puntas rosadas, cintura diminuta y caderas delicadamente redondeadas.

—Bienhallada, señora de Astra —dijo él—. ¿O eres la ninfa del estanque? Lodovico me dice que me has traído un caballo de guerra espléndido. ¿Qué puedo hacer para agradecértelo? —olvidando su cansancio y con el rostro iluminado de cariño, dejó caer las toallas y empezó a quitarse la ropa.

—¿Qué, qué hacéis? —tartamudeó ella, irguiéndose un poco.

—Voy a reunirme contigo, esposa. El Bosquecillo necesita su sátiro. Esperabas mi regreso, ¿no es cierto? Hay otros juegos que podemos practicar en el agua. ¿Te gustaría que te los enseñara?

Estaba sentado, quitándose las botas; después se

quitó las medias y, como ella, estuvo completamente desnudo. Bianca lo miró. Desnudo era, si acaso, más impresionante que con toda su vestimenta, ya fuera de guerra o de pomposa ceremonia. No era extraño que las mujeres cayeran a sus pies. Era exactamente como una bella estatua de un hombre que había visto una vez, con la ventaja de ser de carne y hueso. Vello dorado salpicaba su pecho y descendía estómago abajo, hasta unirse con el que crecía sobre su sexo.

Su sexo. Intentó no mirarlo. Él se agachó, alzó los brazos por encima de la cabeza y se lanzó al estanque, emergiendo a su lado, tras haberla salpicado con una cascada de gotitas plateadas. Él se irguió y la rodeó con sus brazos un momento. Tenía el cabello pegado al cráneo, se secaba el agua de los ojos y reía.

—Entonces, esposa, veo que has utilizado tus sucios trucos con el desafortunado paje. Y le robaste a tu señor la oportunidad de rescatarte. Me agradaría que cualquiera de mis capitanes tuviera la mitad de la iniciativa que tuviste tú para planear y poner en práctica tu escapada. Ven, déjame contemplar a la amazona con la que me he casado —la sujetó por debajo de los brazos y la alzó hasta sacarla del agua.

De nuevo, ella intentó ocultarle su cuerpo. Lo deseaba, sí, sin duda; si no, no estaría esperándolo allí desnuda. Pero ahora que él también lo estaba, la había asaltado la vergüenza instintiva de las vírgenes. Sus manos se alzaron para cubrir sus pechos, y él, riendo con suavidad, las apartó.

—Toda tú, esposa. Entera —bebió con los ojos lo

que veía—. La fregona se ha convertido en una mujer a mis espaldas.

Ella sintió cómo la afectaba su mirada. Entonces, él posó las manos sobre sus pechos.

—Vamos, si deben estar ocultos, concédeme el placer de que sea yo quien lo haga.

Y empezó a acariciarlos. La sensación fue tan deliciosa que Bianca creyó que se desmayaría de placer. Se sentía tan débil que se apoyó en él, preguntándose qué efecto estaría teniendo ella en su esposo. De hecho, no podía evitar ver y sentir el efecto, cuando sintió su duro sexo alzarse hacia ella. Emitió un pequeño gritito, en parte de deseo, en parte de temor, y se apartó de él un poco.

Él la atrajo y la sujetó con más fuerza.

—No escaparás, mi paloma, mi esposa. ¿Acaso la dama que no temió a Bruschini, temerá a su marido? ¿Es que no sabes el placer que siento al encontrar aquí a mi valiente dama, sana y salva? Casi enloquecí esta última semana, pensando que estabas en manos de ese villano.

—No, señor. Pero esto es… distinto.

—Ah, mi pequeña. Mi gorrión convertido en paloma. Claro que es distinto. Paloma, mi blanca paloma, ¿sabes…? —cada vez que decía paloma, besaba sus labios con gentileza, y ella se estremecía con el contacto—. ¿Sabes lo que hacen los hombres y las mujeres cuando están juntos?

—O, ¿quién no lo sabe, señor?

—Nada de señor, mi paloma, soy tu Piero, tu amor.

Y tú nunca lo has hecho, has sido tan virtuosa como debe ser una doncella, eso es obvio.

Había tomado su mano mientras hablaba, y la sujetaba contra sí, de modo que sintiera el latido de su sexo bajo la palma.

—Te deseo, mi blanca paloma. Siente cuánto te deseo, cómo ardo por ti. ¿Sabes para qué es esto?

—Para darte placer, Piero mío —dijo ella con timidez. Pero no se atrevió a decir que ella también ardía por él, aunque debía percibir cómo se derretía contra su cuerpo. Instintivamente, acarició el miembro suave como terciopelo, y oyó su gemido. Él puso la mano sobre la de ella.

—Aún no, paloma, aún no. Y también es para darte placer a ti, vida mía. Debes entender eso; sin tu placer el mío no es nada.

Veía que ella temblaba de puro deseo: su amor era mutuo, ella había sufrido tanto como él esa última semana.

—Te amo, Bianca —estaba dicho—. Lo repito: casi me vuelvo loco sabiendo que Bruschini te tenía. Mis hombres pensaban que había perdido la cordura. Yo, que nunca me preocupé por nadie ni por nada, me derrumbé al perderte —sus manos empezaron a acariciarla y el cuerpo de ella se convirtió en puro fuego. Bianca volvió a tocarlo—. Aún no habrá placer para mí. Ni placer para ti. Lo viviremos juntos, te lo prometo, la muerte más dulce que un hombre y una mujer pueden disfrutar.

Bajó la mano por su estómago, hacia el lugar donde

se concentraba su deseo. Ella dio la bienvenida a esa mano que acariciaba el lugar más secreto de su cuerpo, y el mundo pareció empezar a dar vueltas a su alrededor.

Él la condujo hacia la ribera cubierta de musgo que descendía hasta el agua, teniendo que mantenerla en pie, pues parecía no tener fuerzas.

—Ven, por fin nos uniremos como hombre y mujer, aquí donde juegan los dioses.

—¿Aquí? —preguntó ella—. ¿Al aire libre?

—¿Dónde mejor? —respondió él—. Nadie nos molestará mientras celebramos nuestra unión, nuestra reunión. Este es mi lugar privado, amor mío, nunca he traído aquí a una mujer, excepto a ti, paloma —dejó de hablar y deslizó una mano por su espalda, hasta llegar a su término. Dejó allí la mano y con la otra acarició el interior de sus muslos, de modo que ella abrió las piernas involuntariamente, facilitando el acceso a sus dedos.

Piero inclinó la cabeza y la besó en la boca.

—El Halcón saluda a su paloma, y por una vez ambos pájaros volarán juntos en paz y armonía —habían llegado a la ribera y él la tumbó, medio dentro, medio fuera del agua.

—Mi diosa del baño —dijo. Ella, por encima de su hombro, vio el cielo azul y despejado, y las mancha malva de las colinas en la distancia, hasta que sólo hubo cielo y sintió el suave musgo bajo su espalda.

—No hay ropa de la que preocuparse —dijo él, y sus besos, tras asaltar su boca, iniciaron un descenso por su cuerpo, mientras ella temblaba bajo él, pero no por temor. Se sentía llena, y sin embargo vacía, y se alzó hacia él suplicante.

—Por favor, por favor —sin saber exactamente qué pedía, pero segura de que lo quería a él.

Siempre le había tenido cierto miedo, desde que lo conoció en la torre de su hermano, pero ya no era así. Lo cierto era que aquella Bianca había desaparecido, dejando tras de sí sólo un instinto femenino que necesitaba ser saciado. Tembló de pies a cabeza cuando él capturó el lóbulo de su oreja con los dientes y lo mordisqueó con suavidad. Deliciosas sensaciones recorrieron todo su cuerpo.

—Honro la oreja, que fue lo primero que toqué de ti —susurró él, tras soltarla—. Su dueña merece ser recompensada. Con dientes y lengua recorrió su cuerpo, no arañando la piel, sino acariciándola, y sus manos seguían el recorrido. Ella gimió cuando las sensaciones empezaron a sobrepasarla.

Para su sorpresa, descubrió que no sólo sus manos acariciaban a Piero, sino que se apretaba contra él; era como si su cuerpo supiera mejor que ella lo que quería.

—Ah, por fin la paloma está lista para unirse a su Halcón, y aunque tendré que hacerte daño al principio, pajarito blanco, después... ah, después te prometo que todo será celebración y placer. Estás preparada para recibirme.

Bianca se preguntó cómo lo sabía. Ella era muy consciente de que él sí estaba preparado para tomarla, llevaba un buen rato estándolo, pero había retrasado el momento para acallar sus miedos, con tanto éxito que estaba tan desesperada por celebrar la unión como él. Abrió las piernas y él colocó las manos en sus costados, alzándola para recibirlo. Gritó de dolor cuando la penetró, pero eso era algo que él no podía evitar; sin embargo, en cuanto estuvieron unidos, la sujetó en sus brazos y la acarició con ternura, como si fuera una niña.

—Pronto mejorará, te lo aseguro —dijo. Y tenía razón, mucha razón. Porque era como si algo se hubiera roto en ella, no algo físico, sino algo que pertenecía a la Bianca esencial, su espíritu, no su cuerpo; y en realidad no estaba roto, había cambiado. Lo que había desaparecido era el deseo de separarse.

Lo único importante era que se habían convertido en uno, que él y ella estaban juntos, y que él proporcionaba placer con cariño y afecto.

—Oh, Pierino, mi Pierino —susurró, utilizando por primera vez el diminutivo cariñoso. ¿Qué y quiénes eran ellos? Se sentía como si fuera parte de una gran rueda que giraba, arrastrándolos a los dos con ella. El mundo exterior se limitaba a él dentro de ella, y luego sólo fue eso, cuando por fin llegó la satisfacción y el gritó su nombre, fue como si una gigantesca nota musical resonara en el aire, para seguir vibrando mucho después de que desapareciera su sonido. El intenso placer que sintieron había sido necesario y deseado, pero una vez conseguido ella volvió a ser Bianca y él a ser Piero; el ser que habían sido juntos había desaparecido... pero volvería.

—Y ahora eres mi esposa de verdad —dijo él, besándola con suavidad. Seguían tumbados, medio dentro y medio fuera del agua, que había caído en cascada a su alrededor mientras alcanzaban juntos el clímax. Ella ya no estaba debajo, sino encima de él, que la había cambiado de postura cuando acabó su éxtasis.

El aire acariciaba su cuerpo. Tenía la sensación de que su alma estaba viva.

—Disfrutaste de tu primer vuelo, paloma vía —le susurró él al oído—. ¿Quién habría pensado que la niña fregona tan aferrada al suelo como parecía, era capaz de volar tan alto?

Ella pensó que su voz era tan astuta como su cuerpo. La había utilizado como látigo para dar órdenes, con ella y con otros, pero cuando volvió a hablar sonó completamente sincero.

—Paloma mía, pocas han volado tan lejos y tan rápido conmigo, no miento. Eres incomparable.

—Y tú, Pierino —dijo ella—. Mi amor y mi señor— hizo una pausa antes de seguir—. Has dicho que me amas. ¿Desde cuándo, mi señor? A tu paloma le gustaría saberlo.

—Creo que desde que vi a la fregona sucia, arrodillada en el vestíbulo —contestó él un momento después—. Tan llena de fuego, espíritu y pasión, desperdiciados en la torre de tu hermano, esperando a que llegara algún zopenco sin educación que te utilizara y destruyera, o acabar encerrada en un convento

Bianca se quedó callada, sintiendo la fuerza de su cuerpo bajo el suyo. Después miró los ojos azules.

—¿Dices la verdad? Tan perfectísimo como eres, ¿me deseabas a mí?

—No en serio, al principio, no mentiré. Pero en nuestra noche de bodas descubrí que te deseaba con desesperación, y no podía tocarte. Y cuando eras Dino, contenerme era una auténtica tortura. Y tú, mi amor, mi querida esposa, ¿cuándo empezaste a amar a tu Halcón?

—Cuando tú a mí —contestó ella con sencillez—. Al principio creí que te odiaba, porque estabas muy por encima de mí, y yo era pequeña y más bien fea...

—Ahora no —dijo él—. Y dentro de un momento volveré a demostrarte cuánto significas para mí. Cuando Bruschini te raptó creía que me volvería loco. Si me faltaba alguna prueba de cuánto te amaba, la recibí entonces —titubeó, apretándola contra él—. Tenías razón respecto a la imposible perfección, mi amor. Intentaba vivir sólo, sin necesitar a nadie, y era una vida vacía. Tú cambiaste eso y ahora la nieve de mi corazón se ha derretido. Y después de encontrarte y comprender que te amaba, que te amaba de verdad, conocí y llegué a querer a Michele, mi hermano; incluso descubrí que podía perdonar a mi padre hasta cierto punto. Supe que los hombres y mujeres no estaban ahí simplemente para que yo los utilizara, que Maddalena me amaba de verdad y que me dejaría partir con dignidad, porque sabiendo que yo te amaba a ti, se sacrificaría para complacerme. Y controlarme, no romper mi voto me enseñó una lección valiosa: que damos más valor a lo que nos cuesta conseguir, a lo que exige un sacrificio. El amor no es fácil, consiste en dar, no en recibir, y al final te amaba con pasión, y no podía tenerte. Llegué a temer que prefirieras a Michele.

Bianca besó la mano que la sujetaba.

—Oh, no. Me gustaba Michele, pero él no eres tú. Nunca tú. Yo pensaba... —titubeó—. Pensaba que no te interesaba tu niña-esposa, Pierino, que no sentías amor por mí...

—Oh, siempre te amé —dijo él, con tono afectuoso y algo burlón—. Incluso cuando me calentabas la cabeza con las máximas del padre Luca. ¿Qué crees que diría ahora? ¿Tendría alguna frase para nosotros?

—Por supuesto que sí, esposo mío. *Finis cornat opus*: «El final corona la obra».

—Entonces, el padre Luca se equivoca —dijo su esposo, volviendo a ponerla bajos su cuerpo—, porque el final no ha llegado aún, paloma mía, y dudo que llegue nunca. Eres la señora de Astra, y mi amor, y te lo demostraré ahora mismo, por si la primera vez no fue suficiente...

TÍTULOS DE LA COLECCIÓN

Amor interesado - Nicola Cornick
El jeque - Anne Herries
El caballero normando - Juliet Landon
La paloma y el halcón - Paula Marshall
Siete días sin besos - Michelle Styles
Mentiras del pasado - Denise Lynn
Una nueva vida - Mary Nichols
El amor del pirata - Ruth Langan
Enamorada del enemigo - Elizabeth Mayne
Obligados a casarse - Carolyn Davidson
La mujer más valiente - Lynna Banning
La pareja ideal - Jacqueline Navin

www.ingramcontent.com/pod-product-compliance
Lightning Source LLC
LaVergne TN
LVHW091624070526
838199LV00044B/929